JN044266

日本語ライブラリー

日本漢文を読む［古代編］

沖森卓也
山本真吾
［編著］
池田幸恵
宇都宮啓吾
木下綾子
原　裕
［著］

朝倉書店

執筆者

沖森卓也*	立教大学名誉教授	[第2章]
山本真吾*	東京女子大学現代教養学部	[第1・7・12章]
池田幸恵	中央大学文学部	[第3・4章]
宇都宮啓吾	大阪大谷大学文学部	[第8〜10章]
木下綾子	聖学院大学人文学部	[第5・6章]
原　　裕		[第11・13・14章]

*は編著者

はじめに

日本列島がもっと中国大陸や朝鮮半島から離れていたとしたら、自分たちの言葉を書き記すための独自の文字を発明していたかもしれません。しかし、我々の祖先はその前に漢字文化を輸入し、日本語を綴るのに漢字だけを用いて記録する方法を身につけてゆくようになりました。さらに、漢文は、日本だけでなく、東アジアの共通語としてその地位を獲得してゆきます。

漢文というと、一般には中国の古典の文章を指すことが多いようですが、日本人が作成した、漢字だけで書かれた文章も、また漢文の一種なのです。

この日本漢文は、平安時代になって平仮名や片仮名が誕生し、漢字に交え用いられるようになっても、文化的権威によって支えられた公式性と情報蓄積能力に長けた利便性から、近代になっても廃れることなく脈々と書き継がれることになります。古代においても、記紀万葉の上代はもとより、平安時代の国風暗黒時代、そして王朝仮名文学成立以後の日本漢詩文集、さらに当時の史書・文書や仏教、学問的な文章から公家や僧侶の日記に至るまで、幅広く漢文体が採用されました。

本書は、古代に成立した日本漢文のさまざまなジャンルの文章を収録し、古典についての幅広い知識を身につけることを狙いとして編集しました。例文を示し、具体的な文章に接することによって実践的に日本漢文の読解法が習得できるように工夫しています。理論と実践の双方から、古代の日本漢文についての学びが深められることを願っています。

二〇二三年九月

編　者

目　次

第1部　上代日本漢文篇

第2部　中古日本漢文篇

第1部——上代日本漢文篇

第1章　総　説

山本真吾

古代における日本漢文の諸相　日本漢文とは、中国古典のようにすべて漢字を用いて書かれてはいるが、日本語話者の記録した漢文体をいう。

日本では、固有の文字が誕生する前に、漢字が輸入され、これによって日本語を書きとどめるようになった。日本語固有の平仮名や片仮名が生み出されたのは平安時代になってからのことである。したがって、それ以前の日本語はすべて漢字のみを用いて表記するしかなかった。

五世紀頃になると、漢字・漢文の本格的な伝来とともに、中国大陸および朝鮮半島における漢文の書き方を真似て学習し、日本語話者が漢字のみを用いて文章を綴るようになった。これは、中国語話者の綴る漢文を規範として書かれているものであり、「正格漢文（純漢文とも）」と呼ばれる。これに加えて、日本語話者相互の記録手段として、日本語として書かれ、読まれることを前提にした漢文を記すようにもなった。これは、「和化漢文（変体漢文とも）」と呼ばれ、中国語話者向けに書かれているわけではないので、日本語的要素の混入を妨げない。

このように、日本漢文は、一方に、中国古典文の語法に準拠し、これを志向する「正格漢文（純漢文）」があり、もう一方の極には、日本語話者相互の記録手段として書かれた「和化漢文（変体漢文）」があり、これを両極と

文字を持たなかった日本語　『古語拾遺』（八〇八年）にも、「上古之世、未レ有二文字一、貴賤老少口々相伝」（上古の世、文字有らず。貴賤老少口々に相伝す）とある。

近世国学者の唱えた「神代文字」　近世の国学者平田篤胤は『神字《かんな》日文《ひふみの》伝《つたえ》』（一八一九年）を著し、漢字の渡来以前に「神代文字《じんだいもじ》」という日本固有の文字のあったことを主張したが、すべて後世の偽作という。

日本に渡来した漢字の遺物　「漢委奴国王」と刻まれた「金印」が、日本に渡来した漢字の遺物の最古のものとして知られる。一七八四年、福岡県志賀島で発見。『後漢書』東夷伝によって、倭の奴国王が後漢に奉貢朝賀した五七年に、後漢の光武帝が倭国の使者に与えたものと推定される。

最古の国内資料　日本で漢字が使用された証となる金石文に次のようなものがある。

稲荷台一号墳鉄剣銘（五世紀前半）（千葉県市原市）

稲荷山古墳出土鉄剣銘（四七一年）（埼玉県行田市）

してこの幅の中に日本語話者の書いた漢文のそれぞれの文章ジャンルが位置づけられることになる。

正格漢文といっても、日本漢文はあくまで日本語話者の記したものであるから、意図せずしてまま日本語的要素が交じることがある。この日本語的要素は「和習（和臭とも）」と呼ばれ、中国語話者に通じない言語要素であるので、文章評価としてはマイナスとなる。和化漢文では、書き手も読み手も日本人であり中国語話者に理解を求めることを想定していないので、日本語的要素の交じることが文章の評価には関係しない。

この正格漢文と和化漢文は、古代においては、その文章ジャンルが中国古典に認められれば、基本的に正格漢文と認めてよい。しかし、より実用性の高い文章ジャンルほど、古くは正格漢文を志向していた文章も時代が下るにつれ、和化漢文に接近するようになる。たとえば、漢詩などの中国古典作品の文芸のジャンルは江戸時代あるいは近代まで正格漢文を保っているが、文書（解や書状）などの読み手への伝達を強く意識する文章ジャンルは平安時代後半には和化漢文に近づいてゆくのである。

上代の日本漢文　奈良時代以前の上代には、平仮名や片仮名が成立していなかったので、書き言葉に使用する文字は漢字のみであり、文章も漢文体であった。

漢文に和習が交じっていることで知られる最古のものは、推古十四（六〇六）年の「菩薩半跏像銘」であり、

日本漢文の分類　峰岸明『平安時代古記録の国語学的研究』（一九八六年、東京大学出版会）に拠れば、日本漢文は次のように分類され、(二)(2)〜(二)(2)①を「変体漢文」と称する。

(一)　漢文の作成を志向するもの
(1)　中国古典の文章の用字、用語、文法に正しく準拠するもの（純漢文）
① 漢籍系の文体を基調とするもの
② 仏典系の文体を基調とするもの
(2)　純漢文の作所を目指しつつも、中国古典の文章には存しない用字、用語、文法を含むもの（和習、和化漢文）
① 漢籍系の文体を基調とするもの
② 仏典系の文体を基調とするもの
(二)　国語文の作成を志向するもの
(1)　漢文様式によって国語文、即ち日本語の文章を表記したもので、文体上、純漢文とは異なる独自の特徴を有するもの
① 漢籍系の文体の色彩の濃いもの
② 仏典系の文体の色彩の濃いもの
③ 実用文体の色彩の濃いもの（記録体）
(2)　漢字文ではあるが、一方に本来のものとして仮名文、漢字仮名交り文が想定され、もしくは現に存するもの（真名本）
① 記録体に近いもの
② 真仮名文に近いもの

○歳次丙寅年正月生十八日記高屋大夫為分韓婦夫人名阿麻古願南无頂礼作奏也

（歳の丙寅の次る年、正月生十八日に記す。高屋大夫、分かれし韓の婦夫人、名は阿麻古が為に願ひ、南无頂礼して作り奏す）

のように、「作奏」の「奏」は本動詞「作」に添えられた補助動詞の用法で謙譲の意を表している。こういった「奏」の用法は中国古典には見られず、日本語的要素が交じったものと見られる。

このように、上代にはすでに和習を含んだ漢文が指摘されている。和銅五（七一二）年に成立した『古事記』は、上代の和化漢文の姿を端的に示す好例である。

①『古事記』序

臣安万侶言。夫、混元既凝、気象未效。無名無為、誰知其形。然、乾坤初分、参神作造化之首、陰陽斯開、二霊為群品之祖。所以、出入幽顕、日月彰於洗目、浮沈海水、神祇呈於滌身。

（臣安万侶言す。夫、混元既に凝りて、気象未だ効れず。名も無く為も無ければ、誰か其の形を知らむ。然れども、乾坤初めて分れて、参はしらの神、造化の首と作れり。陰陽斯に開けて、二はしらの霊、群の品の祖と為れり。所以に、幽顕に出で入りして、日月、目を洗ふに彰れたり。海水に浮き沈みして、神祇身を滌ぐに呈れたり。）

右の序文は、撰述者の太安万侶《おおのやすまろ》によって綴られているが、格調高い四六《しろく》

古事記の序　上表文形式の序文で、古代中国にも実例がある。『古事記』研究のうえで、偽書説をどのように克服するかは長きにわたる議論がある。この表序の問題もこれに絡んで様々に検討されてきた。矢嶋泉『古事記の文字世界』（二〇一一年、吉川弘文館）第一章古事記研究史のひずみ「和銅五年の序」に詳しい。また、この序の書き下し文については、平安時代初期の訓点資料の訓読を援用して推定する方法も提示され、日本思想大系『古事記』（一九八二年、岩波書店）の小林芳規の解説を参照されたい。

駢《べん》儷《れい》体《たい》の正格漢文であって、安万侶の漢文力の水準の高さが証される文体である。

ところが、元明天皇に向けて書かれた本文は、これとは大きく異なっている。

②『古事記』上巻・別天神五柱

次、国稚如浮脂而久羅下那州多陀用幣流之時流字以上十字以音、如葦牙、因萌騰之物而成神名、宇摩志阿斯訶備比古遅神此神名以音、次天之常立神。訓常云登許、訓立云多知。此二柱神亦、独神成坐而、隠身也。

（次に、国稚く浮ける脂の如くして、くらげなすただよへる時に（流字以上十字音）、葦牙の如く、萌え騰れる物に因りて成りし神の名は、宇摩志阿斯訶備比古遅神（此神名以音）。次に天之常立神（訓常云登許。訓立云多知）。此の二柱の神も亦、並に独神と成り坐して、身を隠しき。）

随所に日本語的要素がはめ込まれており、中国語話者に理解を求めるような文体ではないことが知られる。典型的な和化漢文といえよう。特に「久羅下那州多陀用幣流」は確かに漢字のみで綴られており一見漢文のように見えるが「くらげなすただよへる」と読まれ、漢字の意味を捨象して音のみを借りて宛字のようにして読むもので、万葉仮名と呼ばれる。

③『古事記』中巻・倭建命の薨去

自其地幸、到三重村之時、亦詔之「吾足、如三重勾而甚疲。」故、號其

万葉仮名　万葉仮名は、六書の仮借の用法を拡張して、上代日本で発達した漢字による表音用法である。「万葉」と言うが、『万葉集』から始まったのでなければ、『万葉集』の表記がすべてこれによっているわけでもなく、上代を象徴する呼び名である。『古事記』の固有名詞や歌謡に用いられる万葉仮名は、呉音系の音を反映し、『日本書紀』のそれは主に漢音が用いられる。万葉仮名には、借音、借訓および戯訓（戯書）がある。

①借音　漢字の音読みを借用した万葉仮名。音仮名とも。「和礼（ワレ）」「夜麻登（ヤマト）」「左和良妣（サワラビ）」など。

略音仮名…字音の韻尾や二重母音の後部を除いたもの。「安（アン→ア）」「介（カイ→カ）」「南（ナム→ナ）」など。

多音節仮名…二合仮名とも。有韻尾の字に母音を添えたもの。「君（クニ←kun）」「覧（ラム←ram）」など。

②借訓　漢字の訓読みを借用した万葉仮名。訓仮名とも。「手（テ）」「鴨（カモ）」「下（オロシ）」など。

③戯訓（戯書）　借訓の一種で、文字遊戯的な用字法。「十六（シシ）」「八十一（クク）」「山上復有山（＝出、イデ）」「馬声蜂音石花蜘蛛荒鹿（イブセクモアルカ）」など。

地謂三重。自其幸行而、到能煩野之時、思國以歌曰、
夜麻登波　久爾能麻本呂婆　多多那豆久　阿袁加岐　夜麻碁母禮流　夜麻登志宇流波斯

（其地より幸まして、三重の村に到りましし時、亦詔之く、「吾が足は三重の勾りの如くして甚疲れたり。」故其地を号けて三重と謂ふ。其より幸行まして、能煩野に到りましし時、国を思ひて歌ひたまひて曰く、やまとは　くにのまほろば　たたなづく　あをかき　やまごもれる　やまとしうるはし）

歴史の叙述部分は和化漢文で記され、「夜麻登波」以下のように歌謡の箇所は多く万葉仮名で綴られる。

『古事記』の本文がこのように和化漢文を採用しているのに対して、正史である『日本書紀』は正格漢文を基本としている（ただし、巻によって和習を多く含むところとそうでないところがある）。

七世紀以前の日本漢文としては、聖徳太子撰述と伝えられる『三経義疏《さんぎょうぎしょ》』（『勝鬘経』『維摩経』『法華経』の各注釈書の総称）や『十七条憲法』（推古十二＝六〇四年）、石や金属に刻まれた金石文と呼ばれる文字資料として『稲荷山古墳出土鉄剣銘』（四七一年）、『伊予国湯崗側碑』（『道後温泉碑』とも、五九四年か）、『上毛三碑』などが知られる。

八世紀に入ると、『大宝律令』『養老律令』のような法制書、『日本書紀』（七二〇年）、『常陸国風土記』（七二一年頃）などの歴史書や地誌、『懐風藻』

日本書紀区分論　『日本書紀』三十巻は、α群（巻十四～二十一、二十四～二十七）とβ群（巻一～十三、二十二、二十三、二十八、二十九）に区分され、α群の万葉仮名が漢音（正音）を反映しており、正格漢文で書かれているのに対し、β群には和音が混在し和習（漢文の誤用、奇用）が多く見られることから、前者は渡来人の執筆、後者は日本人の執筆と推定されている。森博達『日本書紀　成立の真実』（二〇一一年、中央公論新社）、葛西太一『日本書紀段階編修論』（二〇二一年、花鳥社）などに詳しい。

（七五一年頃）の漢詩文集、さらに『大織冠伝』（藤原仲麻呂撰、七六〇年頃）、『唐大和上東征伝』（淡海三船撰、七七九年）のような伝記、また詔勅や官符のような公文書が出現するが、これらは、和習が交じることもあるが基本的には正格漢文（純漢文）に準拠している。

平安時代の日本漢文　平安時代に入っても、この正格漢文に準拠した漢文の流れは受け継がれる。特に「国風暗黒時代」と呼ばれる初期の九世紀は、唐風文化の権威が絶大で、中国古典を範とし、天皇の命により、『凌雲集』（八一四年、嵯峨天皇勅）、『文華秀麗集』（八一八年、嵯峨天皇勅）、『経国集』（八二七年、淳和天皇勅）の、勅撰漢詩文集の編纂が行われた。最初の勅撰和歌集は著名な『古今和歌集』（九〇五年、醍醐天皇勅）であるが、それ以前の「勅撰」の編纂物は和歌ではなく漢詩文であった。なお、国風文化の隆盛の後も、勅撰ではないが漢詩文集の編纂は継続される（下欄にその系譜）。

正格漢文のもう一つの流れとしては、歴史書の類がある。「六国史」と呼ばれる正史の編纂が、前代の『日本書紀』から、『続日本紀』（七九七年、藤原継縄ら）、『日本後紀』（八四〇年、藤原冬嗣ら）、『続日本後紀』（八六九年、藤原良房ら）、『日本文徳天皇実録』（八七九年、藤原基経ら）、『日本三代実録』（九〇一年、藤原時平ら）のように続けられた。また、前代に続いて、法制書も編纂され、『弘仁格』（八二〇年、藤原冬嗣ら）、『令義解』（八三三年、清原夏野ら）、『延喜式』（九二七年、藤原忠平ら）などがある。この他、有職故実書として、『西宮記』（十世紀、源高明）、『北山抄』（十一世紀前半、

勅撰三集以後の漢詩文集　『扶桑集』（紀斉名編、九九五～九九八年）、『本朝麗藻』（高階積善編、一〇〇四～一〇一一年頃）、『本朝文粋』（藤原明衡編、一〇六六年）、『朝野群載』（三善為康編、一一一六年成、その後一一三五～一一四一年頃増補）、『本朝続文粋』（一一四〇年以降）、『本朝無題詩』（一一六二～一一六四年頃）。

個人の述作を集めたものとして、弘法大師空海（七七四～八三五年）の詩文集『遍照発揮性霊集』（真済編）、菅原道真（八四五～九〇三年）の詩文集『菅家文草』『菅家後集』がある。

藤原公任)、『江家次第』(十二世紀初、大江匡房)があり、医学書に『医心方』(九八四年、丹波康頼)、伝記・往生伝の類として、『浦島子伝』(十一世紀頃か、作者未詳)、『日本往生極楽記』(九八五年頃)、慶滋保胤)、『玉造小町壮衰書』(平安中期～末期か、作者未詳)、また仏教思想の書『三教指帰』(七九七年、空海)、『往生要集』(九八五年、源信)、紀行文『入唐求法巡礼行記』(九世紀、円仁)、漢詩文の作法書『作文大体』(九五七年以前、大江朝綱)などの多岐にわたる著述が、正格漢文を志向して記されている。

平安時代九世紀頃には仮名が誕生し、これを用いて書かれた『源氏物語』や『枕草子』といった王朝仮名文学作品が隆盛期を迎えるが、その一方で、和化漢文の著述も前代に続いて日本語話者の間で書き継がれ、廃れることはなかった。

和化漢文の中でも特に実用的な文章を、「古記録」と呼び、その文体を「記録体」と称することがある。平安時代を代表する古記録は、男性貴族によって記し留められた公家日記の類で、『貞信公記』(藤原忠平)、『小右記』(小野宮(藤原)実資)、『御堂関白記』(藤原道長)、『後二条師通記』(藤原師通)などがある。

実用本位という点では、古文書の類もこれに属する。『平安遺文』などに収録されている文書の多くは、文書の種類ごとに一定の形式を有し、和化漢文で綴られている。また、往来物とよばれる書簡もこれに含めることが許されよう。『雲州往来』(藤原明衡撰)、『高山寺本古往来』(撰者未詳)、『和泉

平安時代古記録の沿革　平安時代の日記には、『貞信公記』(藤原忠平、延喜七～天暦二年)、『九暦』(藤原師輔、延長八～天徳四年)、『小右記』(小野宮実資、天元元～長元五年)、『権記』(藤原行成、正暦二～寛弘八年)、『御堂関白記』(藤原道長、長徳四～治安元年)、『左経記』(源経頼、長和五～長元八年)、『春記』(藤原資房、万寿三～天喜二年中欠)、『水左記』(源俊房、康平五～嘉承三年)『帥記』(源経信、治暦元～寛治二年)、『後二条師通記』(藤原師通、永保三～康和元年)、『長秋記』(源師時、長治二～保延二年)、『兵範記』(平信範、長承元～承安元年)、『永昌記』(藤原為隆、長治二～大治四年)、『中右記』(藤原宗忠、応徳三～保延四年)、『長秋記』(源師時、寛治元～保延二年)、『殿暦』(藤原忠実、承徳二～元永元年)、『永昌記』(藤原為隆、康和元～大治四年)、『兵範記』(平信範、長承元～元暦元年)、『台記』(藤原頼長、保延二～久寿二年)、『山槐記』(藤原忠親、久安六～建久五年)、『玉葉』(九条兼実、長寛二～建仁三年)、『吉記』(吉田経房、仁安元～建久二年)といった書が伝わっている。これらは『大日本古記録』・『史料大成』等に収録され、記録体研究に活用されてきた。なお、東京大学史料編纂所の公開しているデータベース(https://wwwap.hi.u-

往来』（撰者未詳）などの撰述書が伝えられている。

さらに、古記録には属さないが、和化漢文の作品として今日に伝えられているものに、説話集の作品がある。平安時代の説話集といえば、十二世紀初（院政期）に成立した、漢字片仮名交じり文で書かれた『今昔物語集』が著名であるが、その先駆的編纂物として和化漢文体の『日本霊異記』（弘仁年間＝八一〇〜八二四年、景戒撰）があり、『今昔物語集』の出典文献として影響を与えている。なお、説話のジャンルに属する著作として、『三宝絵詞』（永観二＝九八四年、源為憲）もあり、二品尊子内親王に仏教を説くために著された作品である。本来は平仮名本位で書かれたものであるが、これを漢字に改めた本（前田本）も伝わっており、「真名本」と称される。

右の説話集や、『平家物語』や『太平記』といった軍記物といえば、中世を代表する文学ジャンルであるが、それぞれの先駆的作品はすでに平安時代に認められ、そして、それらは和化漢文で記し留められている。軍記物の先駆けとなる作品としては、『将門記』（成立年代、作者未詳）、『陸奥話記』（成立年代、作者未詳）がある。

古典教育における「日本漢文」の位置　高等学校の教科「国語」における古典の扱いについて、学習指導要領に、日本漢文も含めるようにすることが記載されている。現行の高校教科書の漢文教材の多くは、中国古典文学および中国史、中国哲学の研究者やこういった作品のみを学んできた教員によって編集されていることが多いために、この条項に必ずしも教材が追いついていてい

---

tokyo. ac. jp/ships/w16/search）も有益である。

『平安遺文』　竹内理三編。平安時代の古文書類を編年でまとめた史料集。古文書約五五〇〇通、金石文約六〇〇点を収める。

学習指導要領の記述　平成三十年告示の高等学校学習指導要領「国語」の「言語文化」について、「日本漢文」の扱いを次のように記している。

（4）教材については、次の事項に留意するものとする。ア　内容の〔思考力、判断力、表現力等〕の「B読むこと」の教材は、古典及び近代以降の文章とし、日本漢文、近代以降の文語文や漢詩文などを含めるとともに、我が国の言語文化への理解を深める学習に資するよう、我が国の伝統と文化や古典に関連する近代以降の文章を取り上げること。また、必要に応じて、伝承や伝統芸能などに関する音声や画像の資料を用いることができること。

ない憾みがある。ここに日本漢文の全体像を示し、この要求に応えようとすることも本書の編集目的の一つである。シリーズ前著『漢文資料を読む』、また、本書によって、日本古典の伝統において、漢文の世界がインプット（中国古典の受容）だけでなく、アウトプット（日本語話者による漢文表現）も盛んであったことを具体的に知ることができる。日本漢文を学習することにより、中国古典という外国の文学ではなく、あくまで日本の古典の中に漢文が位置づけられることが理解されよう。

日本漢文の読み方　日本漢文、特に和化漢文は、中国古典の語法、語彙とは大きく異なり、日本語的要素が随所に見られる。さらに、記録体に特有の語法、語彙も認められることから、中国古典作品しか読んでいないと理解の及ばない場合がある。それゆえ、和化漢文に特徴的な語彙、語法、また訓法を習得しておくことが必要である。ここでは、そのいくつかについて簡単に紹介しておく。

漢文に混入する日本語的要素には、次のようなものがある。

①語順が、日本語式（もしくは破格）を採ることがある。

・付《シテ》二蔵人弁《ニ》一令《ム》レ奏《セ》二蔵人頭《ヲ》辞《スル》之状《ヲ》一　（『権記』長保二年三月十四日）

　蔵人弁ニ付シテ蔵人頭ヲ辞スル状ヲ奏セシム

②正格漢文にない漢字の用法がある。

・及《ビテ》レ暁《ニ》従《リ》二一条一人来《ル》　（『御堂関白記』長和五年七月二十五日）

　暁ニ及ビテ一条ヨリ人来ル

和化漢文の訓点本　和化漢文は日本語として書き下すべく記された文章である。『日本霊異記』には、訓釈（興福寺本、国会図書館本）が付けられており、『将門記』は、承徳三（一〇九九）年（真福寺本）およびこれより少し遡る本（楊守敬旧蔵本）の加点本が知られている。また、『高山寺本古往来』や『和泉往来』も院政期の訓点が施されており、これによって具体的に当時の訓読の様が知られる。

③敬語の補助動詞など、本来漢文を訓読する際に補読する語が漢字表記される。

・但《シ》殿下、宇治殿《ニ》参入《シ》御坐《ス》

但シ殿下、宇治殿ニ参入シオハシマス

（『後二条師通記別記』永保三年二月二日）

④和語が漢字表記される。

・極《メテ》有《リト》㆓片腹痛《キ》御詞㆒云々

極メテカタハライタキ御詞有リト云々

（『小右記』長和三年十二月八日）

・中宮、六借気ニ御《ス》歟

中宮、ムツカシゲニオハスカ

（『殿暦』康和三年八月二十二日）

⑤和製漢語が用いられる。

・右衛門督、不合《ノ》由《ト》云々、仍《リテ》絹三十疋、米百石《ヲ》及《ボス》

右衛門督、不合ノ由ト云々、仍リテ絹三十疋、米百石ヲ及ボス

（『御堂関白記』寛弘四年正月六日）

⑥固有名詞以外の語を、万葉仮名・平仮名・片仮名で表記する。

・阿末太参《リ》来《ル》

アマタ参リ来ル

（『貞信公記抄』延喜七年八月一日）

・早朝左衛門督許かくいひやる、わかなつむかすかのはらにゆきふれはこゝろつかひをけふさへそやる

（『御堂関白記』寛弘元年二月六日裏書）

第2章　記紀万葉

沖森卓也

古事記　『古事記』は序文と、上中下三巻の本文から成る。序文は「臣安万侶言」で始まる上表文の体裁を有する純漢文によって記されているのに対して、本文は「稗田阿礼が誦《よ》める勅語の旧辞」を太安万侶が撰録したもので、日本語に基づく文章が漢字だけで書き留められている。このように『古事記』の本文は中国語を前提としない漢字文であるから、必然的に、本来の漢文には見られない語法や語序、語彙などが用いられることになる。たとえば、「吾者到於伊那志許米志許米岐穢国而在祁理」〈我はいなしこめしこめき穢《きたな》き国に到りてありけり〉（上巻）は、「いなしこめしこめき」という形容詞、助動詞の「けり」を万葉仮名で記して、日本語の読みを導くという方法をとっている。また、「種種味物取出而」〈種種《くさぐさ》の味《うま》き物を取り出《い》でて〉（上巻）のように、日本語の語順に従って目的語が動詞の前に表記されることもある。

日本書紀　『日本書紀』という書名は「日本書」の「紀」（帝王の年代記）という意で、「日本書」は『漢書』『魏書』などの中国歴代の王朝の正史に対抗する意図で名付けられたものである。したがって、正史であることを標榜するためにも、漢文で記録される必要があり、したがって、典拠を重んじる漢文の述作にあっては、中国古典の文辞に基づく表現も散見されることになる。『芸文類聚』（六二四年成立）などの類書を参考にしたと考えられる。

古事記の注　『古事記』の本文は、その序文に記すように、音訓を交えて書いたり、すべて訓による表記に、必要に応じて注を施したりして記録されている。そもそも、日本語をそのまま漢字で書き記す場合、本来の漢文から逸脱した表記法をとらざるを得なかった。注には、音注（ある範囲を字音で読むことを注記したもの）、訓注（訓で読む読み方を注記したもの）、声調注（特定のアクセントで読むことを注記したもの）などがあり、いずれも漢文の注釈書の類いに倣ったものである。

万葉仮名　音を用いた音仮名（借音仮名）と訓を用いた訓仮名（借訓仮名）がある。

日本書紀の訓読　『日本書紀』の記述を見ると、「顧眄之間」（巻一・第五段　一書第一）という本文に対して「此云美婁摩沙可梨爾」、「立於浮渚在平処」（巻二・第九段本文）に対して「此云羽企爾磨梨陀毘邏而陀陀志」のように、ミルマサカリニ、ウキジマリタヒラニタタシという訓注が見える。これらは、成立当初から日本語として読まれていたことを想

万葉集　日本最古の歌集『万葉集』は、和歌については、原則として日本語の語順に従って訓読みの漢字を連ねたり、万葉仮名で表音的に記したりするという表記様式を有する一方、漢文によって、和歌の前には作歌の事情などを示す題詞、そして、必要に応じて左注が書き記されている。

　　天皇幸于吉野宮時御製歌

淑人乃良跡吉見而好常言師芳野吉見与良人四来三　（巻一・二七）

　　紀曰八年己卯五月庚辰朔甲申幸于吉野宮

右の「よき人のよしとよく見てよしと言ひし吉野よく見よよき人よく見」という歌は、この巻の編者によって「天皇、吉野宮《よしののみや》に幸《いでま》す時の御製歌《おほみうた》」〈天武天皇が吉野離宮に行幸された時のお歌〉というように作者と作歌年代が題詞に記され、さらに、その作歌年代についての根拠として左注に「紀に曰《いは》く、『八年己卯の五月、庚辰の朔の甲申、吉野宮に幸す』と」〈日本書紀には『天武天皇八年五月五日に吉野離宮に行幸された』とある〉と書き添えられたものである。

題詞・左注はともに漢文で簡潔に書き記されるのが普通である。ただ、中には、たとえば巻五の「梅花歌三十二首并せて序」「松浦河に遊ぶ序」や「沈痾自哀文」「吉田宜の啓」などのように、比較的長い漢文で詞藻を書き連ねたものも見られる。巻十七以降には、大伴家持およびその周辺の人々による漢文（手紙文や漢詩など）が所収されており、また、巻十六にも説話風の漢文が記載されている。

定させる。また、後者は『古事記』の「宇岐士摩理蘇理多多斯弖」（上巻）に対応していて、同じような表現が確認できることから、『日本書紀』の訓読は『古事記』に類似する文章表現に基づいているとも考えられる。

題詞　「詞書《ことばが》き」ともいう。作歌事情を記すほかに、「詠天一首」（天を詠む一首）というような内容に関するもの、「問答歌四首」「旋頭歌廿四首」のような、和歌の分類に関するものなどもある。

風土記　現存する風土記の中で、上代に撰述されたと考えられるのは『常陸国風土記』『播磨国風土記』『出雲国風土記』『肥前国風土記』『豊後国風土記』の五つだけである。

産物や地名の由来、土地の伝承などを言上せよという和銅六（七一三）年五月の官命に対して、各国が編纂した報告書であって、常陸国においては、令の規定に基づいて「常陸の国の司《つかさ》、解し申す、古老《ふるおきな》の相ひ伝へたる旧聞《ふること》の事」で始まる解文（上中文書）の形式で記されている。「風土記」という名は本来のものではなく、後世の呼び名である。

例文2・1　『古事記』序

臣安万侶《やすまろ》言《まをス》。夫《レ》混元既《ニ》凝《こりテ》気象未《ダ》《ず》レ効《あらハレ》、無《ク》レ名《モ》無《クアレバ》レ為《わざモ》、誰《カ》知《ラム》二其《ノ》形《ヲ》一。然《レドモ》乾坤初《メテ》分《わかレテ》参神作《なり》二造化之首《はじめト》一、陰陽斯開《ここニひらケテ》二霊為《リキ》二群品之祖《おやト》一。所以《このゆゑニ》出《デ》二入《リテ》幽顕《ニ》一、日月彰《あらハレ》二於洗《フニ》レ目《ヲ》、浮《キ》二沈《ミテ》海水《ニ》一、神祇呈《あらハル》二於滌《すすクニ》レ身《ヲ》。故《かれ》、太素杳冥《ニアレドモ》　因《リテ》二本教《ニ》一而識《しリ》二孕《はらミ》レ土《くにヲ》　産《うミシ》レ島《ヲ》之時《ヲ》一、元始綿邈《ニアレドモ》頼《よりテ》二先聖《ニ》一、而察《しレリ》二生《ミ》レ神《ヲ》立《テシ》レ人《ヲ》之世《よヲ》一。寔《まことニ》知《ル》二懸《ケ》レ鏡《ヲ》吐《キテ》レ珠《たまヲ》而百王相《ヒ》続《キ》喫《かミ》レ剣《ヲ》切《リテ》レ蛇《をろちヲ》以万神蕃息《セシコトヲ》一　与。議《はかりテ》二安河《やすのかはニ》一而平《たひらゲ》二天下《あめのしたヲ》一論《あげつらヒテ》二小浜《をはまニ》一而清《ム》二国土《くにヲ》一。是《ヲ》以《テ》番《ほの》仁《にに》岐《ぎの》命《みこと》初《メテ》降《くだり》二于高《たか》千嶺《ちほのみねニ》一、神《かむ》倭《やまとの》天皇《すめらみこと》経《ふ》二歴于秋《あき》津《づ》島《しまニ》一。化熊出《デテ》レ川《ヲ》天剣獲《え》二於高《たか》倉《くらニ》一生尾遮《さへテ》レ径《みちヲ》大烏導《ク》二於吉野《ニ》一。列《つらネテ》レ儛《まひヲ》攘《はらヒ》レ賊《あたヲ》聞《キテ》レ歌《ヲ》伏《したがフ》レ仇《あたヲ》。即《チ》覚《さとリテ》レ夢《いめニ》而敬《ゐやまフ》二神祇《ヲ》一。所以《ニ》称《いフ》二賢后《ト》一。望《ミテ》レ煙《ヲ》而撫《ヅ》二黎元《ヲ》一。於《に》レ今伝《フ》二聖帝《ト》一。定《メ》レ境《ヲ》開《キテ》レ邦《ヲ》制《をさム》二于近淡海《ちかつあふみヲ》一。正《シ》レ姓《かばねヲ》撰《ビテ》レ氏《ヲ》勒《をさム》二于遠《とほつ》飛鳥《ニ》一。雖《モ》二歩驟

例文2・1～2・2　『古事記』　現存する本邦最古の歴史書。三巻。和銅五（七一二）年成立。稗田阿礼の誦習した帝紀・旧辞を太安万侶が筆録したもの。

例文2・1　序

臣安万侶言　「臣○○言」は上表文の書き出しの定型句。

混元　混沌の元気。

気象　気と象（形・質）のこと。

参神　天御中主神・高御産巣日神・神産巣日神のこと。

二霊　伊邪那岐命と伊邪那美命。

幽顕　黄泉国（幽）と葦原中国（顕）。

日月　天照大神（日）と月読命（月）。

太素　世界の始まり。

本教　神代以来の伝承。

孕土産島　国土の生成をさす。

先聖　神代のことを言い伝えた賢い人。

懸鏡吐珠　天の岩屋戸の故事をさす。

喫剣切蛇　須佐之男命の大蛇退治の故事をさす。

安河　神々が相談する天安河原。

小浜　神々が大国主命と問答する出雲の伊那佐の小浜。

番仁岐命初降　いわゆる天孫降臨をさす。

神倭天皇　神武天皇。「大鳥導吉野」まで、いわゆる神武東征をさす。

各《おのもおのも》異《ニシテ》文質不《ト》レ同《ジカラ》莫《シ》レ不《トイフコト》下稽《かむがへテ》レ古《いにしへヲ》以縄《ただシ》二風猷《ヲ》於既《ニ》頽《おとろヘタルニ》一照《シテ》レ今《ヲ》以補《おきぬハ》中典教《ヲ》於欲《すルニ》上絶《エムト》。

例文2・2　一言主神

（『古事記』下巻・雄略記）

又一《ある》時《ときニ》天皇《すめらみこと》登《リ》二幸《いでまシシ》葛城《かづらき》山《やまニ》一之時《ニ》、百官《もものつかさのひと》人等《ども》悉《ク》給《ヒキ》下著《ケシ》二紅《ノ》紐《ヲ》一之青《あを》摺《ずりノ》衣《き》服《ぬヲ》上。彼《そノ》時《ニ》有《リ》下其《ノ》自《リ》二所《ノ》レ向《フ》之山《ノ》尾《を》一登《ル》二山《ノ》上《ニ》一人上。既《ニ》等《シク》二天皇之鹵簿《みゆきのつらニ》一亦其《ノ》束装《よそひ》之状《かたちト》及《と》二人《ひと》衆《かず》一相《ヒ》似《テ》不レ傾《かたぶカ》。爾《しかクシテ》天皇望《ミテ》令《メタマヒテ》レ問《ハ》曰《ク》、「於《に》二茲《ノ》倭国《やまとのくに》一除《をキテ》レ吾《ヲ》亦無《シ》レ王《おほきみ》。今誰《た》人《れゾ》如《か》此《クテ》而行《クト》。」即《チ》答《ヘテ》曰《フ》之状《かたちモ》亦如《シ》二天皇之命《みことノ》一。於レ是天皇大忿《キニいかリテ》而矢刺《シタマヒ》、百官人等悉《ク》矢刺《ス》。爾《クシテ》其《ノ》人等《どもモ》亦皆矢刺《ス》。故《かれ》、天皇亦問《ヒタマヒテ》曰《ク》、「然《しかアラバ》告《のレ》二其《ノ》名《ヲ》一。爾《クシテ》各《おのもおのも》告《リテ》レ名《ヲ》而弾《はなタムト》レ矢《ヲ》。」於レ是答《ヘテ》曰《ク》、「吾《あれ》先《ヅ》見《えヌ》レ問《ハ》。故、吾先《ヅ》為《せム》二名《な》告《のりヲ》一。吾者雖《ども》二悪《あシキ》事《ニアレ》一而一《ひと》言《こと》、雖《ども》二善《キ》事《ニアレ》一而一言、言《ヒ》離《はなツ》之神、葛城之一《ひと》言《こと》主《ぬし》之《の》大神《ゾト》者也。」天皇於レ是惶《をヂ》畏《かしこミテ》而白《まをサク》、「恐《かしこシ》。我《ガ》大神、

高倉　高倉下の下略。
覚夢而敬神祇　崇神天皇の事績をさす。
望煙而撫黎元　仁徳天皇の事績をさす。
定境開邦制于近淡海　成務天皇の事績をさす。
正姓撰氏勒于遠飛鳥　允恭天皇の事績をさす。
風猷　教化と道徳。
典教　儒家が重んじる仁義礼智信の教え。

例文2・2　一言主神
天皇　雄略天皇。
葛城山　奈良県と大阪府の境にある金剛山地の一つ。
百官人　官僚のこと。
山尾　山の尾根。
鹵簿　天子の行列。行幸の際、鹵（大型のたて）で警護をし、簿（帳簿）に行列の順序を書き記すことから。
答曰之状亦如天皇之命　応答が天皇の言葉と同じであるのは、山彦（こだま）によるものであろう。
矢刺　弓に矢をつがえる。
一言主之大神　その一言で、凶事も吉事も決まってしまうという大神。

有《レバ》二宇《う》都《つ》志《し》意《お》美《みニ》一者（自《リ》レ宇下《しもノ》五字以《まなハもちキル》レ音《ヲ》也。）不《ト》レ覚《さとラ》」白《シテ》而大《おほ》御《み》刀《たちト》及《とヲ》二弓矢一始《メテ》而脱《カシメテ》二百官人等所《ガ》レ服《ノきル》衣《き》服《ぬヲ》一以拝《をろがミ》献《ル》。爾《クシテ》其《ノ》一言主《ノ》大神、手《ヲ》打《チテ》受《ケタマフ》二其《ノ》奉《まつレル》物《ヲ》一。故、天皇之還《かへりいでます》幸時《ニ》其《ノ》大神、満《みテテ》二山《ノ》末《ヲ》一於《に》二長《はつ》谷《せノ》山口《ヲ》一送《リ》奉《まつりキ》。故、是《ノ》一言主之大神《ハ》者彼《その》時《ニ》所《れタマヒキ》レ顕《ハ》也。

例文2・3　乙巳の変

（『日本書紀』巻二十四）

六月《ノ》丁酉朔甲辰《ひのとのとりノついたちきのえたつのひニ》中大兄《なかのおほえ》、密《カニ》謂《かたりテ》二倉山田麻呂《くらのやまだのまろノ》臣《おみニ》一曰《ク》、「三韓《みつのからくにノ》進《たてまつラムみつきヲ》レ調之日《ニ》、必《ズ》将《ニむト》レ使《メ》三卿《ヲシテ》読《ミ》二唱《あゲ》其《ノ》表《ふみヲ》一。」遂《ニ》陳《のブ》下欲《すル》レ斬《ラムトいる》二入鹿《かヲ》一之謀《はかりごとヲ》上。麻呂《ノ》臣奉《たてまつル》レ許《シ》焉。戊申《つちのえさるのひニ》天皇《すめらみこと》御《おはしまス》二大極殿《ニ》一。古《ふる》人《ひとのおほ》大兄《え》侍《リ》焉。中臣《なかとみノ》鎌子《かまこノ》連《むらじ》、知《リテ》二蘇我《ノ》入鹿《ノ》臣為《リ》レ人《ト》多《クシテうたがひ》レ疑昼夜持《はケルコトヲたちヲ》レ剣而教《ヘテ》二俳優《わざひとニ》一方便《たばかリテ》令《ム》レ解《ぬカ》。入鹿《ノ》臣咲《ヒテ》而解《ク》レ剣《ヲ》。入《リテ》侍《リ》二于座《しきゐニ》一。倉山田麻呂《ノ》臣進《ミテ》而読《ミ》二唱《グ》三韓《ノ》表文《まをしふみヲ》一。於レ是中大兄戒《いましメテ》二衛門府《ゆげひのつかさニ》一、一時《もろともニ》倶《ともニ》鏁《さしかためテ》二十二《ノ》通門《みかどヲ》一、勿《ず》レ使《メ》二往《か》来《よは》一。

宇都志意美　現《うつ》し臣《おみ》。生きている人間の意。
手打　よろこび祝福する意を表す所作。
満山末　山の頂に及ぶ全山を統率するの意。
長谷　奈良県桜井市初瀬の古名。

例文2・3『日本書紀』　歴史書。六国史の第一。七二〇年成立。舎人親王ら編。神代から持統天皇までの歴史を記す。
六月丁酉朔甲辰　六月八日。
中大兄　後の天智天皇。舒明天皇の子で、母は宝皇女（後の皇極（斉明）天皇）。
倉山田麻呂臣　蘇我倉山田石川麻呂。蘇我入鹿の従兄弟にあたるが、伯父の蝦夷と対立していた。
三韓　高麗（高句麗）・百済・新羅の総称。
調　服属儀礼として大和朝廷に差し出す物。
入鹿　蘇我入鹿。当時権力を振るっていた蘇我蝦夷の子。
戊申　六四五年六月十二日。
天皇　皇極天皇。
大極殿　大内裏朝堂院の正殿。天皇が政務を執る所。
古人大兄　舒明天皇の子で、母は蘇我蝦夷の妹、法提郎媛。中大兄の異母兄。
中臣鎌子連　藤原鎌足。その死に際して、藤原の姓を下賜された。

召《シ》二聚《メテ》衛門府《ヲ》於一所《ニ》一将《ニ》二給禄《ものさづケムト》一。時《ニ》中大兄即《チ》自《ラ》執《とリテ》二長《キ》槍《ほこヲ》一隠《レタリ》二於殿《ノ》側《かたはらニ》一。中臣《ノ》鎌子《ノ》連等《ら》、持《チテ》二弓矢《ヲ》一而為《す》二助《すケ》衛《まもラムト》一。使《メテ》四海《あま》犬《の》養《いぬかひノ》連《むらじ》勝《かつ》麻《ま》呂《ろヲシテ》授《ケ》三箱《ノ》中《ノ》両《ツノ》剣《ヲ》於佐《さ》伯《へきノ》連子《こ》麻《ま》呂《ろト》与《とニ》二葛城《かづらきの》稚《わか》犬《いぬ》養《かひの》網《あみ》田《た》一曰《ク》、「努《ゆ》力《め》々《ゆ》々《め》、急須《あからさまニ》応《ニ》《シト》レ斬《ル》。」子麻呂等《ら》、以《テ》レ水《ヲ》送《いひ》飯《すクニ》恐《レテ》而反吐《たまひいだス》。中臣鎌子連嘖《せメテ》而使《ム》レ励《はげマ》。倉山田麻呂《ノ》臣恐《レテ》下唱《よみアグルコト》二表文《ヲ》一将《ニ》レ《レドモ》尽《キナムト》而子麻呂等《らガ》不《ぬコトヲ》レ来、流《いヅル》汗浹《あまねクシテ》レ身《ニ》乱《レ》レ声動《わななク》レ手。鞍《くら》作《つくりノ》臣怪《シビテ》而問《ヒテ》曰《ク》、「何《ノ》故《ニカ》掉《ふるヒ》戦《わななクト》。」山田麻呂対《ヘテ》曰《ク》、「恐《かしこミテ》レ近《キコトヲ》二天皇《ニ》一不《シテ》レ覚《おぼエ》流《いヅト》レ汗。」中大兄見《テ》下子麻呂等《ら》畏《おそリテ》二入鹿《ガ》威《いきほひニ》一便旋《めぐりテ》不《ぬヲ》レ進《マ》曰《ク》、「咄《や》嗟《あト》。」即《チ》共《ニ》二子麻呂等《ト》一出《デ》二其《ノ》不意《ニ》一以《テ》レ剣《ヲ》傷《やぶり》二割《そこなフ》入鹿《ガ》頭《かしら》・肩《かたヲ》一。入鹿驚《キテ》起《ツ》。子麻呂運《めぐらシ》レ手《ヲ》揮《ふキテ》レ剣《ヲ》傷《きル》二其《ノ》一《かた》脚《あしヲ》一。入鹿転《まろびつキテ》二就御《み》座《もとニ》一叩《の》頭《ミテ》曰《ク》、「当《ニ》《キハ》レ居《ましまス》二嗣位《ひつぎのくらゐニ》一天《あめ》之《の》子《みこ》也。臣《やつこ》不レ知《ラ》レ罪《ヲ》。乞《ハクハ》垂《レタマヘト》二審察《ヲ》一。」天皇大《キニ》驚《キテ》詔《みことのりシテ》二中大兄《ニ》一曰《のたまハク》、「不レ知《ラ》レ所《すべヲ》レ作《なス》。有《ルト》二何事《カ》一耶。」中大兄伏《シテ》レ地《つちニ》奏《まをシテ》曰《ク》、「鞍作尽《ク》滅《シテ》二天《きみ》宗《たちヲ》一将《ニ》レ傾《ケムト》二

俳優　滑稽な所作で歌舞などをする人。
表文　天子にたてまつる文書。
衛門府　宮城の諸門を警護する任務などにあたる武官の役所。
十二通門　大内裏の外郭にある十二の門。
海犬養連勝麻呂　他に見えない。
佐伯連子麻呂　『藤氏家伝』には「佐伯連古麻呂」と見える。この後も、中大兄皇子から古人大兄皇子を殺害する命を受けた。
葛城稚犬養網田　以後、史書に登場しない。
急須　わずかの間。
以水送飯　水をかけて飯を喉に入れること。
反吐　嘔吐すること。
鞍作　蘇我入鹿の別名。
便旋　さまよって進まないこと。
咄嗟　驚き嘆く声。
出其不意　不意に行うさま。
御座　天皇の居る所。
叩頭　乞い願う。
天宗　皇位を継承する系統のことで、山背大兄たちのことをさす。

日位《ひつぎのくらゐヲ》豈《あに》以《テ》天孫《あめみまヲ》代《かヘムヤ》鞍作《ニ》乎。」（蘇我臣入鹿、更名《またのな》鞍作。）天皇即《チ》起《チテ》入《リタマフ》於殿中《うちニ》。佐伯連子麻呂・稚犬養連網田斬《ル》入鹿臣《ヲ》。是日雨下《ふりテ》潦水《いさらみづ》溢《あふレタリ》庭《ニ》。以《テ》席障子《むしろしとみヲ》覆《おほフ》鞍作《ガ》屍《しかばねニ》。

（皇極四年六月甲辰・戊申条）

例文2・4　梅花歌序

梅花《ノ》歌卅二首幷《セテ》序　（『万葉集』巻五）

天平二年正月十三日萃《あつマリ》于帥老《おきな》之宅《いへニ》申《ブ》宴会《ヲ》也。于《に》時初春《ノ》令月《ニシテ》気淑《よク》風和《やはらグ》。梅披《ひらキ》鏡前之粉《ヲ》、蘭薫《かをラス》珮後之香《ヲ》。加以《しかのみにあらず》曙《あさけノ》嶺移《リ》雲《ヲ》、松掛《ケテ》羅《うすものヲ》而傾《ク》蓋《きぬがさヲ》。夕岫《ゆふへノみねニ》結《ビ》霧、鳥封《とヂラレテ》縠《うすものニ》而迷《まどフ》林《ニ》。庭舞《ニ》新蝶《しんてふ》、空帰《ル》故雁《ヲ》。於是蓋《きぬがさニシ》天《ヲ》坐《しきゐニシ》地《ヲ》、促《ちかづケ》膝《ヲ》飛《バス》觴《さかづきヲ》。忘《レ》言《ことヲ》一室之裏《うちニ》、開《ク》衿《ころものくびヲ》煙霞之外《ニ》。淡然自放《ニ》、快然自足《ル》。若非《ズハ》翰苑《ニ》、何以《テカ》攄《のべム》情《こころヲ》。詩紀《しるス》落梅之篇《ヲ》、古今《いにしへトいまト》夫何異《ナラム》矣。宜《シク》賦《シテ》園梅《ヲ》、聊《いささカニ》成《ス》短詠《ヲ》。

（八一五題詞）

日位　天皇の位。
天孫　天皇の家系。
潦水　地面に溜まり流れ出る雨水。
席障子　「席」はむしろ、「障子」は屏風のこと。
例文2・4～2・6『万葉集』　本邦最古の歌集。最終的には、七七〇年以降、大伴家持（～七八二）によって二十巻に編集されたと考えられている。
例文2・4　梅花歌序
梅花歌卅二首幷序　序文の作者は大伴旅人、山上憶良、太宰府の官人などの説がある。
天平二年　七三〇年。
帥老　大伴旅人。帥は太宰府の長官。
申　開くの意。
初春令月　初春のよい月、すなわち正月。
鏡前之粉　鏡の前の白粉《おしろい》。
珮　香木などを袋に入れて腰に下げたもの。
羅　うすぎぬ。
蓋　貴人にさしかける、柄の長い傘。
縠　うすぎぬ。「羅」と対をなす。
故雁　前年に渡来した雁。「新蝶」の対。
促膝　膝を近づける。親密な仲である形容。
飛觴　親しく杯をまわすことをいう。
翰苑　詩文の量が多いの意であるが、ここでは文筆をさす。

例文2・5　松浦河に遊ぶ序

（『万葉集』巻五）

遊於松浦《まつら》河《がは》序

余《やつかれ》以暫《たまさかに》往松浦之県《あがた》逍遥、聊臨玉島之潭《ふち》遊覧。忽値《あふ》釣魚女子《をとめら》等也。花容《かほ》無双、光儀《すがた》無匹《たぐひ》。開柳葉於眉中《まよのうち》、発桃花於頬上《つらのうへ》、意気凌雲、風流絶世。僕《やつかれ》問曰、「誰郷《さと》誰家児等。若疑《けだし》神仙者乎。」娘《をとめ》等皆笑答曰、「児等者《われは》漁夫《あま》之舎《いへ》児、草菴《いほ》之微者《いやしきひと》。無郷無家。何足称云。唯、性便水、復心楽山。或臨洛浦而徒《いたづらに》羨玉魚、乍臥巫峡《かふ》以空望烟霞。今《いま》以邂逅《たまさかに》相遇《あ》貴客。不勝感応。輙陳欸曲《くわんきよく》。而今《いまより》而後《のちに》豈《あに》可非偕老哉。」下官《やつかれ》対曰、「唯々《をを》、敬《つつしみて》奉《うけたまはら》芳命。」于時日落山西、驪《り》馬《ば》将去。遂申懐抱、因贈詠歌曰、

阿佐里須流阿末能古等母等比得波伊倍

短詠　和歌のこと。この序に続いて「正月《むつき》立ち春の来たらばかくしこそ梅を招《を》きつつ楽しき終《を》へめ」（大弐紀卿。紀男人のことか）に始まる三十二首が所載される。

例文2・5　松浦河に遊ぶ序

遊於松浦河序　「松浦河」は佐賀県松浦郡の玉島川のこと。この序および和歌は『文選』や『遊仙窟』など、中国の詩文を参考にして作ったもので、序の作者は大伴旅人とする説、山上憶良とする説がある。

県　六世紀ごろに設けられた行政区画。後の国郡制における郡《こおり》に相当する。

値釣魚女子等也　『日本書紀』神功前紀の、神功皇后が四月上旬に松浦川で鮎を釣ったという故事を踏まえた表現。

花容　花のような美しい顔。

光儀　照り輝くばかりの美しい容姿。

絶世　この世のものとも思えないの意。

神仙　仙人や仙女のこと。

草菴之微者　草の庵に住む下賤な者。

洛浦　洛水の浜の意。洛水は『文選』洛神賦に見える川の名で、ここでは玉島川のこと。

巫峡　『文選』高唐賦に見える巫山と名づけられた神仙峡。

欸曲　真心の細やかな所。

偕老　夫婦ともに長生きしようという誓い。

下官　官人の自称の謙譲語。

騰美流尓之良延奴有麻必等能古等　（八五三）

例文2・6　桜児

（『万葉集』巻十六）

昔者《むかし》有《り》二娘子《をとめ》一、字《あざなヲ》曰《フ》二桜児《さくらこト》一也。于レ時有《り》二二《リノ》壮士《をとこ》一、共《ニ》誂《とぶらヒテ》二此《ノ》娘《をとめヲ》一而捐《すテテ》レ生《いのちヲ》挌競《あらそヒ》貪《むさぼリテ》レ死《ヲ》相《ヒ》敵《あたル》。於レ是娘子歔欷《なげきテ》曰《ク》、「従《リ》レ古《いにしへ》来《までニ》レ今未《ダ》レ聞《カ》未《ダ》レ見、一《リノ》女《をみな》之身《ノ》往二適《ゆクトイフコトヲ》二門《ツノかどニ》一矣。方今《いまし》壮士之意《こころ》、有《リ》レ難《キコトや》二和平《はシ》一。不《じ》レ如《カ》、妾《わガ》死《ニテ》相《ヒ》害《ころスコト》永《ク》息《やマムニハト》。」尓乃《すなはチ》尋《ネ》二入《リ》林《ノ》中《ニ》一懸《さがリテ》レ樹《ニ》経《わなキ》死《ヌ》。其《ノ》両《リノ》壮士、不レ敢《へ》二哀慟《かなしびニ》一血《ノ》泣漣《なみだながル》レ襟《ころものくびニ》。各陳《べテ》二心緒《おもひヲ》一作《ル》歌二首

春去者挿頭尓将為跡我念之桜花者散去流香聞　其一

妹之名尓繫有桜花開者常哉将恋弥年之羽尓　其二

（三七八六・三七八七）

驪馬　真っ黒な毛の馬。

懐抱　心の中に思うこと。

阿佐里須流　この歌は「漁猟《あさり》する海人《あま》の子どもと人は言へど見るに知らえぬ貴人《うまひと》の子」と詠んだもの。

例文2・6　桜児

『万葉集』巻十六の前半に所載する「有由縁」、すなわち「いわれのある歌」に分類された中の冒頭に位置する。二男一女型の妻争いの話。

昔者有娘子　昔物語の定型的な書き出し。

字　成人した後、実名以外につける通称。

誂　求婚する。

歔欷　すすり泣く。

往適　嫁ぐ。

経　首をくくる。

血泣　流す涙のはなはだしさの形容。

心緒　心の内の思い。

歌二首　その一は「春さらば挿頭《かざし》にせむと我が思ひし桜の花は散りにけるかも」、その二は「妹《いも》が名に懸けたる桜花咲かば常にや恋ひむいや毎年《としのは》に」と詠んだもの。

例文2・7　『常陸国風土記』

奈良時代撰述の現存する五つの「風土記」の一で、七一八年より少し下ったころの撰と考えられている。常陸国の国司が太政官に通達する文書の形をとるが、編者は未詳。

古老　和銅六年の風土記撰進の詔に「古老相

例文2・7　福慈岳と筑波岳

（『常陸国風土記』筑波郡）

古《ふる》老《おきな》曰《ヘラク》、「昔、祖神尊《みおやのかみのみこと》巡《リ》二行《いでまシテ》諸《ノ》神之処《ところヲ》一、到《リタマヒキ》二駿河《ノ》国《ノ》福《ふ》慈《じノ》岳《やまニ》一。卒《つひニ》遇《ヒテ》二日《ノ》暮《くれニ》一請《ハムト》二欲《おもホス》過《やど》宿《りヲ》一。此《ノ》時《ニ》福慈《ノ》神答《ヘテ》曰《ク》、『新《あらたシキ》粟《あは》初《ノにひな》嘗《へシテ》家《や》内《ぬち》諱《ものいみ》忌《セリ》。今日之間《ほどハ》冀《こひねがハクハ》許《スコトじト》不レ堪《あへ》。』於レ是神祖尊《みおやのかみのみこと》、恨《ミ》泣《キ》詈《の》告《リテ》曰《ヒタマハク》、『即《チ》汝《ながガ》親《ゾ》。何《ゾ》不《ぬ》レ欲《リセ》レ宿《サマク》。汝《ガ》所《ノ》レ居《すム》山《ハ》生《い》涯《き》之極《きはミニシテ》冬《モ》夏《モ》雪霜《フリ》冷《さむ》寒《さ》重《かさ》襲《なり》、人《ひ》民《と》不レ登《ラ》、飲《をし》食《もの》勿《なケムト》レ奠《まつルコト》者。』更《ニ》登《リマシテ》二筑波《ノ》岳《やまニ》一亦請《ヒタマフ》二容《やど》止《りヲ》一。此《ノ》時《ニ》筑波《ノ》神答《ヘテ》曰《ク》、『今《こよ》夜《ひ》新《にひ》粟《な》嘗《ヘスレドモ》不《じト》下敢《ヘテ》不《ずハアラ》上奉《うけたまはラ》二尊《みこ》旨《とヲ》一。』爰《ニ》設《まケテ》二飲食《ヲ》一敬《ゐやまヒ》拝《をろがミ》祇《つつしミ》承《つかへマツル》。於レ是神祖尊歓《よろ》然《こビ》諱《いはヒテ》曰《ヒタマハク》、『愛《はシキカモ》乎、我《ガ》胤《すゑ》、巍《たかキカモ》哉神宮《かみのみや》。天地《ト》並《ひ》斉《とシク》日月《ト》共《と》同《もニ》人《おほみ》民《たから》集《ヒ》賀《ことほギ》、飲食富《ゆ》豊《たケク》代《よ》代《よニ》無《ク》レ絶《ユルコト》日《ひ》々《びニ》弥《いや》栄《エ》、千《ち》秋《あき》万歳《よろづよニ》、遊楽《たのしびハ》不《じト》レ窮《つキ》者。』是《ヲ》以《テ》福慈《ノ》岳常《ニ》雪《フリテ》不レ得二登《の》臨《ぼルコト》一。其《ノ》筑波《ノ》岳往《キ》集《ヒ》歌《ヒ》舞《ヒ》飲喫《さけのみものくらフコト》至《ルマデ》二于今《ニ》一不《ト》レ絶《エ》也。」以《し》下《もハ》略《はぶク》之。

伝旧聞異事」の報告を求めている。

祖神尊　祖先の神を漠然とさす。

福慈岳　富士山。

粟　『和名類聚抄』に見える「阿波」の訓に従う。もと、外皮の付いたままの実を付ける穀物の意で、転じて、中国北部で産する最も代表的な穀物のアワを表すようになった。

初嘗　秋にその年に初めて取り入れた穀物を神に供える祭り。

諱忌　祭事などのために、一定期間、飲食や言語を慎み、身辺を潔斎すること。

飲食勿奠　飲食物を山の神に供える者はないということ。

筑波岳　筑波山。

新粟嘗　前の「新粟初嘗」に同じ。

我胤　祖先の神が自らの子孫である「筑波神」をさして言ったもの。

神宮　延喜式に「筑波山神社二座」と見える。

往集歌舞飲喫　一年のうち適当な日に、多数の男女が連れ立って山に登り、飲食し歌舞して興じること。もと豊作を祈る儀式であったが、これが行事化し、時に性的解放を伴うこともあった。歌垣とも、東国方言では「かがひ」とも言った。

以下略之　原資料に記載があるが、以下それらの記事は省略するという断り書き。

第3章　上代漢詩文集　懐風藻

池田幸恵

　現存する日本最古の漢詩文集。一巻。編者は、淡海三船《おうみのみふね》説が有力であるが、葛井広成《ふじいのひろなり》説、亡名氏説などがあり、未だ定説をみない。天平勝宝三（七五一）年十一月成立。近江朝から奈良時代中期頃までの八十数年間の、六十四人、一二〇首の詩を、ほぼ年代順・作者別に並べる。冒頭に序文と目録があり、序文には、天孫降臨に始まる日本の文化・学問の歴史と、戦乱（壬申の乱）によって多くの詩が失われたことを述べたうえで、古人の詩が散佚することを惜しみ、残った詩文を集め一巻をなしたことが記されている。書名は、序文に「余撰二此文一意者、為レ将レ不レ忘二先哲遺風一、故以二懐風一名レ之」とあり、先哲の遺風を忘れないために『懐風藻』と名づけたことがわかる。

　序文には「作者六十四人、具題二姓名一、并顕二爵里一、冠二于篇首一」とあるものの、六十四人の詩人のうち、伝記が付されているのは、大友皇子・河島皇子・大津皇子・釈智蔵《ちぞう》・葛野《かどの》王・釈弁正・釈道慈《どうじ》・釈道融《どうゆう》・石上乙《いそのかみのおと》麻呂《まろ》の九人のみである。また、六首には詩序が付されている。

詩の形式と内容　詩の形式で分類すると、平安時代の勅撰漢詩文集とは異なり、五言詩が圧倒的に多く一〇九首にのぼり、七言詩は七首にすぎないことから、同時代の初唐ではなく六朝詩の影響のあることが説かれている。また、句数も四句・八句の短いものがその多くを占めており、対句は多用されるが、

現存最古　『懐風藻』以前に、藤原宇合《うまかい》と石上乙麻呂に詩集のあったことが、『尊卑分脈』の記述や『懐風藻』の石上乙麻呂伝からわかる。

一二〇首　『懐風藻』の多くの古写本では、目録には五首とある釈道融の詩が一首しか収録されておらず、詩の数は全部で一一六首となっている。諸本のうち、群書類従本系の古写本には、道融の「山中」と題する五言律詩を補い、末尾に「作者六十四人」の外の亡名氏の古体詩「歎老」を収め、一一八首を伝える。末尾の亡名氏の詩については、後の増補とみる説もある一方で、編者が意図的に名を隠して最後に挿入した可能性も考えられている。

余選……　余が此の文を撰ぶ意は、先哲の遺風を忘れざらむが為なり、故に懐風を以てこれに名づく。

藻　『懐風藻』の「藻」は文藻（文章）の意味であり、石上乙麻呂の『銜悲藻《かんぴそう》』（逸書）に倣ったとみられる。

作者……　作者六十四人、具に姓名を題し、并せて爵里を顕はし、篇首に冠す。

平仄《ひょうそく》は整わないものも多い。

詩型	四句	八句	十句	十二句	十六句	十八句	計
五言	18	72	6	10	2	1	109
七言	4	1		1		1	7

詩の内容は、岡田（一九四六）の分類によると、

侍宴従駕	34首	讌集	22首	遊覧	17首
述懐	9首	間適	8首	七夕	6首
贈与	6首	詠物	5首	憑弔	3首
憶人	2首	算賀	2首	釈奠	1首
臨終	1首				

となっており、その多くが従駕や詩宴の詩である。恋愛などの個人の感情を詠むのではなく、宮廷において集団で詩を詠むことが『懐風藻』の特徴といえる。

『懐風藻』の表現　このような公的な性格をもつ『懐風藻』漢詩に共通する表現として、儒教思想により天皇を元首として称え国家の安寧を祈るというものがあり、具体的には「智者楽水、仁者楽山」（『論語』・雍也）を用いた表現が、従駕詩や応詔詩を中心に多くの詩に見られる。

帝尭叶㆓仁智㆒、仙蹕玩㆓山川㆒。　（伊与部馬養《いよべのうまかい》「従駕　応詔」）

惟山且惟水、能智亦能仁。　（中臣人足《ひとたり》「遊吉野宮」）

縦歌臨㆓水智㆒、長嘯楽㆓山仁㆒。　（藤原万里「遊吉野川」）

伝記　伝記は冒頭から葛野王までの五人に付された後、六人目の中臣大嶋《おおしま》の箇所に「自茲以降諸人未得伝記」と記し、それ以降原則として付されなくなる。例外的に伝記がある四人のうち石上乙麻呂を除く三人は僧侶であり、『懐風藻』の僧侶詩人四人にはすべて伝記が付されていることになる。これらの僧伝には中国高僧伝と共通する語彙の使用が見られるなど、『続日本紀』に収める僧伝と同様の性格をもつ。

詩序　詩序が付されているのは、山田三方《みかた》、下毛野虫麻呂《しもつけののむしまろ》、藤原宇合（二首）、藤原万里、釈道慈の六首である。

平仄　漢字音の声調で平声と仄声（上声・去声・入声）のこと。近体詩には平仄の組み合わせに規則がある。

『懐風藻』の表現　『懐風藻』に見られる儒教思想や老荘神仙思想は、単に語句を利用したのみであり、中国思想を深く学んだものではないと見られている。

智者楽水、仁者楽山　六十四人の詩人中、十三人の十五首に用いられている。

帝尭……　帝尭仁智に叶ひ、仙蹕山川を玩ぶ。

惟山……　惟れ山にして且つ惟れ水、能く智にして亦能く仁。

縦歌……　縦歌して水智に臨み、長嘯して山仁を楽しむ。

また、『懐風藻』漢詩には老荘思想の影響も見られる。たとえば、行幸の場であった吉野を詠んだ詩には、智水仁山という儒教思想とともに神仙的な自然観も描かれている。

山幽仁趣遠、川浄智懐深。欲レ訪二神仙迹一、追従吉野濤。

（大伴王「従駕吉野宮　応詔」）

時代区分　『懐風藻』は、その詩風から、前期と後期に大きく二分し、さらにそれぞれを二つに分け、四期に区分されている。

第一期　近江朝まで
第二期　壬申の乱より和銅頃まで
第三期　養老より天平初年頃まで（長屋王時代）
第四期　天平初年頃より天平勝宝三年まで

第一期に該当するのは大友皇子の二首のみであるが、序文には百篇を超える詩が戦乱で失われたことが記されている。第二期は、大津皇子や文武天皇・大神高市麻呂《おおみわのたけちまろ》・藤原史《ふひと》（不比等）の詩が該当する。この時期の詩題には侍宴や応詔が最も多く、宮廷を中心に漢詩が詠まれるようになったことがわかる。また、詩題や句法などの面で『文選』や『芸文類聚《げいもんるいじゅう》』などの六朝詩の影響が強く見られる。

後期は長屋王の死で第三期と第四期に分けられる。長屋王の私邸である佐保邸（作宝楼）では、季節ごとに多くの官人・文人が集まり詩宴を設けるだけでなく、新羅の使節を迎え餞別の宴を開くこともあった。この時期の詩に

山幽……　山幽かにして仁趣遠く、川浄くして智懐深し。神仙の迹を訪ねんと欲し、追従す吉野の濤。

五期説　辰巳（二〇一一）では、次の五期に分類されている。
第一期 近江朝時代（六六二～六七一）
第二期 天武・持統朝時代（六七二～六九七）
第三期 文武朝時代（六九七～七〇七）
第四期 平城京前期時代（七〇七～七二九）
第五期 平城京後期時代（七二九～七五三）

作宝楼での詠作　作宝楼での詠作であることを詩題に明記する詩は十九首にのぼり、それらは春秋を中心とした恒例の詩宴と新羅からの使者を迎えての詩宴とに分けられる。後者については、養老三年五月、養老七年八月、神亀三年五月に来日した新羅使が該当すると考えられる。

は、王勃《おうぼつ》や駱賓王《らくひんのう》などの初唐詩の影響も見られるようになる。第四期は、藤原不比等の子たちが活躍する時期である。『懐風藻』には武智麻呂を除く総前・宇合・万里（麻呂）の詩が収められているが、彼らの詩は平仄も整い初唐の詩風に近づいている。

例文3・1　大友皇子

皇太子者淡海ノ帝之長子也。魁岸《くわいがん》奇偉ニシテ、風範《ふうはん》弘深、眼中精《せい》耀《えう》ニシテ、顧《こ》眄《べん》煒《ゐ》燁《えふ》ナリ。唐使劉《りう》徳《とく》高《かう》見テ而異《あや》シミテ曰ハク、「此ノ皇《み》子《こ》、風《ふう》骨《こつ》不レ似二世間ノ人一ニ、実ニ非ズト二此ノ国之分一ニ」。嘗テ夜ニ夢ミラク、天中洞《どう》啓《けい》シ、朱衣ノ老翁、捧ゲテレ日ヲ而至リ、擎《ささ》ゲテ授ク二皇子一ニ、忽チ有リレ人、従リ二腋底一出デ来テ、便チ奪ヒテもチ将去ルト。覚メテ而驚キ異シミ、具ニ語ル二藤原ノ内大臣一ニ。歎ジテ曰ハク、「恐ラクハ聖朝万歳之後、有ラン二巨《きよ》猾《くわつ》ノ間《かん》釁《きん》一。然レドモ臣平生曰ハク、豈有ランヤ二如キレ此ノ事一乎。臣聞ク、天道ハ無シレ親、惟《ただ》善ヲ是レ輔クト。願ハクハ大王勤メテ修メヨレ徳ヲ。災異不ルレ足ラレ憂フルニ也。臣有リ二息女一。願ハクハ納レテ二後庭一ニ、以テ宛テヨト二箕《き》帚《さう》之妾一ニ」。

引用文献

岡田正之『近江奈良朝の漢文学』（一九四六年、養徳社）
辰巳正明『懐風藻全注釈　新訂増補版』（二〇二一年、花鳥社）

例文3・1　大友皇子

皇太子　『日本書紀』には大友皇子の立太子の記事はない。
淡海帝　天智天皇。
魁岸奇偉　体格が大きく立派なさま。
風範弘深　人格が広く深いさま。
眼中精耀　瞳が清く輝くさま。
顧眄煒燁　振り返る目元が美しく輝くさま。
洞啓　入り口が開くこと。
腋底　脇の下。「掖庭（宮門のわきの小門）」の誤りか。
藤原内大臣　藤原鎌足。
巨猾　非常に悪賢い者。
間釁　隙間を狙うこと。大海人皇子が天皇位を狙うことをさす。
箕帚之妾　掃除をする妻。卑下のことば。

遂《ニ》結《ビテ》姻戚《ヲ》、以《テ》親《ス》愛之《ヲ》。年甫《はじメテ》弱冠《ニシテ》、拝《ス》太政大臣《ヲ》、総《ベテ》百揆《ヲ》以《テ》試《ム》之《ヲ》。皇子博学多通、有《リ》文武《ノ》材幹。始《メテ》親《シムニ》万機《ニ》、群下畏服《シ》、莫《シ》不《ルコト》粛然《タラ》。年廿三《ニシテ》、立《チテ》為《ル》皇太子《ト》。広《ク》延《ひキテ》学士沙《さ》宅《たく》紹《せう》明《みやう》・塔《たふ》本《ほん》春《しゆん》初《そ》・吉《きち》太《だい》尚《しやう》・許《こ》率《そち》母《も》・木《もく》素《そ》貴《くゐ》子《し》等《ヲ》、以《テ》為《ス》賓《ひん》客《かく》《ト》。太子天性明悟、雅《もとヨリ》愛《ス》博《はく》古《こヲ》。下《セバ》筆《ヲ》成《リ》章《ト》、出《セバ》言《ヲ》為《ル》論《ト》。時《ニ》議《スル》者歎《ズ》其《ノ》洪学《ヲ》。未《ダ》幾《バクナラ》《シテ》文藻日《ニ》新《タナリ》。会《ヒテ》壬《じん》申《しんノ》年之乱《ニ》、天命不遂。時《ニ》年廿五。

五言。侍《ス》宴《ニ》。一絶。

皇明光《かがやキ》日月《ト》　帝徳載《ス》天地《ト》
三才並《ビニ》泰《たい》昌《しやう》　万国表《ス》臣義《ヲ》

例文3・2　述懐　文武天皇

年《ハ》雖《モ》足《ルト》戴《クニ》冕《べんヲ》　智《ハ》不敢《テ》垂《レ》裳《ヲ》
朕常《ニ》夙夜《ニ》念《ヘラク》　何《ヲ》以《テカ》拙心匡《サント》

太政大臣　太政官の最高職。大友皇子が日本初の太政大臣で『日本書紀』によると天智天皇十（七六一）年に任命された。
沙宅紹明　百済からの帰化人。法律家。
塔本春初　百済からの帰化人。兵法家。
吉太尚　百済からの帰化人。医師。
許率母　百済からの帰化人。五経博士。
木素貴子　百済からの帰化人。兵法家。
天命　天から与えられた使命。皇位をさすか。
皇明　天皇の威光。天皇は天智天皇をさす。
泰昌　安らかで盛んなさま。
臣義　臣下としての礼儀。
例文3・2　述懐
冕を戴く　成人すること。冕は冠。ここでは皇位に即くこともさす。
裳を垂る　善政を敷くこと。
夙夜　朝早くから夜遅くまで。

猶ホ不ンバレ師トセ二往古ヲ一　何ゾ救ハン二元首ノ望ヲ一
然ルニ毋ク二三絶ノ務一　且ク欲スレ臨マント二短章ニ一

例文3・3　従駕　応詔　大神高市麻呂

臥シテレ病ニ已ニ白髪　意《こころ》ニ謂《おも》ヘラク入ラント二黄塵《くわうぢん》ニ一
不シテレ期セ逐ヒ二恩詔ヲ一　従フレ駕ニ上林ノ春
松巌《しょうがん》鳴泉落チ　竹浦《ちくほ》笑花《せうくわ》新タナリ
臣ハ是レ先進ノ輩　濫《みだり》ニ陪ス後車ノ賓

例文3・4　遊吉野　藤原史

飛バスレ文ヲ山水ノ地　命ズレ爵ヲ薜蘿《へいら》ノ中
漆姫《しつき》控キテレ鶴《たづ》ヲ挙ガリ　柘媛《しやあん》接シテレ魚ニ通ズ
煙光巌ノ上ニ翠ニシテ　日影漘《きし》ノ前ニ紅ナリ
翻リテ知ル玄圃《げんぽ》ノ近キヲ　対翫《たいぐわん》ス入ルレ松ニ風

三絶　繰り返し書物を読むこと。孔子が『周易』を何度も読み、その綴じ紐が三度切れた故事をさす。
短章　短い文章。この「述懐」の詩のこと。

例文3・3　従駕　応詔
黄塵に入る　黄泉の世界に行くこと。
上林　宮中の北側にある庭園。上林苑。
竹浦　竹の生えている水辺。
笑花　咲いている花。
後車　天皇の車駕の後に続く車。

例文3・4　遊吉野
飛文　詩文を作ること。
命爵　酒宴の用意をさせること。爵は杯。
薜蘿　かずら。
漆姫　漆部の里の女が仙草を食べ天に飛んで行ったという大和の国の伝説の仙女。
柘媛　漁師のかけた梁にかかった柘の枝が美女になり契りを結んだという大和の国の伝説の仙女。
漘　水際、なぎさ。
玄圃　崑崙山にある仙人の居所。
対翫　対象を賞翫する。自然を観賞する態度。

例文3・5　七夕　山田三方

金漢星楡《ゆ》冷ヤカニ　銀河月桂ノ秋
霊姿理《をさ》メ二雲《うん》鬢《びん》ヲ一　仙駕度《わた》ル二潢《くわう》流ヲ一
窈《えう》窕《てう》トシテ鳴ラシ二衣玉ヲ一　玲瓏トシテ映ユ二彩舟ニ一
所ハレ悲シム明日ノ夜　誰カ慰メン二別離ノ愁ヲ一

例文3・6　於宝宅宴新羅客　長屋王

高《かう》旻《びん》開ケ二遠照一　遥《えう》嶺《れい》靄《たなび》ク二浮烟一
有リレ愛ヅルコト二金蘭ノ賞ヲ一　無シレ疲ルルコト二風月ノ筵《えん》ニ一
桂山餘景下リ　菊浦落霞鮮カナリ
莫カレレ謂フコト滄《さう》波《は》隔ツト　長ク為ラン二壮思ノ篇ヲ一

例文3・7　在常陸贈倭判官留在京　藤原宇合

僕ト与二明公一、忘ルルコトレ言ヲ歳久シ。義ハ存シ二伐木ニ一、道ハ叶フ二採《さい》葵《き》ニ一。待ツコト二

例文3・5　七夕

金漢　秋空の天の川。金は五行で秋をさす。
月桂　月のこと。月の中には桂が、星の中には楡が生えていると信じられていた。
霊姿　美しい姿。織女のこと。
仙駕・彩舟　織女の乗り物。
窈窕　しとやかで美しいさま。
玲瓏　さえて鮮やかなさま。

例文3・6　於宝宅宴新羅客

高旻　高い秋空。
遠照　遠くまで輝く日の光。
浮烟靄く　もやが漂うさま。
金蘭　金のように固く蘭のように芳しい友情。
餘景　夕方のかすかな光。
落霞　夕焼け。
壮思　厚い友情。

例文3・7　在常陸贈倭判官留在京

忘言　言葉を必要としない親友の間柄。
伐木　『詩経』の編名。
採葵　漢代の古詩。伐木とともに、朋友をいたわり助け合うたとえ。

君《ガ》千里之駕《ヲ》、于今《ニ》三年。懸《ルコト》我《ガ》一箇之榻《たふヲ》、於是《ニ》九秋。如何《ナレバ》授官同日《ニシテ》、乍《チ》別《レ》殊郷《ニ》、以為《ル》判官《じようト》。公潔《キコト》等《シク》氷壺《ニ》、明《ラカナルコト》逾《ユ》水鏡《ニ》。学《ハ》隆《ク》万巻《ニ》、智《ハ》載《ス》五車《ニ》。留《メ》驥《き》足《そくヲ》於将《ニ》展《ベント》、預《ル》琢《クニ》玉条《ヲ》。廻《ラシ》鳧《ふ》舄《せきノ》之擬《ルヲ》飛《バント》、忝《クス》簡《ブニ》金科《ヲ》。何《ゾ》異《ナランルニ》宣《せん》尼《ぢガ》返《リテ》魯《ニ》、刪定《シ》詩書《ヲ》、叔《しゆく》孫《そんガ》入《リテ》漢《ニ》、制設《セシニ》礼儀《ヲ》。聞《ク》夫《レ》、天子下《シテ》詔《ヲ》、包《ミ》列《ヲ》置《キ》師《ヲ》、咸《みな》審《カニシ》才《ノ》周《キヲ》、各得《シムト》其《ノ》所《ヲ》。明公独《リ》自《ラ》遺《ゐ》闕《けつス》此《ノ》挙《ニ》。理《ハ》合《ニ》先《キニ》進《ナル》、還《リテ》是《レ》後夫《ナリ》。譬《ヘバ》如《シ》呉馬《ノ》痩《セテ》塩《ニ》、人《ノ》尚無《ク》識《ルコト》、楚臣《ノ》泣《キテ》玉《ニ》、世《ノ》独《リ》不《ルガ》悟《ラ》。然《レドモ》而歳寒《クシテ》後《ニ》験《シ》松竹之貞《ヲ》、風生《ジテ》迺《すなはチ》解《ス》芝蘭之馥《かをりヲ》。非《ザレバ》鄭《ていノ》子産《ニ》、幾《ほとんド》失《ハントシ》然《ぜん》明《めいヲ》、非《ザレバ》斉《ノ》桓公《ニ》、何《ゾ》挙《ゲン》寧《ねい》戚《せきヲ》。知《ルコトノ》人《ヲ》之難《キハ》、匪《ズ》今日耳《ニ》、遇《フコトノ》時《ニ》之罕《ナルハ》、自《リ》昔然《リ》矣。大器《ノ》之晩《キモ》、終《ニ》作《ル》宝質《ト》。如《もシ》有《ラバ》我《ガ》一得之言、庶幾《こひねがハクハ》慰《メンガ》君三思之意《ヲ》。今贈《リ》一篇之詩《ヲ》、輙《チ》示《ス》寸心之歎《まことヲ》。其《ノ》詞《ニ》曰《ハク》、

一箇之榻　一つの椅子。後漢の陳蕃の故事で人を待つたとえ。
氷壺　玉壺の中の氷。清い心のこと。
五車　五つの車。書を満載した車。
驥足　駿馬の足。優れた才能のこと。
玉条　法律の条文。「金科」の対。
鳧舄　かもの靴。後漢の王喬の故事で、地方官になることのたとえ。
宣尼　孔子。
叔孫　叔孫通。前漢の政治家。
列　文官の序列。
師　軍隊。
呉馬　良馬。
痩塩　塩を載せた車を引いて痩せることで、不遇のたとえ。
楚臣　楚の卞和の故事で、不遇のたとえ。
芝蘭　霊芝とふじばかま。優れた人のこと。
鄭子産　春秋時代の鄭の大夫。
然明　子産に見いだされた賢人。
斉桓公　春秋時代の斉の君主。
寧戚　桓公に見いだされて宰相となった。

自リ三我弱冠ニシテ従ヒ二王事ニ一　風塵歳月不二曾テ休マ一
褰《かか》ゲテレ帷ヲ独リ坐ス辺亭ノ夕　懸ケテレ榻ヲ長ク悲シム揺《えう》落《らく》ノ秋
琴《きん》瑟《しつ》之交遠ク相阻リ　芝蘭之契接スルニ無シレ由
無ケレバレ由何ゾ見エント李将ト郭　有レバレ別何ゾ逢ハント逵ト与レ猷
馳セテレ心ヲ悵望《ちやうばう》ス白雲ノ天　寄セテレ語ヲ徘徊ス明月ノ前
日《じつ》下《か》ノ皇都君ハ抱キレ玉ヲ　雲端ノ辺国我ハ調《ととの》フレ絃ヲ
清絃入リテレ化ニ経ニ三歳ヲ一　美玉韜《つつ》ミテレ光ヲ度《わた》ル二幾年ヲカ一
知己ノ難キハレ逢ヒ匪ズ二今耳ニ一　忘言ノ罕ナルハレ遇フコト従《もと》来《より》然リ
為ニ期ス不レ怕レ二風霜ノ触ルルヲ一　猶ホ似タルコトヲ二巌心松柏ノ堅キニ一

例文3・8　遊吉野川　藤原万里

友ハ非ズ二干《もと》ムルレ禄ヲ友ニ一　賓ハ是レ飡《くら》フレ霞ヲ賓
縦《しよう》歌《か》シテ臨ミ二水智ニ一　長《ちやう》嘯《せう》シテ楽シム二山仁ヲ一
梁前柘《しや》吟《ぎん》古《ふり》　峡上簧《くわう》声《せい》新タナリ
琴《きん》罇《そん》猶ホ未ダレ極マラズ　明月照ラス二河浜ヲ一

王事　国政。
風塵　官途。
帷　とばり。
琴瑟之交　琴と瑟（大琴）が調和するように心の通じ合った交わり。
李と郭　後漢の李膺と郭泰。親友の間柄。
逵と猷　晋の戴逵と王子猷の故事。すれ違いになるさまをいう。
風霜　風と霜。苦難や試練のたとえ。
巌心　岩のような堅い心。
松柏　松と柏。ともに常緑樹で貞節のたとえ。
例文3・8　遊吉野川
干禄　出仕して禄（給与）を求める。世俗の名声を求めること。
飡霞　霞を食べる。世俗を離れた生活をすること。
縦歌　気ままに歌うこと。
長嘯　声を長くのばして詩を吟じること。
梁前　魚を捕る梁の前。柘媛の故事をさす。
簧声　笙の音。
琴罇　琴を弾き酒を飲む宴。

例文3・9　釈道慈

釈道《しやくだう》慈《じ》者俗姓額田氏、添下《そふのしも》ノ人ナリ。少クシテ而出家シ、聡敏ニシテ好ムレ学ヲ。英材明《めい》悟《ご》ニシテ、為ル二衆ノ所ト一レ歓ブ。大宝元年、遣二学ス唐国ニ一。歴二訪シ明哲ヲ一、留二連ス講《かう》肆《し》ニ一。妙《くは》シク通ジ二三蔵之玄宗ニ一、広ク談ズ二五明《ごみやう》之微《び》旨《し》ヲ一。時ニ唐簡ビ下于国中ニ一義学ノ高僧一百人ヲ上、請ジ二入レ宮中ニ一、令ムレ講ゼ二仁王般若ヲ一。法師学業穎《えい》秀《しう》、預リ二入ル選中ニ一。唐王憐ミ二其ノ遠学ヲ一、特ニ加フ二優賞ヲ一。遊二学スルコト西土ニ一、十有六歳。養老二年、帰リ二来ル本国ニ一。帝嘉《よみ》シレ之ヲ、拝ス二僧綱律師ヲ一。性甚ダ骨《こつ》鯁《かう》、為ニ時ニ不レ容レラレ。解キテレ任ヲ帰リテ遊ブ二山野ニ一。時ニ出デテ二京《けい》師ニ一、造ル二大安寺ヲ一。時ニ年七十餘。

在リテレ唐ニ奉ル二本国ノ皇太子ニ一

三宝持シ二聖徳ヲ一　百霊扶ク二仙寿ヲ一
寿ハ共《とも》ニ二日月ト一長ク　徳ハ与《とも》ニ二天地ト一久シ

例文3・9　釈道慈

添下　今の奈良市・生駒市のあたり。
英材明悟　すぐれた才能があり聡明であるさま。
大宝元年　七〇一年。
講肆　講義の席。
三蔵　仏教の聖典の総称。経蔵・律蔵・論蔵。
五明　古代印度の学問分類。声明・工巧明・医方明・因明・内明。
養老二年　七一八年。
骨鯁　鯁は魚の骨。剛直で筋を曲げないさま。
大安寺　奈良市大安寺町にある寺。百済大字・大官大寺等と称せられたが、平城京遷都にともない大安寺と改称。
三宝　仏教のこと。仏・法・僧の三つをさす。
百霊　多くの神霊。
仙寿　神仙の寿命で、不老不死。

第4章 上代史書・法制書

池田幸恵

大宝律令　律令国家の基本法典であり、律六巻、令十一巻からなる。刑部《おさかべ》親王、藤原不比《ふひ》等《と》らの撰。唐の永徽《えいき》律令（六五一年）や永徽律疏（六五三年）を藍本とする。

『続日本紀』文武天皇四（七〇〇）年三月甲子（十五日）条に「詔㆓諸王臣㆒読㆓習令文㆒。又撰㆓成律条㆒」とあり、大宝令はこれ以前に完成し、翌大宝元年六月に施行された。一方、日本最初の律法典である大宝律は、令の完成時（文武天皇四年三月）に撰成に入り、大宝元年八月に完成し、翌二年二月に施行が始まったものの、全国に頒布されたのは同年十月に至ってからである。

大宝律令は、養老律令に代わって後、平安時代中期頃には散逸したと考えられ、律・令ともに現存しないが、大宝令の条文は『令集解』に引かれた古記などによって推定・復原されている。律については、養老律の一部が伝わるのみであるが、唐律とその注釈書である律疏の両者を統合して編纂され、日本に該当するもののない規定を削除した以外は、唐律をほぼそのまま引き写している。

施行期間は養老律令に代わる天平宝字元（七五七）年までであるが、慶雲年間には、中納言・知太政官事などの令外官を設置し、食封規定の改正を行

大宝律令の施行　大宝元年六月己酉（八日）条には「勅、凡其庶務一依㆓新令㆒」と庶政一般を大宝令に基づいて行うことを命じた勅が出された。同年八月癸卯（三日）条には「撰㆓定律令㆒、於㆑是始成。大略以㆓浄御原朝庭㆒為㆓准正㆒」、翌年二月戊戌（一日）条には「始頒㆓新律於天下㆒」、十月戊申（十四日）条には「頒㆓下律令于天下諸国㆒」とある。二年二月の「天下」は在京諸司と在京中の国司を指すと考えられ、同年十月に至り在外諸司までを含む大宝律令の施行事務が完了した。

近江令と飛鳥浄御原令　刑法である律は大宝律が最初のものであるが、行政法である令は大宝令以前に近江令と飛鳥浄御原令が存在する。『日本書紀』持統天皇三年六月庚戌（二十九日）条に「班㆓賜諸司令一部廿二巻㆒」とある飛鳥浄御原令とは異なり、近江令の存在についてはそれを疑う説もある。近年では、近江令は単行法もしくはその集成であって、浄御原令の段階で編目別に整理され、大宝令で唐令の体系的継受を実施したと考え

うなど大宝令の修正・補足が行われ、和銅・養老年間には令の施行細則である式・例の治定・頒下も行われた。大宝律令とそれに代わる養老律令とは、巻数や篇目の数・名称等に相違点があるものの、その内容には大きな差異はなく、修正点の多くは文章上・字句上のものであり、養老律令では概して日本の政務の実態により適した形に改められている。

中国において宋令の『天聖令《てんせい》』が発見されたことにより、それが依拠した唐令の概要が部分的ではあるがわかるようになり、唐令と日本令との比較研究が新たな局面を迎えた。たとえば、比較的研究の進んでいる田令の分析からは、大宝令は条文配列が唐令に近く、養老令は用字法が唐令に近いこと、日本独自の条文を加える場合には、構成上の区切りの部分や末尾に付されることなどが明らかにされている。

続日本紀　『日本書紀』に次ぐ六国史第二の国史。文武天皇元（六九七）年から桓武天皇延暦十（七九一）年までの、九代九十五年間の歴史を漢文体で記す。

延暦十六（七九七）年に四十巻で完成した同書には複雑な編纂の経緯があり、延暦十三（七九四）年八月の藤原継縄《つぐただ》らの上表文と延暦十六年二月の菅野真道《まみち》らの上表文によると、淳仁朝から桓武朝にかけて、約三十年の年月を掛け、三回に分けて編纂されていることがわかる。

先行する『日本書紀』が『漢書』や『後漢書』などの史書をそのまま用いて文飾に凝り、説話や伝説を多く含むのに対し、『続日本紀』では漢籍の語

られている。

天聖令　一九九八年寧波市天一閣博物館で発見された。四分冊の一つで巻二十一の田令から巻三十の雑令まで十巻十二篇を収録。宋令の後に「右令不行」として唐の開元二十五年令の条文を収めている。大宝令が藍本とした永徽令と開元二十五年令とは大きな差異はないと考えられており、日唐律令の比較研究が大きく進展すると期待されている。

藤原継縄らの上表文　『類従国史』巻一四七国史に収録。

菅野真道らの上表文　『日本後紀』延暦十六年二月己巳（十三日）条。

句を利用する場合でも、成句集や文例集などからの引用であることが指摘されている。現実の歴史を記録することを主眼とする『続日本紀』は、中国の「実録」に近い性格をもつが、年中行事や日常の政務までを克明に記述している点に特徴がある。

『続日本紀』に収める漢文詔勅は、中国の詔勅や日本の先行詔勅等を下敷きにすることがあり、和銅元（七〇八）年二月の平城京遷都の詔勅は『隋書』高祖紀二（五八二）年六月の新都創建詔を範とし、天平宝字元（七五七）年四月の大炊《おおい》王の立太子の勅の中男・正丁の年齢引き上げや孝経家蔵の勅も、唐の玄宗皇帝が天宝三（七四四）載十二月に発した赦文に依ることなどが知られている。

史書における文学的作品の代表的なものとしては薨卒伝があり、『続日本紀』では原則として四位以上の人物に対して薨卒伝が記載されている。しかし、四位の卒伝には死没の事実のみが記録されることが多く、その人物の係累や功績などをも記した、真に薨卒伝といえるものは三位以上の官人の薨伝や僧伝である。僧伝については、一般の官人薨卒伝とは異なり、中国高僧伝の影響が見られるものも存する。

また、同書には和文の詔勅である宣命が多数収録されており、当時の日本語を知る資料として注目されている。

十七条憲法　聖徳太子の作とされる日本古代の政治思想を表わす文章。『日本書紀』推古天皇十二（六〇四）年四月戊戌（三日）条に「皇太子親肇

史書の利用　『漢書』や『後漢書』そのものではなく、『芸文類聚』などの類書からの引用である。

五位の卒伝　『続日本紀』の前半部（巻一～二十）で例外的に詳細な卒伝があるのは、道君首名《みちのきみのおびとな》（養老二年四月十一日卒）のみである。道君首名の卒伝は、一般の薨卒伝の形式とは異なり、『漢書』や『後漢書』の良吏伝・循吏伝の表現を用いており、良吏伝として位置づけられる。彼にだけ詳細な伝がある理由については、大宝律令撰定者の一人であり律令学専修者であること、地方官としての業績があることが考えられる。

僧伝　『続日本紀』前半部で伝記的要素を含む伝は、右の道君首名卒伝のほかは道照《どうしょう》・道慈《どうじ》・玄昉《げんぼう》・行基《ぎょうき》の四つの僧伝のみである。『懐風藻』にも僧伝が多く見られたが、僧伝が官人伝に先んじて成立した理由については、出家することによって氏族の拘束から解放され個人の伝という概念が成立したこと、高僧伝や往生伝類が高度に発達していたことなどが挙げられている。

作成年　『上宮聖徳法王帝説《じょうぐうしょうとくほうおうていせつ》』では十七条憲法の作成年を推古十三（乙丑）年の七月としており、『日本書紀』の所伝と一年のずれがある。推古十二年の干支は甲子で革命の年に当たるため、『続日本紀』の記事が正しい

作㆓憲法十七条㆒」とあり、条文の全文を収めている。北周の六条詔書や北斉の五条詔書などの役人の服務規程を参考にしたと見られる。

内容的には、「篤く三宝を敬へ（第二条）」「忿を絶ち瞋を棄て、人の違ふことを怒らざれ（第十条）」などに見られる仏教思想、「餮を絶ち欲を棄て、明に訴訟を弁めよ（第五条）」「悪を懲らし善を勧むるは、古の良典なり（第六条）」などに見られる儒教思想、「功過を明察し、賞罰は必ず当てよ（第十一条）」「私を背き公に向くは、是臣の道なり（第十五条）」に見られる法家思想など、様々な要素から成り立っており、近代的な意味での「憲法」ではなく、官人たちへの訓示・道徳的規範であるといえる。

弘仁格式序には、「上宮太子親作㆓憲法十七箇条㆒、国家制法自㆑茲始焉。降至㆓天智天皇元年㆒、制㆓令廿二巻㆒」とあり、平安時代には、この十七条憲法を国家の法の始めであり、律令に先行するものだと見る意識があったことがわかる。

この十七条憲法が聖徳太子の作か否かについては、江戸時代から議論があり、中央集権的な国家像を目指す条文の内容や第十二条に見られる「国司」の語などから、天武朝以降の成立をとく説もある。『日本書紀』の区分論から見ると、十七条憲法を収める推古紀は、和習の見られるβ群に属し、条文自体にも否定詞「非」の誤用や「不」と「勿」の混用など多くの和習が見られることが指摘されている。

と思われる。

六条詔書　西魏の大統十一（五四五）年、宇文泰《うぶんたい》の命を受け、蘇綽《そしゃく》が制定したもの。地方官僚に対する倫理規定であり、先治心・敦教化・尽地利・擢賢良・恤獄訟・均賦役という項目を、地方官吏に対して実行するよう命令したもの。

上宮……　上宮太子親ら憲法十七箇条を作り、国家の制法ここより始まる。降りて天智天皇元年に至り、令廿二巻を制す。

β群　第1章下段「日本書紀区分論」を参照。

例文4・1　学令　（『大宝令』）

凡ソ博士助博士ハ、皆取レ二明経ニ堪フルレ為ルニレ師ト者ヲ一。書算モ亦取レ二業《ごふ》術《じゆつ》優長ナル者ヲ一。（第1条）

凡ソ大学ノ生ニハ、取リテ二五位以上ノ子孫、及ビ東西史部《やまとかふちノふみひとべノ》子ヲ一為ヨ之。若シ八位以上ノ子、情ニ願ハバレ任ヲ者聴セ。国学ノ生ニハ、取リテ二郡司ノ子弟ヲ一為ヨ之。大学生ハ式部補《あ》テヨ。国学生ハ国司補テヨ。並ニ取リテ二年十三以上、十六以下ニシテ、聡《そう》令《れい》ナル者ヲ一為ヨ之。（第2条）

凡ソ経ハ、周易・尚書・周礼・儀礼・礼記・毛詩・春秋左氏伝ヲバ、各為ヨ二一経ト一。孝経・論語ハ、学者兼ネテ習ヘ之。文選・爾雅亦読メ。（第5条）

凡ソ教ヘ二授クルコト正《しやう》業《ごふ》ヲ一、周易ニハ鄭《ちやう》玄《ぐゑん》・王《わう》弼《ひつ》ガ注。尚書ニハ孔《く》安《あん》国《ごく》・鄭玄ガ注。三礼・毛詩ニハ鄭玄ガ注。左伝ニハ服《ぶく》虔《げん》・杜《ど》預《よ》ガ注。孝経ニハ孔安国・鄭玄ガ注。論語ニハ鄭玄・何《か》晏《あん》ガ注。（第6条）

例文4・1『大宝令』
助博士　養老令では「助教」。
書算　書博士と算博士。
優長　物事にすぐれていること。
東西史部　文書・記録を司った部民で、「史」の姓を有する。多くは渡来人の子孫である。大和の東漢直と河内の西文首が二大勢力であった。
願任　養老令では「願」。
孝経論語学者兼習　孝経と論語は必修である。唐令では老子も必修となっているほか、春秋の公羊伝と穀梁伝も教授すべき経書に入っている。
文選・爾雅亦読　養老令にはない注記。
鄭玄　後漢の経学者。一二七～二〇〇年。
王弼　三国時代の魏の老荘哲学者。同時代の何晏と並び称される。二二六～二四九年。
孔安国　前漢の経学者。孔子十二世の孫。生没年未詳。
服虔　後漢の経学者。生没年未詳。
杜預　西晋の学者・政治家。二二二～二八四年。
何晏　後漢末から魏の政治家・学者。?～二四九年。

凡《ソ》礼記・左伝各《ヲバ》為《ヨ》二大経《ト》一。毛詩・周礼・儀礼各《ヲバ》為《ヨ》二中経《ト》一。周易・尚書各《ヲバ》為《ヨ》二小経《ト》一。通《ゼン》二二経《ニ》一者《ハ》、大経《ノ》内通《ジ》二一経《ニ》一、小経《ノ》内通《ゼヨ》二一経《ニ》一。若《シ》中経《ナラバ》、即《チ》併《セテ》通《ゼヨ》二両経《ニ》一。其《レ》通《ゼン》二三経《ニ》一者《ハ》、大経・中経・小経、各通《ゼヨ》二一経《ニ》一。通《ゼン》二五経《ニ》一者《ハ》、大経並《ニ》通《ゼヨ》。孝経・論語《ハ》、皆須《シ》二兼《ネテ》通《ズ》一。（第7条）

凡《ソ》学生《ハ》、先《ヅ》読《メ》二経《ノ》文《ヲ》一。通熟《シテ》、然《シテ》後《ニ》講《かなへヨ》レ義《ヲ》。毎《ニ》レ旬放《ゆるセ》二一日休《く》假《けヲ》一。假《ノ》前《ノ》一日《ニ》、博士考《から》試《しセヨ》。其《レ》試《ミルコトハ》二読者《ヲ》一、毎《ニ》二千言《ノ》内《ニ》一、試《ミヨ》二一帖三言《ヲ》一。講者《ハ》、毎《ニ》二二千言《ノ》内《ニ》一、問《ヘ》二大義一条《ヲ》一。惣《ベテ》試《ミヨ》二三条《ヲ》一。通《ズルヲ》レ二《ニ》為《ヨ》レ第《ト》。通《ズル》レ一《ニ》、及《ビ》全《ク》不《ルハ》レ通《ゼ》、斟量《しむりやうシテ》決罰《セヨ》。毎《ニ》二年《ノ》終《ニ》一、大学《ノ》頭・助・国司《ノ》藝《ぎ》業《ごふ》優長《ナル》者試《ミヨ》之。試《ミル》者、通計《シテ》二一年《ニ》所《ノ》レ受《クル》之業《ヲ》一、問《ヘ》二大義八条《ヲ》一。得《タルヲ》二六以上《ヲ》一為《ヨ》レ上《ト》。得《タルヲ》二四以上《ヲ》一為《ヨ》レ中《ト》。得《タルヲ》二三以下《ヲ》一為《ヨ》レ下《ト》。頻《ニ》三下《ナル》、及《ビ》在《ルコト》レ学《ニ》九年《ニシテ》、不《ルハ》レ堪《ヘ》二貢《ぐ》挙《こニ》一者、並《ニ》解《キ》退《ケヨ》。其《レ》従《リ》レ国向《ハン》二大学《ニ》一者《ハ》、年数通計《セヨ》。服闋《リテ》重《ネテ》任《ゼバ》者、不《レ》在《ラ》二計《フル》限《ニ》一。（第8条）

第7条　大宝令には「通四経者、大経内通一経」の文があったという説もある（林紀昭「古代学制の基礎的考察（1）」『滋賀大学教育学部紀要　教育科学』二十六号、一九七六年、滋賀大学教育学部）。

斟量　おしはかること。斟酌。

決罰　刑罰を決めること。

貢挙　官吏に適格な者を推薦すること。

服　服喪。

関　おわること。

例文4・2　平城遷都の詔

（『続日本紀』巻四）

戊寅、詔《シテ》曰《ハク》、朕祗《つつしミテ》奉《つかへ》二上玄《ニ》一、君《トシテ》二臨《ミ》宇内《くにのうちニ》一、以《テ》二菲薄《うすキ》之徳《ヲ》一、処《リ》二紫宮之尊《キニ》一。常《ニ》以為《おもへラク》、「作《スハ》レ之《ヲ》者労《いたはシ》、居《ルハ》レ之《ニ》者逸《やすシ》、遷都之事、必《ズ》未《あらズト》レ遑也」。而王公大臣咸《みな》言《まうサク》、「往古《いにしへヨリこの》已降《かた》、至《ルマデ》二于近代《キニ》一、揆《はかリ》レ日《ヲ》瞻《みテ》レ星《ヲ》、起《シ》二宮室之基《ヲ》一、卜《へ》レ世《ヲ》相《みテ》レ土《ヲ》、建《ツ》二帝皇之邑《さとヲ》一。定《てい》鼎《てい》之基永《ク》固《ク》、無窮之業斯《これニ》在《ラント》」。衆議難《ク》レ忍《ビ》、詞情深《ク》切《ナリ》。然《シテ》則《チ》京師《みやこ》者、百官之府《ニシテ》、四海所《ナリ》レ帰《スル》。唯朕一人、独逸豫《あそビたのシマン》。苟《モ》利《りアラバ》二於物《ニ》一、其《レ》可《ベケンヤ》レ遠《カル》乎。昔殷王五遷《タビうつシテ》、受《ケ》二中興之号《ヲ》一、周后三《タビ》定《メテ》、致《セリ》二太平之称《なヲ》一。安《ンジテ》以《テ》遷《サン》二其《ノ》久安《ノ》宅《いへヲ》一。方《ニ》今、平城之地《ハ》、四禽《きむ》叶《ヒ》レ図《とニ》、三山作《シ》レ鎮《ヲ》、亀《くゐ》筮《ぜい》並《ニ》従《ヒ》、宜《よろシ》レ建《ツルニ》二都邑《ヲ》一。其《ノ》営《ミ》構《ル》資《ハ》、須《ク》《シ》二随《ヒテ》レ事《ニ》条《をちをちニ》奏《ス》一。亦待《チテ》二秋収《ノ》後《ヲ》一、合《ニ》《シ》レ造《ル》二路橋《けうヲ》一。子来之義《ニ》、勿《レ》レ致《スコト》二労《らう》擾《ぜうヲ》一。制度之宜、合《ニ》《シ》二後《ニ》一不《ル》レ加《へ》。

例文4・2『続日本紀』

上玄　天。

宇内　天下。世界。高祖紀では「万国」。

紫宮　紫微宮。天帝の居所。転じて皇居のこと。

必未遑也　高祖紀では「心未遑也」。

揆日瞻星　揆ははかる。日の影を計り星を観察して四方の方位を正すこと。高祖紀では「瞻星揆日」。

定鼎　都を定めること。

唯朕一人独逸豫　高祖紀では「非朕一人之所独有」。

其可遠乎　高祖紀では「其可違乎」。

殷王五遷　殷の諸王が五度遷都したこと。

周后三定　周の諸王が三度遷都したこと。

四禽　青竜（東）・朱雀（南）・白虎（西）・玄武（北）の四神獣。

三山　春日（東）・奈良（北）・生駒（西）の山々。

子来　子が親を慕うように、民が天子の徳を慕って集まること。

例文4・3　道首名の卒伝

（『続日本紀』巻八）

乙亥、筑後守正五位下道君首名《おびとな》卒《しゅっス》。首名、少《わかクシテ》治《メ》二律令《ヲ》一、暁《ス》二習吏《り》職《しょくニ》一。和銅《ノ》末《ニ》、出《デテ》為《リ》二筑後《ノ》守《ト》一、兼《ネ》二治《ム》肥後《ノ》国《ヲ》一。勧《メ》二人《ニ》生《なり》業《はひヲ》一、為《つくり》二制条《おきてヲ》一、教《へ》二耕営《ヲ》一、頃《けい》畝《ぼうニ》樹《うヱシム》二菓菜《ヲ》一。下及《いたルマデ》二鶏豚《ニ》一、皆有《リテ》二章程一、曲《サニ》尽《ス》二事宜《ヲ》一。既《ニ》而《シテ》時案行《シテ》、如《もシ》有《ラバ》二不《ル》レ遵《ハ》レ教《ヘニ》者一、随《まにまニ》加《フ》二勘当《ヲ》一。始《メハ》者老少窃《カニ》怨《ミ》罵《ル》之。及《ビテ》レ収《ルルニ》二其実《ヲ》一、莫《シ》レ不《ルモノ》二悦《ビ》服《ハ》一。一両年《ノ》間《ニ》、国中化《おもぶク》之。又興《シ》二築《キテ》陂池《つつみヲ》一、以《テ》広《ム》二漑灌《ヲ》一。肥後《ノ》味生池《ト》、及筑後《ノ》往々《ノ》陂池《トハ》皆是也。由《リテ》レ是《ニ》、人蒙《かうぶリテ》二其《ノ》利《ヲ》一、于レ今《ニ》温《おん》給《きふスルハ》、皆首名《ガ》之力《ナリ》焉。故《ニ》言《フ》二吏事《ヲ》一者《ハ》、咸《みな》以《テ》為二称首《ト》一。及《ビテ》レ卒《スルニ》百姓祠《まつル》レ之《ヲ》。

例文4・3　『続日本紀』

道首名　天智二（六六三）年～養老二（七一八）年。大宝律令の撰定に携わったほか、地方官としても功績をあげた。『懐風藻』に五言詩一首が収められている。

律令　大宝律令の撰定に関与した。

吏職　官吏としての職務。

温給　豊かで足ること。

例文4・4　十七条憲法

（『日本書紀』巻二十二）

一《ニ》曰《ハク》、以《テ》レ和《ヲ》為レ貴《シト》、無《キヲ》レ忤《さかフルコト》為《ヨ》レ宗《ト》。人皆有《リ》レ党、亦少《シ》二達《さとル》者一。是《ヲ》以《テ》或《イハ》不レ順《ハ》二君父《ニ》一、乍《イハ》違《フ》二于隣里《ニ》一。然《レドモ》上和《ギ》下睦《ビテ》、諧《かなフトキハ》二於論《あげつらフニ》レ事《ヲ》、則事理自《おのヅカラニ》通《フ》。何事《カ》不《ラン》レ成《サ》。

二《ニ》曰《ハク》、篤《ク》敬《ヘ》二三宝《ヲ》一。三宝者《トハ》仏・法・僧也。則《チ》四生《ノ》之終帰、万国《ノ》之極宗《ナリ》。何《ノ》世何《ノ》人《カ》、非《ラン》レ貴《バ》二是《ノ》法《ヲ》一。人鮮《すくなシ》二尤《ダ》悪《あシキモノ》一、能《ク》教《おしフルヲモテ》従《フ》之。其《レ》不《ンバ》レ帰《よりマツラ》二三宝《ニ》一、何《ヲ》以《テカ》直《ただサン》レ枉《まがレルヲ》。

六《ニ》曰《ハク》、懲《ラシ》レ悪《ヲ》勧《ムルハ》レ善《ヲ》古之良典《ナリ》。是《ヲ》以《テ》无《ク》レ匿《かくスコト》二人《ノ》善《ヲ》一、見《テハ》レ悪《ヲ》必《ズ》匡《セ》。其《レ》諂《てん》詐《さノ》者《ハ》、則為《リ》下覆《ス》二国家《ヲ》一之利器《ト》上、為《ル》下絶《ツ》二人民《ヲ》一之鋒剣《ト》上。亦佞《ねい》媚《びノ》者《ハ》、対《むかヒテハ》レ上《ニ》則好《ミテ》説《キ》二下《ノ》過《ヲ》一、逢《ヒテハ》レ下《ニ》則誹二‐謗《ス》上《ノ》失《ヲ》一。其《レ》如《かくのごとキ》此人皆无《ク》レ忠二於君《ニ》一、无《シ》レ仁二於民《ニ》一。是大乱之本也。

十《ニ》曰《ハク》、絶《チ》レ忿《ふんヲ》棄《テ》レ瞋《しんヲ》、不《レ》レ怒《ラ》二人《ノ》違《フコトヲ》一。人皆有《リ》レ心、心各有《リ》レ執。彼是《ぜナラバ》則我《ハ》非《ひナリ》、我是《ナレバ》則彼《ハ》非《ナリ》。我必《ズ》非《ズ》レ聖《ニ》、彼必《ズ》

例文4・4『日本書紀』

忤　逆らうこと。

党　岩崎本古訓「タムラ」。徒党を組むの意。

四生　生物を生まれ方で四分類したもの。卵生・胎生・湿生・化生の四種で、一切の衆生をさす。

終帰　よりどころ。

極宗　究極の教え、規範。

諂詐　へつらい欺くこと。

鋒剣　鋭い剣。

佞媚　媚びへつらうこと。

忿　岩崎本古訓「ココロノイカリ」。

瞋　岩崎本古訓「オモヘリノイカリ」。

非《ズ》レ愚《ニ》。共《ニ》是凡夫《ナラクノミ》耳。是非之理、詎《たれカ》能《ク》可レ定《ケンム》。相共《ニ》賢愚《ナルコト》、如《シ》二鐶《ノ》无《キガ》一レ端。是《ヲ》以《テ》彼《ノ》人雖《モ》レ瞋《いかルト》、還《リテ》恐《レヨ》二我《ガ》失《ヲ》一、我独《リ》雖《モ》レ得《タリト》、従《ヒテ》レ衆《ニ》同挙《ジクおこなへ》。

十一《ニ》曰《ハク》、明二察《シ》功過《ヲ》一、賞罰《ハ》必《ズ》当《テヨ》。日者《このころ》賞《ハ》不レ在《おキテセ》レ功《ニ》、罰《ハ》不レ在《おキテセ》レ罪《ニ》。執《ル》レ事《ヲ》群卿、宜《シク》レ明《あきらム》二賞罰《ヲ》一。

十二《ニ》曰《ハク》、国司・国造、勿《なかレ》レ斂《をさめとルコト》二百姓《ニ》一。国《ニ》非《なク》二二君《ヲ》一、民《ニ》無《シ》二両主一。率土《ノ》兆民、以《テ》レ王《きみヲ》為《ト》レ主。所任《よさせル》官司、皆是王臣《ナリ》。何《ゾ》敢《ヘテ》与レ公、賦二斂《をさめとラン》百姓《ニ》一。

十五《ニ》曰《ハク》、背《キ》レ私《ヲ》向《ゆクハ》レ公《ニ》、是臣之道矣《ナリ》。凡《ソ》夫《レ》、人有《レバ》レ私必《ズ》有《リ》レ恨、有レ憾《レバうらみ》必《ズ》非《ズ》レ同《ととのほラ》。非レ同《レバ》《ラ》則以《テ》レ私《ヲ》妨《グ》レ公《ヲ》。憾起《レバ》則違《ヒ》レ制《ニ》害《やぶル》レ法《ヲ》。故初章《ニ》云《ハク》、上下和諧《トイフハ》、其《レ》亦是《ノ》情《こころナラン》歟。

如鐶无端　終わりがないことのたとえ。

功過　功罪。

国司　中央から国（地方行政単位）に派遣された官吏。国司の制は大宝令に始まるとされている。それ以前は「国宰」と称された。

率土　国土の果て。天子の治下全体。

兆民　万民。

賦斂　租税をわりあて取り立てること。

初章　第一条の「上和下睦」をさす。

第2部——中古日本漢文篇

第5章　漢詩文集

木下綾子

平安初期、桓武朝の唐風化政策を継承した嵯峨天皇（七八六～八四二、在位八〇九～八二三）は、遣唐使として実際に入唐した菅原清公（七七〇～八四二）とともに律令制の再編を進め、宮中の儀式や制度を唐風に改めた。文学においても、魏・文帝『典論』論文篇の「文章者経国之大業、不朽之盛事也」や初唐・太宗『帝範』の「宏レ風導レ俗、莫レ尚二於文一、敷レ教訓レ人、莫レ善二於学一」を標語として、漢風謳歌時代（国風暗黒時代とも）を到来させた。大学寮においては紀伝道（文章道とも、文学・史学）を本科の明経道（儒学）よりも拡充して文人の地位を上げ、宮廷行事の整備を通じて盛んに宮廷詩宴を催し、嵯峨天皇自らが文人官僚と「君唱臣和」して大量の応製奉和詩を生み出した。その成果が、日本初の勅撰集『凌雲集』（『凌雲新集』とも、嵯峨天皇の勅命、小野岑守・菅原清公・勇山文継ら編、八一四年）、および、『文華秀麗集』（嵯峨天皇の勅命、藤原冬継・菅原清公・勇山文継ら編、八一七年）、『経国集』（淳和天皇の勅命、菅原清公・南淵弘貞・安倍吉人ら編、八二七年、二十巻中六巻現存）という勅撰三漢詩文集である。

この時期、唐で継受した真言密教を体系化したのが、弘法大師空海（七七四～八三五）である。著作には、思想書『三教指帰』（七九七年）、現在は散逸した六朝や唐の文学理論を集成した『文鏡秘府論』（八〇九～八二〇）、詩

漢詩文の流れ　平安時代における漢詩文の流れは、院政期の学者・大江匡房《おおえのまさふさ》（一〇四一～一一一一）が示した「我朝起二於弘仁・承和一、盛二於貞観・延喜一、中二興於承平・天暦一、再二昌於長保・寛弘一」（「詩境記」）という詩史にほぼ合致する。本章では、これを平安初期、前期、中期に分け、さらに後期を加えて概観した。

勅撰三漢詩文の特色　詩形は奈良時代において主流であった五言詩から七言詩へと移り、雑言《ざつごん》や長編の詩、塡詞《てんし》、賦、序、対策など様々な詩文が収録されるようになる。「艶情」「楽《が》府《ふ》」など中華的で唯美的な主題・表現が登場し、分類方法は作者別・位階順から部類別となり、作者の多様化、収載年限の拡大など総集としての充実が見られる。

『文鏡秘府論』　空海（七七四～八三五）の詩論書。六巻。空海編著。大同四（八〇九）年～弘仁十一（八二〇）年頃成立。空海の執筆した天巻の総序、東西両巻の小序のほか、散逸した中国六朝から唐代中期の詩文評論や創作理論が引用、集成されており、日中の文学史において非常に

文集『遍照《へんじょう》発《ほっ》揮《き》性霊《しょうりょう》集《しゅう》』(『性霊集』とも、真済《しんぜい》編、八三五年まで、一〇七九年補遺)などがあり、嵯峨天皇や淳和天皇との文学・仏教両面にわたる交流が窺える。

平安前期、承和年間(八三四〜八四八)には、中唐・白居易(七七二〜八四六)の『白氏文集』(前集八二四年、全巻成立八四五年)を始め、元稹(七七九〜八三一)、劉禹錫(七七二〜八四二)など同時代の中国における別集(個人別の詩文集)が伝来し、本朝の作風を一変させる。特に、白居易の平易で率直な表現や政治性、日常性、自照性は文人に多大な影響を与え、別集の制作へと駆り立てた。一方、摂関家の台頭によって詩宴の主催者は摂関家へと移り、文人は政治の中心から退けられて専業化していく。紀伝道の教育機関である文章院が創設され、その東曹を司る大江氏(江家)と西曹を司る菅原氏(菅家)が儒家としての地位を確立するものの、後に顕著となる、両氏を中心とした「累代」の博士家とそれ以外の「起家」との区別や学閥闘争が芽生える。貞観年間(八五九〜八七七)には紀伝道の優位が決定的となり、巻き返しを図った明経道の学者が摂関家と結び付いて、最大派閥の菅原氏に対して「詩人無用」論を唱えた。

この時期の代表的な文人は、小野篁(八〇二〜八五二、岑守の子、『野相公集』散逸)、惟良春道(生没年未詳)、大江音人(八一一〜八七七、『弘帝範』『江音人集』散逸)、菅原是善(八一二〜八八〇、清公の子、『東宮切韻』『菅相公集』など散逸)、都良香(八三四〜八七九、「道場法師伝」「吉野山

重要である。八二〇年、空海自身によって『文筆眼心抄』一巻に縮約された。

『遍照発揮性霊集』
空海の漢詩文集。十巻。弟子の真済(八〇〇〜八六〇)編。承和二(八三五)年頃成立。詩賦と碑・銘・表・書・啓・状・願文などの文を収める。のちに巻八〜十が散逸し、承暦三(一〇七九)年、仁和寺慈尊院の済暹《さいせん》(一〇二五〜一一一五)の収集し編んだ『続《ぞく》性《しょう》霊《りょう》集《しゅう》補《ほ》闕《けつ》鈔《しょう》』によって補われた。

記」「富士山記」、『都氏文集』六巻中三巻現存）、島田忠臣（八二八～八九二、『田氏家集』八八九～八九八頃）である。なお、入唐した僧侶、円仁（七九四～八六四）の『入唐求法巡礼行記』や円珍（八一四～八九一）の『行歴抄』は紀行の先駆けとなった。

寛平年間（八八九～八九八）から延喜年間（九〇一～九二三）初期、宇多天皇（八六七～九三一、在位八八七～八九七）は菅原道真《すがわらのみちざね》（八四五～九〇三、清公の孫、是善の子）を登用して、多くの宮廷詩宴を催した。道真は文人官僚としては異例の従二位右大臣まで昇るものの、摂関家を中心とする貴族社会の反発により大宰権帥に左遷され、非業の死を遂げる。この事件は紀伝道の文人に大きな衝撃を与え、以降、実際に文人の出世は断たれるようになる。道真の詩文集には『菅家文章』（九〇〇年）と『菅家後集《かんけこうしゅう》』（九〇三年頃）があり、白居易詩の強い影響や家門意識による「詩臣」の自覚が特徴的である。同時期の文人としては、道真の詩友、紀長谷雄（八四五～九一二、『紀家集』巻十四のみ一部現存、『紀家怪異実録』散逸）、三善清行（八四七～九一六、「意見十二箇条」、『善家秘記』逸文）がいる。この時期、漢詩と和歌との連接を示す『新撰万葉集』（伝菅原道真編、上巻八九三年、下巻九一三年）や『句題和歌』（大江千里、八九四年）が生まれ、初の勅撰和歌集『古今和歌集』（九〇五年）の編纂へと繋がる。

平安中期、天暦年間（九四七～九五七）には、村上天皇（九二六～九六七、在位九四六～九六七）によって文化が隆盛する。東宮時代には勅撰三集以降

『菅家文草』
菅原道真の漢詩文集。十二巻。自撰。昌泰三（九〇〇）年成立。巻一～六に詩、巻七～十二に賦・銘・賛・祭文・記・序・議・対策・詔・勅・奏状・願文などの文をほぼ年代順に収める。以降の作品は死を前に「西府新詩《せいふしんし》」として紀長谷雄に託され、主に『菅家後集』の名で伝わる。一巻。

の詩を集めた『日観集』（散逸、大江維時）、即位後には「坤元録屏風詩」（逸文、大江朝綱・菅原文時・橘直幹詩、大江維時撰）の撰進を命じ、初の詩合「天徳内裏詩合」（「天徳闘詩」とも、九五九年）を開催した。これに関連して、『屏風土代』（大江朝綱詩、小野道風書、九二八年）、「粟田障子詩」（逸文、九九〇年か）、『善秀才宅詩合』（九六三年）、『粟田左府尚歯会詩』（九六九年）が見られる。

この時期、菅原文時（八九九～九八一、道真の孫、『文芥集』散逸）を中心に、句題詩の様式が確立される。古人の五言詩の一句五文字を題として、七言律詩の各聯を規則どおりに展開する様式で非常によく整備されているため、文人以外の貴族も詩宴で詠作できるようになった。学問界においては、官撰史書『新国史』（散逸）の編纂に携わった大江朝綱（八八六～九五七、『後江相公集』『倭注切韻』散逸、『屏風土代』『作文大体』）と大江維時（八八八～九六三、『日観集』散逸、『千載佳句』）の活躍が目覚ましく、以降、江家が菅家に代わって主流となる。ほかの文人には、源英明（?～九三九、『源氏小草』散逸）、橘在列（?～九五三か、『沙門敬公集』散逸）、橘直幹（『直幹集』散逸）、源順（九一一～九八三、『倭名類聚抄』）、兼明親王（九一四～九八七）、慶滋保胤（?～一〇〇二、『慶保胤集』散逸、『日本往生極楽記』）がいる。

長保・寛弘年間（九九九～一〇〇四・同～一〇一二）、すなわち一条朝には、一条天皇（九八〇～一〇一一、『一条院御集』散逸）や摂政・藤原道長

句題詩　詩句を題とした詩。中国では魏晋南北朝に始まり、唐代には科挙の省詩や応製詩に用いられるようになった。本朝では奈良・平安初期の宮廷詩に見え、島田忠臣や菅原道真の作例を経て、村上朝の頃に菅原文時によって確立されたと考えられている。題は主に五言詩の一句五文字で、うち二・三字は具体的事物をさす「実字」が含まれる。詩体は主に七言律詩。各句（各聯）の役割が決まっており、発句（首聯）は「題目」で、題の五文字、あるいは「実字」のみを用いる。胸句（頷聯）は「破題」で、題中の文字を同義・類義の語に置き換える。腰句（頸聯）は「譬喩」「比興」「本文」で、題中の文字を連想させる比喩・典故表現を詠む。落句（尾聯）は「述懐」で、題と関連させながら作者自身の思いを述べる。老いや病、卑官卑位の嘆き、あるいは、詩会の場の賞賛や自身の謙遜が多い。

（九六六〜一〇二七、『御堂関白記』）が自らも詩作に励みながら頻りに詩宴を催した。具平親王（九六四〜一〇〇九、村上天皇第七皇子、『後中書王集』散逸、『弘決外典鈔』）、藤原伊周（九七四〜一〇一〇、『儀同三司集』散逸）、藤原行成（九七二〜一〇二七、『行成詩稿』『権記』）、藤原有国（九四三〜一〇一一、『勘解由相公集』散逸）、源為憲（九四一か〜一〇一一、『本朝詩林』散逸、『三宝絵』『口遊』『世俗諺文』など）、藤原為時（生没年未詳、紫式部の父）、大江匡衡（九五二〜一〇一二、維時の子、『江吏部集』『続本朝往生伝』）、大江以言（九五五〜一〇一〇、『以言集』『以言序』散逸）などの皇族や公卿、文人が集い、当代の詩のみで『本朝麗藻』（高階積善編、一〇〇四〜一〇一一頃）が編まれるほどの活況を呈した。また、前代の仁明朝から円融朝までの詩を集めた『扶桑集』（紀斉名編、九九五〜九九八、全十六巻中二巻現存）や、日中詩歌佳句集『和漢朗詠集』（藤原公任編、一〇一三〜一〇一七）がある。一条天皇は「好文の賢皇」（『権記』）と称されたものの、政治的に不遇であった文人たちは醍醐朝・村上朝を出世の可能であった時代として賛仰し、延喜天暦聖代観が形成されていく。

平安後期には、詩文の儀礼化や和様化が進み、社会の変容により庶民が題材とされ、浄土信仰が高まって願文や表白が作られた。この時期の詩文は『中右記部類紙背漢詩集』（仮称）や『本朝無題詩』（関白・藤原忠通が関与か、一一六二〜一一六四か）、『本朝続文粋』（藤原季綱、一一四〇〜一一五五）、『詩序集』（一一三二年頃）にまとめられている。代表的な文人は「起

『本朝文粋』 漢詩文集。十四巻。藤原明衡（?〜一〇六六）撰。康平三（一〇六〇）年頃成立。書名は『唐文粋』、構成は『文選』に倣う。嵯峨天皇から後一条天皇の時代までの詩と奏状・表・序、願文・諷誦文など文の名作を分類して収め、後代の文人の模範とされた。

参考文献

大曽根章介『王朝漢文学論攷—『本朝文粋』の研究』（一九九四年、岩波書店）
大曽根章介『大曽根章介日本漢文学論集』一〜三（一九九八年、汲古書院）
小野泰央『平安朝天暦期の文壇』（二〇〇八年、風間書房）
川口久雄『平安朝日本漢文学史の研究』三訂版、上中下（一九七五〜一九八八年、明治書院）
金原　理『平安朝漢詩文の研究』（一九八一年、九州大学出版会）
小島憲之『国風暗黒時代の文学』中（上）〜下三、補篇（一九七三〜二〇〇二年、塙書房）
小島憲之編『王朝漢詩選』（一九八七年、岩波文庫）
後藤昭雄『平安朝漢文学論考』補訂版（二〇〇五年、勉誠出版／初版　一九八一年、桜

家」出身の藤原明衡（九八九か～一〇六六）と「累代」の大江匡房（一〇四一～一一一一、匡衡の曾孫）である。明衡は弘仁年間以降の詩文を文体別に収めた総集『本朝文粋』（一〇六六年）や書簡文例集『明衡往来』、演劇史において重要な往来物『新猿楽記』（十一世紀半ば）を著し、藤原式家の隆盛を導く。一方、匡房は後三条・白河・堀河天皇三代の侍読を務めたほか、『江都督納言願文集』（一〇六一～一一一一）、『本朝神仙伝』（一〇九八年頃）、『続本朝往生伝』（一一〇四年頃）、儀式書『江家次第』（一一一一年頃）、談話筆録『江談抄』（藤原実兼筆記、一一一一年頃）など広範な編著を持つ。ほかに、藤原季綱（?～一一〇二以前、『季綱切韻』『季綱往来』散逸、『本朝続文粋』）、藤原敦光（一〇六三～一一四四、『本朝世紀』『続本朝秀句』散逸、『三教指帰注』）、輔仁親王（一〇七三～一一一九、後三条天皇第三皇子）、藤原基俊（?～一一四二、『新撰朗詠集』）、蓮禅（生没年未詳、俗名藤原資基、『三外往生記』）、摂政関白・藤原忠通（一〇九七～一一六四、忠実の子、『法性寺関白御集』）がいる。

以下、平安時代の代表的な漢詩文集である『遍照発揮性霊集』、『文鏡秘府論』、『菅家文草』、『本朝文粋』から漢詩・漢文を一篇ずつ取り上げ、読み解いてみたい。

楓社）
後藤昭雄『平安朝漢文学史論考』（二〇一二年、勉誠出版）
後藤昭雄『平安朝漢詩文の文体と語彙』（二〇一七年、勉誠出版）
佐藤道生『平安後期日本漢文学の研究』（二〇〇三年、笠間書院）
宋　晗『平安朝文人論』（二〇二一年、東京大学出版会）
滝川幸司『天皇と文壇―平安前期の公的文学』（二〇〇七年、和泉書院）
滝川幸司『菅原道真論』（二〇一四年、塙書房）
滝川幸司『菅原道真―学者政治家の栄光と没落』（二〇一九年、中央新書）
谷口孝介『菅原道真の詩と学問』（二〇〇六年、塙書房）
波戸岡旭『宮廷詩人菅原道真―『菅家文草』・『菅家後集』の世界』（二〇〇五年、笠間書院）
藤原克己『菅原道真と平安朝漢文学』（二〇〇一年、東京大学出版会）
堀川貴司『詩のかたち・詩のこころ―中世日本漢文学研究』（二〇〇六年、若草書房）

例文5・1　入《ル》㆑山《ニ》興　雑言《ざつごん》　空海　（『遍照発揮性霊集』）

問《フ》師何《ノ》意《アリテカ》入《ル》㆓深寒《ニ》㆒　深嶽崎《き》嶇《くトシテ》太《はなはダ》不㆑安《やすカラ》
上《のぼルニモ》也《また》苦《シミ》下《くだル》時《ニモ》難《なやム》　山《さん》神《しん》木《ぼく》魅《び》是《レ》為《ス》㆑廬《すみかト》
君不《ヤ》㆑見　君不《ヤ》㆑見
京《けい》城《じようノ》御苑桃李《ノ》紅《くれなゐ》　灼《しやく》々《しやく》芬《ふん》々《ぷんトシテ》顔色同《ジ》
一《あるイハ》開《キ》㆑雨《ニ》　一《イハ》散《ル》㆑風《ニ》　飄《ひるがヘリ》上《リ》飄《リ》下《リテ》落《ツ》㆓園中《ニ》㆒
春女群《むらガリ》来《リテ》一《ツ》手《た》折《をリ》　春鶯翔《かけリ》集《つどヒテ》啄《ついばミテ》飛《ブ》㆑空《ニ》
王城《ノ》城裏神泉《ノ》水　一《イハ》沸《キ》一《イハ》流《レテ》速《ヤカナルコト》相《あひ》似《にタリ》
前《まへニ》沸《キ》後《うしロニ》流《レテ》幾《いく》許《ばく》千《せんゾ》　流《レ》之《ゆキ》流《レ》之《キテ》入《ル》㆓深淵《ニ》㆒
入《リ》㆓深淵《ニ》㆒　転々《トシテ》去《ル》　何《レノ》日何《レノ》時《カ》更《ニ》竭《キム》矣
君不《ヤ》㆑見　君不《ヤ》㆑見
九州八島無量《ノ》人　自《リ》㆑古《いにしへ》今《この》来《かた》無常《ノ》身
堯《げう》舜《しゆん》禹《う》湯《たうト》与《と》㆓桀《けつ》紂《ちう》㆒　八《はち》元《げん》十《しふ》乱《らんト》将《と》㆓五臣㆒

例文5・1　**『遍照発揮性霊集』**

＊雑言古詩。韻字は「寒」「安」「廬」、上平声十四寒韻。

山　高野山。空海は弘仁七（八一六）年に勅許を得て、紀伊国（和歌山県）の高野山を真言密教の根本道場とする。

師　空海。設問者は良岑安世（七八五～八三〇）。安世のなぜ都を離れた奥深い山を選んだのかという「問」に空海が「君不見」「君知不」で始まる四段で答える。

崎嶇　けわしいさま。

山神木魅　山の神や老木の精。

君不見　あなたはご覧になったことがありませんか。楽府詩でよく用いられる句法。

京城　みやこ。ここでは平安京。

灼々　花が盛んに咲いているさま。

芬々　よい香り。

顔色同　「顔色」は色彩。あたり一面紅色であること。

春女　若い女性。十七、八歳の女性。

王城　みやこ。天皇の住む都。

神泉　神泉苑。平安京の大内裏の南にあった禁苑。遊宴や法会の場となった。

相似　人の生死と似ている。

幾許千　どれほどだろうか。「千」は数の多い喩え。

転々　次から次へと移り変わるさま。

西《せい》嬙《しやう》嫫《ぼ》母《ぼ》支《し》離《りノ》体　誰《カ》能《ク》保《チ》得《タル》万年《ノ》春

貴人《モ》賤人《モ》惣《すべテ》死《ニ》去《さル》　死《ニ》去《リ》死《ニ》去《リテハ》作《なル》二灰《くわい》塵《ぢんト》一

歌堂舞閣《ハ》野《や》狐《こノ》里　如《ク》レ夢《ノ》如《シ》レ泡《ノ》電影《ノ》賓《ひん》

君知《ルヤ》不《いなヤ》君知《ルヤ》不《ヤ》

人如《シ》レ此《かくノ》汝何《ゾ》長《カラム》　朝夕思《ヒ》思《ヘバ》堪《フ》レ断《ツニ》レ腸《はらわたヲ》

汝《ガ》日《ハ》西山《ニシテ》半《バ》死《ヌル》士　汝《ガ》年《ハ》過《ギテ》レ半《バヲ》若《ごとシ》二尸《しかばねノ》起《たテルガ》一

住《とどマラムヤ》也住《マラムヤ》也一《いつモ》無《シ》レ益《えき》　行《さ》矣《く》行矣不レ須《ベカラ》レ止《マル》

去《い》来《ざ》去来大《だい》空《くうノ》師　莫《カレ》レ住《マル》莫《カレ》レ住《マル》乳海《ノ》子

南山《ノ》松石《ハ》看《レドモ》不レ厭《あカ》　南嶽《ノ》清流《ハ》憐《レムコト》不レ已《やマ》

莫《カレ》レ慢《おごルコト》浮《ふ》華《か》名《みやう》利《りノ》毒《ヲ》　莫《カレ》レ焼《カルルコト》三《さん》界《がい》火《くわ》宅《たくノ》裏《うちニ》

斗《と》藪《そうシテ》早《ク》入《レ》法身《ノ》里

例文5・2　総序　空海　（『文鏡秘府論』天巻）

夫《レ》大仙《ノ》利《スルヤ》レ物《ヲ》、名教《モテ》為《シ》レ基《もとゐト》、君子《ノ》済《フヤ》レ時《ヲ》、文章是《レ》本《もとゐナリ》也。故《ニ》能《ク》空中・塵中《ニ》、開《キ》二本《ほん》有《うノ》之字《ヲ》一、亀上・龍上《ニ》、演《のブ》二自

九州八島　「九州」は中国。「八島」は八島国で日本。

無量　無数。計り知れないほど多いさま。

堯舜・禹湯　聖天子の代表。中国古代の堯帝と舜帝、夏の禹王と殷の湯王。

桀紂　暴君の代表。夏の桀王と殷の紂王。

八元・十乱・五臣　優れた臣下の代表。舜の時代の高辛氏の子八人、周の武王の治臣十人、舜の優れた臣下五人。

西嬙　美女の代表。周代の越の西施と武王の后妃毛嬙。

嫫母　醜女の代表。黄帝の第四妃で賢明。

支離　支離疏。荘子の造形した障碍者。

電影　いなびかり。素早く去来する喩え。

住也　止まろうとするのか。

行矣　幸いに。旅立つ人の無事を祈る語。

去来　さあ。行動を起こそうと呼びかける語。

大空　仏語。密教の根本の理で阿字本不生を悟ること。

乳海　仏語。仏の広大な慈悲。「乳海子」で仏弟子。

南山・南嶽　南の方角にある山岳で、高野山。

浮華名利　うわべだけ華やかで実質がない、名誉や利益。

三界火宅　仏語。煩悩に満ちた欲界、色界、無色界のこの世を燃えさかる家屋に喩える。

斗藪　仏語。頭陀。煩悩をふりはらって仏道

然《ノ》之文《ヲ》一。至《リテハ》レ如《キニ》下観《み》二時変《ヲ》於三曜《ニ》一、察《スルガ》中化成《ヲ》於九州《ニ》上、金玉・笙簧《しやうくわう》、爛《てらシテ》二其《ノ》文《ヲ》一而撫《デ》二黔《けん》首《しゆヲ》一、郁《いく》乎《こ》・煥乎《くわんこトシテ》、燦《あきラカニシテ》二其《ノ》章《ヲ》一以《テ》駁《をさム》二蒼生《ヲ》一。然《ラバ》則《チ》一《ハ》為《シ》二名《ノ》始《メト》一、文《ハ》則《チ》教源《をしへノみなもとナリ》。以《テ》二名教《ヲ》一為《セバ》レ宗《むねト》、則《チ》文章《ハ》為《たルナリ》二紀綱《ノ》之要一也。世間・出世、誰《カ》能《ク》遺《わすレムヤ》レ此《ヲ》乎。故《ゆゑニ》経《ニ》説《ク》、阿《あ》毘《び》跋《ばつ》致《ち》菩《ぼ》薩《さつハ》、必《ズ》須《ベシト》三先《まヅ》解《さとル》二文章《ヲ》一。孔宣有《リ》レ言《ヘルコト》、「小子何《ゾ》莫《キヤ》レ学《ブコトかノ》二夫詩《ヲ》一。詩《ハ》可《ク》二以《テ》興《ス》一、可《シ》二以《テ》観《ル》一。邇《ちかクハ》之事《つかへマツリ》レ父《ニ》、遠《クハ》之事《ヘマツル》レ君《ニ》」、「人《ニシテ》而不《レバ》レ為《まなバ》二周《しう》南《なん》・邵《せう》南《なんヲ》一、其《レ》猶《ごとキナリ》二正《まさシク》牆《かべニ》面《むかヒテ》而立《ツガ》一也」。是《ニ》知《ル》、文章《ノ》之義《ハ》、大《キナルカナ》哉遠《キカナ》哉。文《ハ》以《テ》二五音不《レ》奪《ハ》、五彩得《ルヲ》レ所《ヲ》立《テ》レ名《ヲ》、章《ハ》因《リテ》二事・理倶《ニ》明《ラカニシテ》、文義不《ルニくらカラ》レ昧《たツ》樹《レ》号《ヲ》。因《リテ》レ文《ニ》詮《あきラカニシ》レ名《ヲ》、唱《ヘテ》レ名《ヲ》得《レ》義《ヲ》。名義已《ニ》顕《ラカニシテ》、以《テ》覚《さとラシム》二未《ルモノヲ》レ悟《ラ》。三教於《イテ》レ是《ニ》分《カチ》レ鑣《くつばみヲ》、五乗於《イテ》レ是《ニ》並《ブ》レ轍《あとヲ》。於《イテここニ》レ焉釈経《ハ》妙《たへニシテ》而難《ク》レ入《リ》、李篇《ハ》玄《はるかニシテ》而寡《すくなク》レ和《したがフモノ》、桑籍《ハ》近《クシテ》而争《フ》レ唱《フコトヲいう》。游・夏得《ル》レ聞《クヲ》之日、屈・宋作《ル》レ賦《ヲ》之時、両漢《ノ》辞宗、三国《ノ》文伯、体韻心《ニ》伝《ヘ》、音律口《ニ》授《ク》。沈《しん》侯《こう》・劉善《ノ》之後、王・皎・崔・元《ノ》之前、

修行に専念すること。

例文5・2　『文鏡秘府論』

大仙　仏。

利物　衆生を利益《りやく》する。恵みを与える。

名教　仏教。「名」はことばで、ことばによる教え。

君子　為政者。儒教思想による。

済時　世間の困難を救う。

文章　韻文・散文すべて。詩・文、文・筆とも。

塵中　俗世間。

本有　本来的な存在。仏教の真理が文字に現われているという。

亀上・龍上　河図洛書。洛水の神亀や黄河の龍馬の背に描かれていた図と文字。と儒教の真理が文字に示されたことをいう。

三曜　日月星辰。ここではその運行。

化成　民の教化のさま。

九州　中国全土。

金玉・笙簧　「金玉」は打楽器の鐘と磬《けい》。「笙簧」は笙のリード。文章を喩える。

撫黔首・駁蒼生　民衆を治める。「黔首」「蒼生」は民衆。

郁乎・煥乎　「郁」は美しく彩りのあるさま。「煥」は光り輝くさま。「乎」は形容詞に付ける接尾語。

盛リニ談《かた》リテ㆓四声ヲ㆒、争ヒテ吐キ㆓病《へい》犯《はん》ヲ㆒、黄巻溢《あぶ》レ㆑篋《はこ》ニ、緗《しやう》帙《ちつ》満ツ㆑車ニ。貧シクシテ而楽シブ㆑道ヲ者《ひと》ハ、望ミヲ絶チ㆓訪写ニ㆒、童《をさな》クシテ而好ム㆑学ビヲ者《ひと》ハ、取ルニ㆑決《さだ》メヲ無シ㆑由《よし》。貧道ハ幼《わか》クシテ就キテ㆓表《へう》舅《きう》ニ㆒、頗ル学ビ㆓藻麗ヲ㆒、長《ひととな》リテ入リテ㆓西秦ニ㆒、粗《ほぼ》聴ク㆓余論ヲ㆒。雖モ㆑然リト、志ハ篤クシテ㆓禅黙ニ㆒、不㆑屑《いさぎよ》クセ㆓此ノ事ヲ㆒。爰ニ有リテ㆓一多ノ後生㆒、扣《たた》キ㆓閑寂ヲ於文園ニ㆒、撞《つ》ク㆓詞華ヲ乎詩囿ニ㆒。音響難ク㆑黙《もだ》シ、披キ㆓巻ヲ函杖ニ㆒、即チ閲《けみ》シテ㆓諸家ノ格・式等ヲ㆒、勘《かむが》フルニ㆓彼ノ同・異ヲ㆒、巻軸雖モ㆑多シト、要枢ハ則チ少ク、名異ナルモ義同ジク、繁《はん》穢《あい》尤モ甚ダシ。余《わ》ガ癖難ク㆑療《いや》シ、即チ事《こと》トシ㆓刀筆ヲ㆒、削リテ㆓其ノ重複ヲ㆒、存《とど》ム㆓其ノ単号ヲ㆒。惣《すべ》テ有リ㆓一十五種類㆒、謂《い》ヘラク声譜・調声・八種韻・四声論、十七勢・十四例・六《りく》義《ぎ》・十体・八階・六《りく》志《し》、二十九種対、文卅種病《へい》累《るい》・十種疾《しつ》、論文意、論対属等、是也。配《あ》テ㆓巻軸ヲ於六《りく》合《がふ》ニ㆒、懸ケ㆓不朽ヲ於両曜ニ㆒、名ヅケテ曰フ㆓文鏡秘府論ト㆒。庶《こひねが》ハクハ緇《し》素《そ》好《かう》事《じ》ノ之人、山野文会ノ之士、不シテ㆑尋ネ㆓千里ヲ㆒、蛇珠自《おのづか》ラ得、不シテ㆑煩ハ㆓旁《ばう》捜《さう》ヲ㆒、彫《てう》龍《りよう》可キコトヲ㆑期《ちか》フ。

一為名始文則教源　「一」がことばの基点で「文」が教えの根源。南巻「論文意」に同意の文あり。

世間・出世　在家と出家。

阿毘跋致　不退転。菩薩の地位から転落せず、仏になることが決まった状態。

須　べし。平安初期には再読せず、副詞のみか助動詞のみ。ここでは上に副詞「必」があるので助動詞で読んでおく。

孔宣　孔子。

小子……　『論語』陽貨篇の引用。詩を学ぶ意義を説く。

人而……　同じく陽貨篇の引用。「周南」「邵南」は『詩経』の最初の二巻。

猶　ごとし。平安初期には再読せず、助動詞のみで読む。

五音　宮・商・角・徴《ち》・羽の五音。五行思想による万物の音。

不奪　互いの持ち場を守り、調和する。

五彩　青・黄・赤・白・黒の五色。正色。五行思想による万物の色。

事・理　物事と道理。

文義　文章の意味内容。

詮　説き明かす。

未　ず。平安初期には再読せず、副詞のみか助動詞のみ。

三教　儒教・仏教・道教。『三教指帰』参照。

例文5・3

賦ス二雨《う》夜《や》ノ紗灯《さとう》トイフコトヲ一 応《こた》フレ製ニ〈并《あは》セタリレ序ヲ于レ時ニ九月十日〉 菅原道真

（『菅原文草』）

宮人《きゅうじん》入リテレ夜ニ、殿上ニ挙グルハレ灯ヲ、例ナリ也。于レ時ニ、重陽ノ後朝、宿雨ノ秋夜ナリ。微光隔ツルハレ竹ヲ、疑ヒ二残蛍ノ之在ルカトレ叢ニ、孤点籠モルハレ紗ニ、迷《まど》フ二細月ノ之挿《さしはさ》マルルカトレ霧ニ。臣等《ら》五六人、奉《うけたまは》リテレ勅ヲ見ルレ之ヲ。見テレ之ヲ不レ足ラ、応ヘテレ製ニ賦スレ之ヲ。云フコト爾《しかり》。謹ミテ序ス。

紗灯一点五更廻《めぐル》　不レ要《もと》メ寒鶏ノ暁漏ヲ催《うなが》スコトヲ

晴レテハ誤ツ穿チテレ雲ヲ星乍《たちま》チニ見《あらは》ルルカト　秋ニハ疑フ冒シテレ雨ヲ菊新タニ開クカト

耳ニハ聞キ二落涙ヲ一兼ネテ聞クレ曲ヲ　手ニハ勧メ二微心ヲ一且ツ勧ムレ盃ヲ

毎《つね》ニ憶フ脂膏ノ多キコトヲ二渥潤一　那《なん》ゾ勝《まさ》ラム恩沢ノ繞リテレ身ヲ来ルニ

例文5・4

夏ノ夜於イテ二鴻臚館ニ一餞《はなむけ》ス二北客ヲ一 後江相公《のちノがうノしやうこう》

（『本朝文粋』巻第九）

五乗　人・天・声聞・縁覚・菩薩。衆生を彼岸に運ぶ教えを乗り物に喩える。

釈経　仏教の経典。

李篇　道教の経典。老子の姓は李。

桑籍　儒教の経典。孔子の生地は空桑。

游・夏　春秋時代の子游と子夏。孔子の高弟で文学に優れる。

屈・宋　戦国時代の屈原と宋玉。『楚辞』の主要な篇の作者。

両漢辞宗　前漢・後漢の詩文の大家。司馬相如など。

三国文伯　三国の文豪。盧思道など。

体韻心伝音律口授　以上の時代はまだ声律が明確に意識されていなかった。

沈侯　六朝・梁の沈約《しんやく》。詩に四声を導入し、声律上の禁忌を説いた。四声八病説。

劉善　隋の劉善経。声律理論を発展させた。天巻「四声論」は劉善経の作。

王・皎・崔・元　盛唐の王昌齢、中唐の釈皎《こう》然《ねん》、初唐の崔融、元兢《げんきょう》。詩文や理論書を著して近体詩を確立させた。

病犯　創作上の禁忌。

黄巻　書物。虫食いを防ぐために中国で黄蘗《きはだ》により染めた紙を用いたことから。

緗帙　あさぎ色の絹で作った書物のおおい。

訪写　探し求めて書写する。

貧道　私空海。謙遜の自称で、僧や道士が用

延喜八年、天下太平《ニシテ》、海外慕《フ》レ化《めぐみヲ》。北客算《かぞヘテ》二彼《ノ》星《せい》躔《てんヲ》一、朝《ス》二此《ノ》日《にち》域《ゐきニ》一。望《ミテ》二扶木《ヲ》一而鳥《ノゴトクニ》集《つどヒ》、渉《わたリテ》二滄溟《ヲ》一而子《ノゴトクニ》来《ル》。我《ガ》后《きみ》憐《レビ》二其《ノ》志《ヲ》一褒《メ》二其《ノ》労《いたづきヲ》一、或《イハ》降《くだシ》レ恩《ヲ》或《イハ》増《ス》レ爵《ヲ》。於《イテ》レ是《ここニ》餞《よ》宴《えんノ》之礼已《ニ》畢《リテ》、俶装《しゅくさうノ》之期《とき》忽《たちまチニ》催《ス》。夫《レ》別《ルルコトハ》易《やすク》会《フコトハ》難《ク》、来《ルコトハ》遅《ク》去《ルコトハ》速《すみヤカナリ》。李《り》都尉《とゐハ》於《イテ》レ焉《ここニ》心折《くだケ》、宋大夫《そうたいふハ》以《テ》レ之《これヲ》骨驚《ク》。想《フニ》下彼《ノ》梯《はしシ》レ山《ニ》航《わたリテ》レ海《ヲ》、凌《ギ》二風穴《ノ》之煙嵐《ヲ》一、廻《ラシ》レ棹《ヲ》揚《ゲテ》レ鞭《ヲ》、披《カムコトヲ》中亀林《ノ》之蒙霧《ヲ》上。依々然《トシテ》莫《シ》レ不《トイフコト》レ感《ゼ》二忘《ルル》レ遐《とほキヲ》之誠《ヲ》一焉。若《シ》非《ズハ》下課《おほセテ》二誌媒《ニ》一而寛《ゆるベ》二愁緒《ヲ》一、携《ヘテ》二歓伯《ヲ》一而緩《ブニ》中悲端《ヲ》上、何《ヲ》以《テ》続《カつギ》二寸断《ノ》之腸《はらわたヲ》一、休《ムル》二半銷《ノ》之魂《ヲ》一者《アラムヤ》乎。于レ時《ニ》、日《ハ》会《ヒ》二鶉尾《じゅんびニ》一、船《ハ》艤《よそフ》二龍頭《ヲ》一。麦秋《ハ》動《カシ》二揺落《ノ》之情《ヲ》一、桂月《ハ》倍《ます》二分隔《ノ》之恨《ミヲ》一。嗟呼、前途程《ほど》遠《クシテ》、馳《セ》二思《ヒヲ》於雁山《ノ》之暮《ゆふべノ》雲《ニ》一、後会期《とき》遥《カニシテ》、霑《ぬラス》二纓《えいヲ》一於鴻臚《ノ》之暁涙《ニ》一。予《われハ》翰苑《ノ》凡叢《ニシテ》、揚庭《ノ》散木《ナリ》。媿《はヅラクハ》対《むかヒテ》二遼水《ノ》之客《ニ》一、敢《ヘテ》陳《のブルコトヲ》二孟浪《ノ》之詞《ヲ》一。云《フコト》爾《リ》。

いる。

表舅　外おじで、母方のおじ。具体的には阿《あ》刀《と》宿禰《すくね》大足《おおたり》。

藻麗　詩文。また、その修辞。

西秦　長安。東都の洛陽からすると西で、秦の地方だから。空海の入唐は八〇四年。

余論　本論に付け加えた議論。ここでは文学理論。

禅黙　座禅を組む。また、それによって真理を考える。

不屑　重きを置かない。詩文の創作を重視しなかったことをいう。

一多　一人と多数。数人。

後生　後から生れた人。後進。

扣・撞　鐘を撞く。後出の「音響」にかかる。教えを求めて問いかける喩え。

文園・詩囿　詩文の世界。詩人・文人の世界。

函杖　師弟の席の間。礼により一丈の距離を置くことから。「杖」は「丈」に同じ。

格・式　創作の作法書。もとは律令の補助法令の意。唐代には「格」や「式」の名をもつ書物が多く作られた。

巻軸　書物。巻物の形であることから。

要枢　かなめ。大切な部分。

刀筆　筆と木簡や竹簡を削る小刀で、文章の添削。

声譜……四声論　天巻の各篇。以下、篇名・

順序の違い等が見える。

十七勢……六志　地巻の各篇。

二十九種対　東巻の一篇。

文卅種病累・十種疾　西巻の二篇。

論文意　南巻全体の篇題。

論対属　北巻の一篇で、巻全体の篇題。

六合　天地と東西南北。各巻の名前。宇宙を表している。

両曜　日月、太陽と月。

緇素　黒衣と白衣で、僧侶と俗人。

文会　詩文を作り批評しあう会。

蛇珠　戦国時代の随侯が助けた大蛇から貰った宝玉。随侯之珠。楚の卞和の璧と並ぶ天下の至宝。優れた文章の喩え。

旁捜　あちこち探す。

彫龍　龍の模様を彫るように巧みに飾った文章。雕龍。

例文5・3『菅家文草』

＊七言律詩。韻字は「廻」「催」「開」「盃」「来」、上平声十灰韻。

＊寛平六（八九四）年九月十日、重陽後朝宴の作（『日本紀略』）。道真五十歳。詩序は『本朝文粋』巻第九、詩は『扶桑集』巻十（逸文）に所収。

紗灯　うすぎぬを張った灯籠。詩序の「微光」「孤点」はその光。「隔竹」とあるので柱は竹製か。

応製　「製」は「制」で、みことのり。天皇の命令に応じて作った詩。

重陽後朝　九月九日重陽宴の翌日に開かれた天皇と近臣のみの宴。宇多天皇が創設した。

宿雨　前夜からの雨。

疑・迷　……と似ている、……と見誤るほど、……のようだ。直喩。見立て表現。

臣等五六人　寛平四（八九二）年同宴で制作された「秋雁櫓声来」序文（巻第五・三四九）には「詩臣両三人、近習七八輩」のみが招待されたとある。

云爾　以上のとおりである。詩序を結ぶ強意の助字。

謹……　天皇に奉る文の末尾に用いる。

五更　夜を五つに分けた最後の時間帯。秋は午前二時半過ぎから五時頃まで。

暁漏　未明の時。宴の終わりを表す。「漏」は水時計。

誤・疑　詩序の「疑」「迷」に同じく直喩。見立て表現。

落涙　雨垂れや灯火の蝋の滴り。

微心　ささやかな誠意。謙遜の表現。

脂膏　灯火の油。

渥潤　潤い。

那勝　反語表現。どうして勝ろうか、いや、勝らない。

恩沢　天皇の恩恵。雨露が万物を潤すことから。潤いにおいて「脂膏」は「恩沢」には遠く及ばないとして、天皇を賛える。

例文5・4『本朝文粋』

鴻臚館　外国使節を接待した公館。平安京、難波、大宰府に設置され、平安京においては七条朱雀大路の東西にあった。

北客　渤海使。渤海は六九八～九二六年に朝鮮半島北部から中国東北部、ロシアの沿海部において存在した古代国家。唐制を導入し「海東の盛国」と称された。日本とは頻繁に往来があり、平安京で正式に迎えた外国使節は渤海使のみとなる。

後江相公　大江朝綱（八八六～九五七）。平安中期の漢学者、書家。音人の孫、玉淵の子。文章博士を経て正四位下参議に至る。『新国史』の編纂に携わる。著作に『後江相公集』（散逸）、『作文大体』など。

延喜八年　醍醐朝の九〇八年。この使節団は第三十三回渤海使で、大使は裴璆《はいきゅう》（第三十回・第三十二回の大使、裴頲《はいてい》の子）。正月に来朝し、六月に鴻臚館にて送別の宴が開かれた（『日本紀略』）。

慕化　天子の徳化を慕って来朝する。日渤間の詩文では日本を中央、渤海を北の辺境とする表現が見られる。

星躔　星のやどり。渤海使の来朝は十二年を一期とする。
日域　日の出る所。ここでは日本。
扶木　東海の日の出る所にあるという神木。扶桑。ここでは日本。
滄溟　広く青々とした海。
后　きみ。天皇。
餞宴　宴会。
俶装　旅支度を整える。ここでは出発の時間が迫ること。
李都尉・心折　前漢の武将、李陵は蘇武との別れに心が挫けた。
宋大夫・骨驚　宋の大夫、宋玉は帰郷する人との別れに身を砕いた。
梯山航海　多くの危険を冒して外国に使いを出す喩え。
風穴　北の辺境にあるとされた寒風の吹き出す穴。
亀林　亀のように古くから存在する原生林。回鶻の地名でもあり、西の辺境のイメージ。
依々　離れるに忍びないさま。
誠　まごころ。渤海使節の来朝の志。
詩媒　詩を誘い出すもの。詩興を催させる景物。
愁緒・悲端　嘆き悲しむ心。「緒」は心。「端」は「緒」に同じ。
歓伯　喜びに秀でたものの意で、酒。
鶉尾　孟秋七月。古代中国天文学における十二次の九番目で、立秋から白露の前まで。
麦秋　通常は初夏。ここでは「秋」から次の「揺落」を導く。
桂月　月の別称。月の中に桂の木があるという伝説による。
前途程遠　菅原道真の同題詩に「腸断前程相送日、眼穿後紀転来星」(『菅家文草』巻第二・一一一、元慶七〈八八三〉年四月から五月の作)。以下四句、『和漢朗詠集』巻下・雑・餞別・六三二に所収。『江談抄』巻六「長句事」には、この句に感激した渤海人が数年後、朝綱の三公(大臣)に至っていないのを日本は賢才を用いない国だと嘆いたという説話が収められている。
雁山　中国山西省北部の雁門山。西域との関所がある。
纓　冠の紐。
翰苑　文章院の唐名で、文人仲間を表す。翰林院、翰林。
揚庭　学問により名を揚げた家。
散木　役に立たない木。ここでは役に立たない者。
遼水　中国東北地方の南部を流れる大河。遼河。
孟浪　はっきりせずいいかげんなさま。ここではとりとめのない言葉。

第6章　説　話

木下綾子

説話とは、事実、ないしは事実と信じられて口承・書承された、比較的短い話やその断片である。奈良時代にはすでに確認できるものの、説話集としては平安時代に入り、仏教の説経や説示を目的とすることで成立し、平安時代後期から鎌倉時代中期にかけて最盛期を迎えた。以下、概観したい。

平安時代初期、日本初の仏教説話集『日本国現報善悪霊異記《りょういき》』（通称『日本霊異記』、景戒《きょうかい》、七八七年原撰、後に追補、八二二年以後）が編まれる。説話集の始まりである。上中下三巻、一一六話。中国の仏教伝記『冥報記《めいほうき》』や『金剛般若経集験記《こんごうはんにゃきょうしゅうげんき》』など多数の内典《ないてん》・外典《げてん》を踏まえながら、日本各地に伝わる雄略《ゆうりゃく》朝（四五六～四七九年）から嵯峨《さが》朝（八〇九～八二三年）までの奇瑞や因果応報譚を収め、日本仏教史を提示する。続く『日本感霊《かんりょう》録』（義昭《ぎしょう》、八五〇年頃）は、元興寺《がんごうじ》の霊験譚である。唱導に用いられた願文《がんもん》の草案や覚書のごく初期のものとしては『東大寺諷誦文《ふじゅもん》稿』（七九六～八三四年）が残されている。

また、この時期には、世俗説話も発生する。紀伝道において博士を務めた学者が中国の志怪小説や伝奇小説に倣って、世間の怪異譚や民間伝承を記したものである。その背景には、小説は史書の編纂作業において漏れた事実を記したものだという考え方がある。貞観《じょうがん》年間（八五九～八七六年）前後に

『日本国現報善悪霊異記』　通称『日本霊異記』。日本最古の仏教説話集。三巻。元私度僧《しどそう》の薬師寺僧、景戒（生没年未詳、延暦《えんりゃく》十四〈七九五〉年伝灯住位《でんとうじゅうい》）著。延暦六（七八七）年原撰、後に追補、弘仁《こうにん》十三（八二二）年以後成立か。霊験譚や因果応報譚一一六話をほぼ時代順に記す。

内典・外典　仏教の典籍とそれ以外の典籍。外典は、日本では主に儒教の経典《けいてん》をいう。

唱導　仏教の教えを説いて、人々を導くこと。平安時代までは法会における講経が多く、願文、表白《ひょうびゃく》、諷誦文を読み、譬喩因縁談《ひゆいんねんだん》を説いた。

願文　神仏に対する祈願文。造寺・造像・写経・供養などの仏事法会において施主の願意を述べたもので、次第に書式が定まった。天皇・上皇や上流貴族の願文は故事を踏まえた四六騈儷《べんれい》文であったため、文人が作り、能書の者が浄書した。漢文であるが、音読されず訓読された。

は、「道場法師《どうじょうほうし》伝」（都《みやこの》良香《よしか》、『本朝文粋《ほんちょうもんずい》』巻十二）、「吉野山記」（散逸、同、『本朝神仙伝』「役行者事《えんのぎょうじゃのこと》」に要約）、「富士山記」（同、『本朝文粋』巻十二）がある。その後、延喜《えんぎ》年間（九〇一〜九二三年）初期には、『善家《ぜんけ》秘記』（『善家異記』とも、散逸、三善清行《みよしのきよゆき》、『政事要略』『扶桑略記《ふそうりゃっき》』）、『紀《き》家《け》怪異実録』（散逸、紀長谷雄《きのはせお》）、「白箸翁」（同、『本朝文粋』巻九）、「白石先生伝」（同、『紀家集』巻十四）がある。

平安時代中期になると、学者の世襲化が固定し、出世が「累代」（重代）の博士家出身の者に限られる。望みを断たれた「起家《きか》」たちは、新たな思想基盤を浄土思想に求める。その実践の場が慶滋保胤《よししげのやすたね》らによって始められた勧学会《かんがくえ》である。この運動は、源信《げんしん》の念仏結社、二十五三昧会《にじゅうござんまいえ》へと発展する。教理は『往生《おうじょう》要集』（源信、九八五年）に体系化され、その実例集として往生伝が撰述される。往生伝とは往生を果たした人物の伝記で、その執筆を結縁として自身の往生を目指す意味をもつ。『日本往生極楽記』（慶滋保胤、九八五年前後）を始めとして、平安時代後期の『続本朝往生伝』（大江匡房《おおえのまさふさ》、一一〇四年頃）、『拾遺往生伝』（三善為康《みよしのためやす》、一一一一〜一一三九年）、『後拾遺往生伝』（同、一一三七〜一一三九年）、『三外《さんげ》往生記』（蓮禅《れんぜん》、一一三九年以後）、『本朝新修往生伝』（藤原宗友《ふじわらのむねとも》、一一五一年）、『高野山往生伝』（如寂《にょじゃく》、一一八七年）が続く。

勧学会の一員、源為憲《みなもとのためのり》は、平仮名文の仏教説話集『三宝絵《さんぼうえ》』（『三宝絵詞《さんぼうえことば》』とも、九八四年）を著している。十七歳で出家した尊子《そんし》内親王（冷泉《れいぜい》

勧学会　紀伝道《きでんどう》の学生《がくしょう》と比叡山《ひえいざん》の僧侶が二十名ずつ定期的に集った、講経・念仏・作詩の会。三月と九月の十五日に西坂本《にしさかもと》の寺院で行われた。応和《おうわ》四（九六四）年に始まり、寛和《かんな》二（九八六）年頃中断され、寛弘《かんこう》年間（一〇〇四〜一〇一二年）初期に再興。中断するが、長元《ちょうげん》年間（一〇二八〜一〇三八年）末期に再興する。関係者は、慶滋保胤、橘倚平《たちばなのよりひら》、藤原有国《ありくに》、高階積善《たかしなのもりよし》、源為憲、紀斉名《ただな》、大江以言《もちこと》など。

『三宝絵』　仏教説話集。三巻。源為憲（生年未詳〜一〇一一）著。永観《えいかん》二（九八四）年成立。前年に出家した冷泉院第二皇女尊子内親王のために撰進。上巻は『法苑珠林《ほうおんじゅりん》』所収の仏典から引用した釈迦の本生《ほんしょう》譚、中巻は『日本霊異記』の引用を含む僧俗十八名の事歴、下巻は年間の仏教行事の作法と由来である。前代の『日本霊異記』と後代の『今昔《こんじゃく》物語集』『古本《こほん》説話集』などと影響関係がある。正式名称は『三宝絵詞』。絵は現存しない。

古写本には和化漢文の前田家本、漢字片仮名交じり文の東寺観智院《かんちいん》本、平仮名文の関戸《せきど》家《け》本・東大寺切《ぎれ》があるが、年若く身分の高い女性を対象とするため、原本は平仮名文であ

天皇第二皇女、円融《えんゆう》天皇女御）に撰進した絵入りの仏教入門書である（絵は現存しない）。上中下、仏宝・法宝・僧宝の三巻。本作は広く読まれ、多くの説話が引用された。

一般には歌物語などと呼ばれるが、平仮名文の説話としては、『伊勢《いせ》物語』（成立年未詳）に在原業平《ありわらのなりひら》や周辺人物に関する和歌説話が見える。対して、『大和《やまと》物語』（九四七〜九五七年頃）は、後半の大部分が和歌説話であり、この後に増加する説話物語集の先駆けと捉えることができる。

平安時代後期になると、信仰の高まりを受けて、特定の経典の霊験記《れいげんき》や寺院の縁起《えんぎ》が編まれる。『大日本国法華経験記《ほけきょうげんき》』（『日本法華験記《ほっけげんき》』『法華験記』『本朝法華験記』とも、鎮源《ちんげん》、一〇四三年頃）を始めとして、『本朝法華験記』（散逸、薬恒《やくこう》、『扶桑略記』）、『法華験記』（散逸、智源《ちげん》、『扶桑略記』）、『地蔵菩薩《じぞうぼさつ》霊験記』（実睿《じつえい》、一〇三三年頃）、『探要法華験記』（源西《げんさい》、一一五五年）、『信貴山《しぎさん》縁起絵巻』（平安時代後期）がある。

この時期には、唱導の場における説話の重要性が増し、説経の草案や筆録も多様化する。金沢文庫本『仏教説話集』（通称、一一四〇年）は詳細な草案集である。内親王発願《ほつがん》の法会を抄録した『法華修法一百座聞書《ほっけしゅほういっぴゃくざききがき》抄』（一一一〇年か）や天台宗寺院の覚書『打聞《うちぎき》集』（一一三四年頃）は、文章表現が整っており、後代の作品に引用された。

貴族社会においては、王朝文化を賛仰しつつ継承する意識が生じ、これまで口伝・教命で受け継がれてきた有職故実や学芸の知識が口授・筆録される。

ったと推定される。

『法華修法一百座聞書抄』

説経の筆録。一巻。ある内親王の発願により一〇〇日間、延長して計三〇〇日間催された『法華経』一品《いっぽん》ずつと『阿含《あごん》経』『般若心経』の講説のうち、二十日分の記録。漢字片仮名交じり文で、原本は平仮名文と考えられる。当時の唱導の実態を示す、貴重な資料である。

『江談抄』

貴族説話集。六巻。天永《てんえい》二（一一一一）年頃の成立。大江匡房（一〇四一〜一一一一年）の言談を藤原実兼（一〇八五〜一一一二年）が筆録したもの。漢詩文や漢学関係の故事が多い。伝本には雑纂形態の古写本三系統と類纂本一系統がある。和化漢文に片仮名文が交じる。

大江匡房には、平安前期の学者と同じく巷間の事件や風俗を記した「洛陽田楽記《らくようでんがくき》」「遊女記」「傀儡子記《くぐつき》」（『朝野群載《ちょうやぐんさい》』巻三）、「狐媚記」（『本朝続文粋』巻十一）、伝記『本朝神仙伝』（一一〇九年以前）があり、注目される。

鎌倉時代に成立した代表的な説話集としては、本文中に掲げたほかに以下のものがある。

その代表的な作品が、公卿で学者の大江匡房による『江談抄《ごうだんしょう》』（大江匡房談、藤原実兼《さねかね》〈通憲《みちのり》の父〉筆録、一一一一年以前）、関白の藤原忠実《ただざね》による『中外抄』（藤原忠実談、中原師元《もろもと》筆録、一一五四年以前）、『富家語《ふけご》』（藤原忠実談、高階仲行《たかしなのなかゆき》筆録、一一六一年以前）である。このうち天皇や貴族の逸話が『古事談《こじだん》』（源顕兼《あきかね》、一二一二～一二一五年）に抄出され、後続の『続古事談』（一二一九年）、『十訓抄《じっきんしょう》』（一二五二年）、『古今著聞集《ここんちょもんじゅう》』（橘成季《なりすえ》、一二五四年）に繋がる。

院政期には、仏教説話と世俗説話の両方を収めた、大規模な説話集『今《こん》昔《じゃく》物語集』（一一二〇年以後）が編まれる。三十一巻（巻八、十八、二十一は成立時から欠）、千余話を天竺《てんじく》（インド）・震旦《しんだん》（中国）・本朝（日本）の三部に体系的に分類・配列し、三国の仏法・王法史を提示する。有力な出典として『注好選』（十二世紀初）があるほか、『打聞集』（前出）、『古本《こほん》説話集』（通称、『梅沢《うめざわ》本古本説話集』とも、一一三〇年以後）、『宇治拾遺《うじしゅうい》物語』（一二二一年頃）には類似する説話が数多く収められ、広く流布したとされる『宇治大納言《うじだいなごん》物語』（散逸、源隆国《たかくに》、一〇七七年以前）を共通の典拠とする説がある。

以上、説話は仏教の法会や説経、芸能、史書、記録、言談など様々な場における口承と書承の相関関係において発展した。ゆえに、文体は漢文、和化漢文、漢字片仮名交じり文、平仮名文と各種あり、語り口調や口語を含むのが特徴である。

【説話物語集】

『今物語《いまものがたり》』（一二三九年以後）

【仏教説話集】

『宝物集《ほうぶつしゅう》』（平康頼《やすより》、一一七九年以後）『発《ほっ》心集《しんしゅう》』（鴨長明《かものちょうめい》、一二一二～一二一六年頃）、『閑居友《かんきょのとも》』（慶政《けいせい》、一二二二年頃）、『撰集《せんじゅう》抄《しょう》』（西行《さいぎょう》仮託、一二五〇年頃）、『沙石集《しゃせきしゅう》』（無住《むじゅう》、一二八三年）

参考文献

出雲路修『説話集の世界』（一九八八年、岩波書店）
今野達ほか校注『新日本古典文学大系　今昔物語集』一～五「解説」（一九九三～二〇〇一年、岩波書店）
伊東玉美『院政期説話集の研究』（一九九六年、武蔵野書院）
大曾根章介『大曾根章介日本漢文学論集』二（一九九八年、汲古書院）
池上洵一『池上洵一著作集』一～三（二〇〇一～二〇〇八年、和泉書院）
小峯和明『説話の言説―中世の表現と歴史叙述』（二〇〇二年、森話社）
益田勝実「言談の風景―説話・記録・説話集―」（『益田勝実の仕事1』二〇〇六年、筑摩書房）
森　正人『古代説話集の生成』（二〇一四年、

例文6・1

窮《きはマル》女《にょ》王《わう》、帰《ききやう》二敬《シマツリ》吉《きち》祥《じやう》天《てん》女《によノ》像《ニ》一、得《ル》二現報《ヲ》一縁

(『日本霊異記』中巻・第十四縁)

聖武天皇《ノ》御《み》世《よニ》、王宗廿三人、結《ビ》二同《ジ》心《ニ》一、次第《ニ》為《シテ》レ食《じきヲ》設《ま》二備《うケキ》宴楽《ヲ》一。有《リテ》二一《ひとりノ》窮《マル》女王一、入《レリ》二宴衆《ノ》列《つらニ》一。廿二王《ハ》、以《テ》二次第《ヲ》一設《クルコト》二宴楽《ヲ》一已《ニ》訖《をはリヌ》。但《ただシ》此《ノ》女王《ノミハ》、独《リ》未《ダ》レ設《ケ》レ食《ヲ》。備《まうケルニ》レ食《ヲ》無《シ》レ便《すべ》。大《キニ》耻《チ》二貧報《ヲ》一、至《リ》二于諸《な》楽《らノ》左京《ノ》服部《はとりべノ》堂《ニ》一、対《シテ》二面吉祥天女《ノ》像《ニ》一、而哭《キテ》之曰《まうサク》「我、先《ノ》世《ニ》殖《うヱテ》二貧《ひん》窮《く》之因《いんヲ》一今受《ク》二窮《く》報《ほうヲ》一。我、互《ヒニ》為《ニ》レ食《ノ》入《リ》二於宴会《ニ》一、徒《いたづラニ》噉《くらフノミニシテ》二人物《ヲ》一、設《ケムニ》レ食《ヲ》無《シ》レ便。願《ハクハ》我《ニ》賜《ヘトマウス》レ財《たからヲ》」。于レ時《ニ》其《ノ》女王《ノ》之児、忩《い》々《そギ》走《リ》来《きテ》、白《まうシテ》レ母《ニ》曰《ハク》「快《たくまシク》従《リ》二故《ふる》京《さと》一、備《ケテ》レ食《ヲ》而来《レリトイフ》」。母王《ノ》聞《キテ》之、走《リ》到《リテ》見《レバ》之、養《ひだシシ》レ王《ヲ》乳母《めのとナリ》。乳母談《かたリテ》之曰《ハク》「我、聞《ケリ》レ得《タリト》レ客《ヲ》。故《そゑニ》具《シテ》レ食《ヲ》来《ツトイフ》」。其《ノ》飲《おん》食《じき》蘭《かうばシク》、美《う》味《まク》芬《か》馥《をリ》、無《ク》レ比《たぐひ》無《シ》レ等《シキモノ》。無《シ》下不《ぬ》二具《た》足《らハ》一物上。設《クル》器《うつはもの》皆鋺《かなまりニシテ》、使《しムル》レ荷《になハ》之人卅人《ナリ》也。王衆皆来《リテ》、受《ケテ》レ饗《あへヲ》以喜《ブ》。其《ノ》食、倍《まシ》二先王《ノ》衆《ヨリモ》一、讃《ほメテ》称《いヒ》二「富《メル》王《ナリト》」一、

笠間書院)

河野貴美子「日本霊異記の典拠」(瀬間正之編『古代文学と隣接諸学10「記紀」の可能性』二〇一八年、竹林舎)

例文6・1『日本霊異記』
吉祥天女の感応・霊験譚、および貧女の功徳による致富譚。類話に中三十四縁など。『今昔物語集』十七ノ四十六は本話を出典とする。

窮　貧しいさま。行き詰まったさま。

女王　二世以下の皇族の子女。

帰敬　帰依して信仰する。

吉祥天女　吉祥天。もとはインド神話の女神。『金光明最勝王経』に説かれ、衣服や飲食などの福徳をもたらす。容姿端麗。孝徳朝から信仰が高まった。

現報　三報のひとつで、現世の報いを現世で受けること。

聖武天皇　在位七二四～七四九年。仏教を信仰して国分寺・東大寺を建立、盧遮那仏を鋳造した。

王宗　同族の諸王。後出の「王衆」に同じ。継嗣令では五世王までを皇親とする。

貧報　前世の報いで貧しく生まれること。

諸楽左京服部堂　奈良左京五条の元興寺にあった吉祥堂。

財　宴席のための費用。

「不《ずハ》レ然《ラ》何《ゾ》貧《シクシテ》、敢《ヘテ》能《ク》余溢《あまシあふシ》飽《キ》盈《みテムヤ》。佐《すぐレタリトイフ》ニ我《ガ》先《ニ》設《ケシヨリモ》」一。儛《まひ》歌《うたノ》奇異《めづらシキコト》、如《シ》ニ鈞天《ノ》楽《ノ》一。或《イハ》脱《ギテ》レ衣《ヲ》以与《ヘ》、或《イハ》脱《ギテ》レ裳《ヲ》以与《ヘ》、或《イハ》送《ル》ニ銭《ぜに》・絹・布・綿等《らヲ》一。不レ勝《シテたへ》ニ悦望《よろこビノおもヒニ》一、捧《ゲテ》ニ得《タル》衣《ト》裳《トヲ》一、著《きセタリ》ニ之乳母《ニ》一。然《シテ》後《ニ》参《リ》レ堂《ニ》、将《むトスルニ》レ拝《マ》ニ尊像《みかたヲ》一、著《セタリシ》ニ之乳母《ニ》一衣《ト》裳《トハ》、被《かがふレリ》ニ之其《ノ》天女《ノ》像《ニ》一。疑《ヒテ》之而往《キテ》問《フニ》之、乳母、答《ヘキ》ニ之「不《ト》レ知《ラ》」一。定《メテ》知《ル》、菩薩《ノ》感応《シテりシコトヲ》所レ賜《ハ》。因《リテ》大《キニ》富《ミ》レ財《たからニ》、免《レキ》ニ貧窮《ノ》愁《うれへヲ》一。是《レ》奇《あ》異《やシキ》之事《ナリ》矣。

例文6・2

行基《ぎやうき》大徳《だいとこ》、携《フル》レ子《ヲ》女人《ニ》視《みテ》ニ過去《ノ》怨《あたヲ》一、令《しメ》レ投《ゲ》レ淵《ニ》、示《ス》ニ異表《あやシキしるしヲ》一縁

（『日本霊異記』中巻・第三十縁）

行基大徳、令《メテ》レ堀《リ》ニ開《カ》於難波《なにはノ》之江《ヲ》一而造《リ》ニ船津《ヲ》一、説《キ》レ法《ヲ》化《けシキ》レ人《ヲ》。道俗貴賤、集《しふ》会《ゑシテ》聞《ク》レ法《ヲ》。爾《そノ》時、河内《ノ》国若江《ノ》郡《こほり》川《かは》派《またノ》里《ニ》、有《リキ》ニ一《ひとりノ》女人一。携《ヘテ》レ子《ヲ》参《まゐ》ニ往《キ》法会《ニ》一、聞《ク》レ法《ヲ》。其《ノ》子、哭《なキ》讃《せメテ》、不レ令《メ》レ聞《カ》レ法《ヲ》。其《ノ》児《こハ》、年至《ルマデ》ニ于十余《あまりニ》歳一、其《ノ》脚不レ

忩々　忙しく慌ただしいさま。
快　豪勢に。
故京　古い都。平城京以前の飛鳥・藤原京。
銃　金属製の高級な食器。鋺に同じ。
鈞天楽　天上の音楽。「鈞天」は天の中央で、天帝の宮。
奇異　霊妙。各話の結びや標題にも用いられる、本書の主題。

例文6・2　『日本霊異記』
行基《ぎょうき》霊験譚。悪報が母子の縁に生じた話。転生した債務者が負債を返すのではなく、債権者が取り立てにくる珍しい例。民衆相手の説法・唱導の場が描かれていることにも注目。類話に上十縁。『今昔物語集』十七ノ三十七は本話を出典とする。

行基　六六八〜七四九年。奈良薬師寺の僧。本書の標題に人名が用いられるのは行基と聖徳太子のみで、最も尊崇された。
大徳　高徳の僧。もとは仏の呼称のひとつ。
難波之江　難波の堀江。淀川河口付近にあった潟湖の氾濫を防ぐために大阪湾に通した。
化　教化する。
河内国若江郡川派里　東大阪市川俣。河川の合流する土地。

歩マ。哭キ讀メテ飲ミレ乳ヲ、噉《くら》フニレ物ヲ無シレ間《ひま》。大徳告ゲテ曰ハク「咄《や》、彼《そ》ノ嬢人《をうな》。其ノ汝ガ之子ヲ、持チ出デテ捨テヨトイフレ淵ニ」。衆人《もろひと》聞キテ之、当頭《つつめ》キテ之曰ハク「有ルトイフレ慈《うつく》シビ聖人《しやうにん》、以テカ二何ノ因縁《いんえん》ヲ一、而有ル二是《か》ク告《のたま》フコトヲ一」。嬢《をみな》ハ、依リテ二子ノ慈シビニ一不レ棄テ。猶ホシ抱《うだ》キ持チテ聞クレ説クヲレ法ヲ。明クル日復タ来リ、携ヘテレ子ヲ聞クレ法ヲ。子、猶ホシ讍《ひひめ》キテ哭キ、聴衆《ちやうじう》障《さへ》ラレテ囂《かまかま》シキニ、不レ得レ聞クコトヲレ法ヲ、大徳、嘖《さきな》ミテ言ハク「其ノ子ヲ投ゲヨトイフレ淵ニ」。爾《ここ》ニ母怪シビテ之、不レ得二思ヒ忍ブルコトヲ一、擲《な》ゲツ二於深キ淵ニ一。児更ニ浮キ出デ、於水ノ之上ニシテ、踏ミレ足ヲ攅《も》ミレ手ヲ、目大キニ瞻《まば》リ暉《み》テ、而慷慨《ねた》ミテ曰ハク「惻《ねた》キカナ哉。今三年徴《はた》リ食ハムニトイフ耶」。母怪シビテ之、更ニ入リテレ会《ゐ》ニ聞クレ法ヲ。大徳問ヒテ言ハク「子ハ擲《な》ゲ捨テツヤトイフ耶」。時ニ母答ヘテ、具《つぶ》サニ陳ブ二上ノ事ヲ一。大徳告ゲテ言ハク「汝、昔《むかし》先ノ世ニ、負ヒテ二彼《そ》ガ之物ヲ一、不《ぬ》ガ二償《つくの》ヒ納メ一故ニ、今成リテ二子ノ形ニ一、徴リテレ債《もののかひ》ヲ而食フナリ。是レ昔ノ物《もの》主《ぬし》ナリトイヒキ」。嗚《あ》呼《あ》恥シキカナ矣。不シテハレ償ハ二他《ひと》ノ債ヲ一、寧《なに》ゾベキヤ応レ死ヌ耶。後ノ世ニ必ズ有ラマクノミ二彼ノ報《むくい》一而已。所以《このゆゑ》ニ出曜《しゆつえう》経《きやう》ニ云《のたま》ハク「負フガ二他ノ一銭ノ塩ノ債ヲ一故ニ、堕チニレ牛ニ負ヒレ塩ヲ所れテレ駈《おひつか》ハ、以テ償フトノタマヘルハ二主ニ力ヲ一」者、其レ斯《これ》ヲ謂フナリ之矣。

咄　やあ。呼びかけの言葉。

当頭　ひそひそとささやく。ぶつぶつ言う。

讍哭　ひいひいと声を立てて泣きわめく。

囂　やかましい。

踏足攅手　足をばたばたさせ、両手をもみあわせる。悔しがり、怒るしぐさ。

目大瞻暉　目を大きく見張って睨み上げる。「暉」は大きく出た目。

惻　悔しくて心が痛い。

徴　責めたてて物を取り立てる。

債　負債。借財。

物主　債権者。貸し主。

出曜経　教訓的な偈頌《げじゅ》とその注釈的説話を収める経典。三十巻。次の引用文は巻三・無常品下。類書『法苑珠林』にもあり。

駈　こきつかう。追い立てて使う。

例文6・3 **薩《さつ》埵《た》王《わう》子《じ》**（前田本『三宝絵』巻上・第十一条）

昔有《リ》二国王一。有《リ》二三人《みたりノ》王子一。兄《ハ》曰《いヒ》二摩《ま》訶《か》波《は》羅《らト》一、次《ハ》曰《ヒ》二摩訶提《でい》波《ばト》、弟《ハ》曰《フ》二摩訶薩《さつ》埵《たト》一。父王入《リテ》二山林《ニ》一遊《ブニ》、王子皆候《フ》。于レ時《ニ》王子為《ニ》レ見《ムガ》二花果《ヲ》一離《レ》レ王《ヨリ》、遊《ビテ》廻《めぐリ》二入《ルニ》大《おほキナル》竹林《ニ》一、見《ル》三一《ひとつノ》虎《ノ》生《ムヲ》二七《ななつノ》子《ヲ》一。逼《せメラレテ》レ飢《ヱニ》羸《やセ》疲《レテ》死《ナムトスルコト》不レ久《シカラ》。兄《ノ》王子云《ハク》「不《シテ》レ暇《いとまアラ》求《ムルニ》二食《ヒ》物《ヲ》一、飢《ヱテ》将《むトスト》レ食《ラハ》二己《ノ》子《ヲ》一」云《フ》。薩埵王子「此《ノ》虎《ハ》何《ヲカ》食《ムト》」問《ヘバ》、兄云《ハク》「虎《ハ》只暖《ナル》血《ヲ》食《ムト》」答《フ》。第二《ノ》王子「其《レコソ》叵《がたキ》レ求《メ》物《ナレ》。誰《カ》捨《テテ》レ身《ヲ》有《ラム》レ救《フモノ》レ此《ヲ》」。兄云《ハク》「物《ノ》中《ニ》叵《キ》レ捨《ハテ》之物《ハ》无《なシ》レ勝《ルモノハおのガ》二己身《ヨリ》一」。弟《ノ》王子云《ハク》「我等《われらハ》各《おの》々《おの》惜《ミ》二守《レバ》己《ガ》身《ヲ》一者、皆无智《ナリ》也。賢《シキ》人《ハ》捨《テテ》レ身《ヲ》救《フナレト》二物《ノ》命《ヲコソハ》一」云《フ》。心《ノ》中《ニ》思《ハク》「此《ノ》身《ハ》昔自《リ》以《この》来《かた》替《ヘテ》レ生《しやうヲ》、空《シク》死《ニテ》徒《いたづラニ》臭《くさり》腐《くヅルニ》、无《シ》二一《ノ》所《モ》レ得《タル》。今日何《ゾ》捨《テテ》レ身《ヲ》不《ラムト》レ救《ハ》二此《ノ》虎《ヲ》一」思《フ》。三人《ノ》王子如《クニかク》レ此《ノ》云《ヒテ》、心《ニ》憐《うつくシビテ》瞻《まぼリテ》レ虎《ヲ》、目不《ニ》二暫《クモ》捨《テ》一。良《やや》久《シクシテ》而皆去《リヌ》。薩埵王子毎《ごとニ》レ行《ク》弥《いよいよ》深《ク》思《ヒテ》「捨《テムコト》二吾《ガ》身《ヲ》一、今正《ニ》是《ノ》時《ナリ》也。此《ノ》身《ハ》臭《ク》

例文6・3 『三宝絵』（前田本） 本条は法隆寺《ほうりゅうじ》玉虫厨子《たまむしのずし》台座の「捨身飼虎」の題材としても有名な、餓死寸前の虎の母子に自らの血肉を捧げた薩埵王子の話。『金光明最勝王経』「捨身品」に依り、付記に『大唐西域記』三を引く。

摩訶 大きいこと。偉大なこと。優れていること。

波羅 彼岸。

提波 天。

薩埵 生命あるもの。衆生。

羸疲 「羸」は痩せこける。疲れきって衰えたさま。漢語では「疲羸」。

叵 ……しがたい。……できない。「不可」の縮約語。

无 「無」に同じ。

无智 無智。智恵がないさま。「智」は一切のものに対して的確に判断し、心中の惑いを断つ精神のはたらき。

臭腐 前田本傍訓「クサリクヅ」。漢語では腐るの意。

良久 ややひさし。かなりの時間が経過して。

此身臭穢 仏語「穢身」による。けがれた身体。不浄な凡夫の身体。

水沫 水面の泡。

有智 智恵のあること。

穢《きたなクシテ》不レ可二労《カラいたはリ》飾《ル》一。此《ノ》身《ハ》不《シテ》レ固《カラ》如《シ》二水沫《ノ》集《ルガ》一。此《ノ》身《ヲバ》可《キコト》レ恐《ル》レ
如《ク》レ敵《かたきノ》、副《たすケテ》二筋骨《ヲ》一連《ナリ》持《チテ》血肉集成《ス》。諸々《ノ》有《う》智《ちノ》人《ハ》深《ク》所《ナリ》二
厭《えん》悪《おスル》一也。今日捨《テ》二此《ノ》身《ヲ》一、当《ニ》《シト》レ求《ムル》下定恵《ちやうゑヲシテ》円二満《シテ》功《く》徳《どくヲ》普《ク》一
飾《ラシメムコトヲ》中浄妙《ナル》身《ヲ》上」思《フ》。恐《レテ》二両《ノ》兄《ノ》妨《ケ》遮《ルヲ》一、先《ヅ》立《チ》行《キテ》迷《ヒ》、薩埵
王子走《リ》帰《リテ》入《リテ》二林中《ニ》一、至《リテ》二虎《ノ》前《ニ》一脱《ギ》レ衣《ヲ》懸《ケテ》レ竹《ニ》云《ハク》「吾為《ニ》二法《ほっ》
界《かいノ》衆《しゅ》生《じやう》悉《クノ》一求《こころざシテ》二无上菩提《ヲ》一、将《ニ》《ト》下捨《テテ》二凡《ぼん》夫《ぶノ》所《ノ》レ愛《スル》之身《ヲ》一、
可《カラムト》上得《ニ》二智者《ノ》所《ノ》レ楽《シム》之身《ヲ》一」云《ヒテ》、往《キテ》二虎《ノ》前《ニ》一任《セテ》レ身《ヲ》臥《ス》。依《リテ》二慈
悲《ノ》力《ニ》一虎更《ニ》不レ食《ラハ》。又思《ハク》「此《ノ》虎《ハ》羸《るい》弱《じやくニシテ》叵《シト》レ食《ラヒ》レ我《ヲ》」思《ヒテ》、起《チテ》
折《リテ》二乾《ケル》竹《ヲ》一差《シテ》レ頸《くびヲ》出《ダス》レ血《ヲ》。又歩《キテ》近《ヅク》二虎《ノ》前《ニ》一程《ニ》、大地震《ヒ》動《キ》如《シ》二風
揚《グルガ》レ波《ノ》。空《ノ》日无《ク》レ光、四方皆暗《くレヌ》。自《リ》二空中《ノ》一雨《あめふリテ》レ花落《ツ》二林
間《ニ》一。飢《ヱタル》虎見《テ》下自《リ》二王子《ノ》頸《ヲ》一出《ダスヲ》上血《ヲ》、乍《ながラ》レ臥《シ》漸《やうやク》舐《ねぶリ》レ血《ヲ》食《ラヒ》レ肉《ヲ》
遺《ス》レ骨《ヲ》。二《ふたりノ》兄云《ハク》「地動《キ》日《ノ》光失《フナリ》也。花雨《ル》二空《ノ》中《ヨリ》一。定《メテ》知《リヌ》、
我《ガ》弟悲《あはレビテ》レ虎《ヲ》投《グルカト》レ身《ヲ》」。驚《キ》疑《ヒテ》共《ニ》走《リ》帰《リテ》見《ルニ》、弟《ノ》衣懸《カリ》レ竹《ニ》血
流《レテ》地潤《シ》、骨・遺髪散《ズ》。見《ルニ》之心迷《ヒテ》臥《シ》二転《たふレテ》骨《ノ》上《ニ》一、泣《キ》悲《シビテ》
云《ハク》「我弟貌《かたち》勝《すぐレテ》父母殊《ニ》悲《シビ》給《フニ》『何《ニ》因《リテカ》共《ニ》出《デテ》、捨《テテ》レ身《ヲ》独《リ》

定恵 禅定（座禅による無念無想の状態）と智恵。互いに助け合って仏道を成就させるという。
円満 功徳などが満ち足りているさま。
功徳 善い結果をもたらす善い行ない。
浄妙 この上なく清浄なさま。
法界 真理の現れとしての全世界、全宇宙。
衆生 生きとし生けるもの。
无上菩提 一切の法を知り尽くす完全で最上の悟り。無上正覚。
凡夫 仏教の道理を十分に理解していない人。悟りを得ていない人。
慈悲 衆生に安楽を与え、苦しみを除こうとする仏の心。
乍 ながら。上代では「つつ」。二つの動作の並行を示す日本語用法。もとは「乍……乍……」と二つの状態が交互に現れることを示す。
羸弱 弱ったさま。
給 尊敬の意の補助動詞。日本語用法。
何因 原因・理由を問う疑問文。文末の用言（「不帰」）は連体形。
独 ここでは行為の主体者を限定し、薩埵王子のみが帰らなかったことをさす。文末の用言（「不帰」）に「のみ」を加える。
白 申し上げる。
宇津々 うつつに。現実に。目が覚めた状態

不《ルノミト》レ帰《ラ》。』父母問《ヒ》給《ハバ》者我等如何《いかんゾ》答《ヘ》白《まうサムト》」云《ヒテ》叫《ビ》泣《ク》。良久《シクシテ》共《ニ》去《リ》、恐《リ》二憚《リテ》此《ノ》身《ヲ》一不レ詣《デ》二王《ノ》御《み》許《もとニ》一。薩埵王子之《ノ》共《ノ》人々「何《レノ》処《ヲカ》奉《ラムト》レ求《メ》」云《フ》。此《ノ》時《ニ》母《はは》后《ぎさき》留《リテ》レ宮《ニ》、寝《テ》二高楼《ノ》上《ニ》一見二給《フ》三《ツノ》夢《ヲ》一。二《ツノ》乳《ち》房《ぶさ》割《ケテ》流《シ》出《ダシテ》、一《ノ》牙《ヲ》落《ツ》。又有《ルニ》二三《ツノ》鳩《ノ》雛《ひな》一一《ノ》被《るルト》三奪《ヒ》二取《ラ》鷹《ニ》一見《ル》。地震《ヒテ》驚《キ》、二《ツノ》乳宇《う》津《つ》々《つニ》流《ルルノ》恠《あやシミ》歎《クノ》之間、侍女走《リ》来《リテ》申《シテ》云《ハク》「不《ルカ》二知《しろしめ》食《サ》一、人々分《カレ》散《リテ》奉《ルニ》レ求《メ》レ王子《ヲ》一、未《ダ》《ト》レ奉《ラ》二見出《ダシ》一」言《まうス》。后驚《キ》惑《ヒテ》参二向《シテ》王《ノ》前《ニ》一「吾子《ハ》失《ヒ》給《ヒニケリト》」言《ス》。王驚《キテ》泣《キテ》流《シテ》レ涙《ヲ》、引二率《シテ》諸人《ヲ》一入《リテ》レ林《ニ》求《メ》給《フニ》、一《ノ》大臣来《リテ》申《サク》「兄《ノ》二《ノ》王子已《ニ》座《スニ》、薩埵王子未《ダ》《ト》二見《エ》給《ハ》一」云《まうスニ》、王哭《キテ》云《ハク》「悲《シキ》哉。始《メ》有《ル》レ子時《ニハ》悦《ビ》楽《シブコト》无《シ》レ量《はかリ》。後《ニ》失《フ》レ子《ヲ》時《ニハ》愁《ヘ》悲《シブコト》多《シト》」言《のたまフ》。又大臣来《リテ》白《まうサク》「王子已《ニ》捨《テタマヘリト》レ身《ヲ》」。王並《ビニ》后惑《ハシ》レ心《ヲ》流《シ》レ涙《ヲ》、乗《リテ》レ輿《てくるまニ》行《キテ》見《ルニ》、共《ニ》倒《フル》レ地《ニ》。以《テ》レ水《ヲ》灑《グ》二御面《おもてニ》一。良久《シクシテ》有《リテ》レ声「若《シ》我先《ダチテ》レ子《ニ》死《ナマシカバ》、見《マシヤ》下如《キ》レ此《クノ》事《ノ》大《キナル》悲《シビヲ》上」云《テ》叫《ビ》哭《キテ》、抑《ヘテ》レ胸《ヲ》転《まろブコト》レ地《ニ》、如《シ》レ在《ルガ》レ陸《ニ》レ魚《ノ》。取《リテ》二其《ノ》残《ル》骨《ヲ》一、置《ク》二率《そ》都《と》婆《ばノ》中《ニ》一。昔《ノ》薩埵王子《ハ》者、今《ノ》尺迦如来是《レナリ》也。見《エタリ》二最勝《ニ》

で。

知食　しろしめす。「知る」の尊敬語で、ご存知である。

参向　高位の人のところへ赴くこと。参上。

哭　声を上げて涙を流して泣く。喪礼の動作でもある。

乗　前田本「垂」、東寺観智院旧蔵本などにより改めた。

輿　こし。

若　もしも。仮定条件を表す。

率都婆　仏舎利を安置するための塔。

尺迦如来　釈迦牟尼仏。仏教の開祖。薩埵王子はその前身だという。

最勝　金光明最勝王経。

例文6・4　『江談抄』

宇多法皇が京極御息所褒子と河原院にて源融の亡霊と遭遇し、法皇は腰を抱かれ、褒子は失神するものの浄蔵法師の加持により回復したという。『河海抄』巻二「夕顔」所引の「江談」では、腰を抱かれたのは褒子。法皇と融の霊については、延長四（九二六）年作の紀在昌「宇多院為河原左相府没後修諷誦文」（『本朝文粋』巻十四）、『今昔物語集』巻二十七など。『古事談』巻一に引用あり。

融大臣　源融。八二二～八九五年。嵯峨天皇の第十二皇子。母は大原全子。公卿。臣籍

之一。

又西《さい》域《ゐき》記《きニ》云《ハク》「其《ノ》所《ノ》地《ノ》之草木、于レ今《ニ》猶《ホ》赤《キ》色《ナリ》也。如《シ》レ塗《ルガ》レ血《ヲ》。人踏《ムニ》二其《ノ》辺《リヲ》一心驚《キ》、身瘮《ひるムコト》如《シ》レ刺《サルルガ》。嗟《なげクニ》有《ルモノモ》二信心一无《キモノモ》二信心一、无《シ》レ不《ルモノ》三悲《シミ》二動《カ》此《ノ》事《ニ》一。尤《モ》悲《シキカナ》哉。」

例文6・4　融《とほるの》大臣《おとどノ》霊、抱《いだク》二寛平《くわんぴやう》法皇《ノ》御腰《ヲ》一事

（『江談抄』巻第三・三十二）

資仲《すけなか》卿《きやう》曰《ハク》「寛平法皇、与二京極御休所《きやうごくのみやすんどころ》一同車《シテ》渡二御《とぎよシ》川原院《かはらのゐんニ》一、観二覧《セラル》山川《ノ》形勢《ヲ》一。入《リテ》レ夜《ニ》月明《ラカナリ》。令《メテ》三取《リ》二下《ロサ》御車《ノ》畳《ヲ》一為《シ》二御座《おましト》一、与二御休所一令《メタマフ》レ行《ハ》二房内《ノ》之事《ヲ》一。殿中《ノ》塗籠《ぬりごめニ》有《リ》レ人、開《キテ》レ戸《ヲ》出《デ》来《ル》。法皇令《メ》レ問《ハ》給《フ》。対《こたヘテ》云《ハク》『融《ニテ》候《フ》。欲《おもフト》レ賜《ラムト》二御休所《ヲ》一』。法皇答《ヘテのたまハク》云『汝、在《ざい》生《しやうノ》之時、為《たり》二臣下一。我《ハ》為《リ》二主《しゆ》上《しやう》一。何《ゾ》猥《みだりニ》出《ダスヤ》二此《ノ》言《ヲ》一哉。可《シ》二退《まかり》帰《ル》一』者《テヘレバ》、霊物乍《ながラ》レ恐《レ》抱《キ》二法皇《ノ》御腰《ヲ》一、御休所半《バ》死《シテ》失《フ》二顔色《ヲ》一。御前駆《ごぜんくら》等皆候《ヒテ》二中門《ノ》外《ニ》一、御声不レ可《カラ》レ達《ス》。只牛《うし》童《わらは》頗《ル》近侍《ス》。召《シ》二件《くだんノ》

に降り、参議などを歴任して左大臣に至る。河原院を営み、河原院や河原左大臣と称される。宇治の別荘はのちの平等院。

寛平法皇　宇多天皇。八六七～九三一年、在位八八七～八九七年。藤原基経の死後は関白を置かず、菅原道真を登用して政治の刷新を図る。最初の法皇。

資仲卿　藤原資仲《すけなか》。一〇二一～一〇八七年。小野宮流資平の子。公卿、詩人、歌人。正二位権中納言。罷職後、大宰権帥。のち出家。

京極御休所　藤原褒子《ほうし》。生没年未詳。左大臣時平の女。宇多天皇の譲位後に仕え、三親王を設ける。女房に歌人の伊勢など。「御休所」は「御息所」で、天皇に仕える宮女。皇子・皇女を産んだ女御・更衣をさす場合が多い。

渡御　天皇・皇后などがおでかけになる。以下、法皇に関連する動作や建築・調度・乗物等の名称については古文書・古記録の語句が用いられる。

川原院　河原院。源融が六条に造営した豪華な邸宅。敷地は八町に及び、庭園は陸奥国塩釜の景観を模したという。融の死後、宇多太上天皇に献上された。

観覧山川形勢　庭園の景色を鑑賞する。本来は為政者が領土や戦場の地形を読む意。

房内之事　寝室での営み。

童ヲ一、召シテ二人々ヲ一輦《さしよせ》二御車ヲ一、令ム三扶《たす》ケ二乗セ御休所ヲ一。顔色無クレ色、不レ能ハ二起立スルコト一。令メテ二扶ケ乗セ一還御《くわんぎよ》シ、召シテ二浄蔵大法師ヲ一令メタマフ二加持セ一。纔カニ以テ蘇生スト云々。法皇依リテ二先世ノ業行《ごふぎやう》ニ一為《なり》二日本国王ト一、雖モレ去ルト二宝位ヲ一、神祇奉リ二守護シ一、追ヒ三退ケ融ノ霊ヲ二了《をは》ンヌ。其戸ノ面《おもて》ニ有リ二打物《うちもの》ノ跡一。守護神令メシ二追ヒ入レ一之跡ナリト也」。又或人ノ云ハク「法皇ハ御簾中ニテ、融ノ霊ハ参リ三居タリト檻《おばしま》ノ辺《ほとり》ニ二」云々。

塗籠　寝殿造で、周囲を壁で塗りこめた閉鎖空間。出入り口は妻戸。納戸として用いた。
在生　生きている間。在世。
猥　まげて。秩序を守らないさま。
者　「と言へれば」の変化した語。文末では「てへり」。もとは中国六朝・唐代の官符で引用句の結びを表し、日本の古文書・古記録に用いられた。
霊物　死霊。
御前駆　行列の先払い。先導役。
中門　寝殿造の東西の対の屋から南方に伸びた渡殿に設けられた門。庭園の入り口。
牛童　牛車の牛を使う童形の者。牛飼童。
輦　車を下げて建物に寄せる。
浄蔵大法師　八九一～九六四年。天台宗の僧。三善清行の子。日蔵の兄弟。『拾遺往生伝』巻中「大法師浄蔵伝」に褒子の病悩のため宇多法皇の召しに応じたという記事が見える。
業行　来世に影響を及ぼす行い、行為。
宝位　天皇の位。
神祇　天神と地祇。天地の神々。
其戸　塗籠の妻戸。
打物　刀剣や槍などの武器。
檻　高欄。簀子《すのこ》（建物の周囲をめぐる廊下）や階《きざはし》につけた欄干。

第7章　軍　記

山本真吾

軍記とは　軍記とは、合戦を主軸として当時の時代を描いた叙事文学であり、軍記物（軍記物語）、戦記物（戦記文学）などとも呼ばれる。

その代表的作品は、『平家物語』である。平安時代末から鎌倉時代にかけて日本史上初の全国規模の内乱が起こった。天皇・院、貴族および寺社などの旧勢力から武士による新勢力へと交替する中でさまざまな争いが起こり、攻防が繰り広げられた。まさに激動の時代である。『平家物語』は、この治承・寿永の内乱を軸として、平家一門の栄枯盛衰を描き、年代記的叙事作品として最も高度な文学的成熟を遂げたと評価される。

軍記の系譜　軍記の文学史は、平安時代の先駆的作品が見られる古代末期、軍記の成熟期と評される中世前期、次いで新たな軍記の転換を示す中世後期、乱世が終焉を迎える戦国期、の四つに区分されて説かれるのが通例である。

古代末期の軍記は、「初期軍記」とも呼ばれ、天慶三（九四〇）年に鎮圧された平将門の乱の顛末を描く『将門記《しょうもんき》』、陸奥守源頼義《みなもとのよりよし》が奥州の豪族安倍氏を追討した前九年の役を扱う『陸奥話記《むつわき》』などの作品がある。中世前期の軍記は、「前期軍記」とも称されるが、貴族社会が崩壊し、武家社会へと交替する院政鎌倉時代の軍記をさす。治承・寿永の源平の争乱を記す『平家物語』を頂点として、その前哨として、保元・平治の乱を描く『保元物語』

『平家物語』の諸本　一口に『平家物語』と言っても、今日伝わる古写本の様相は複雑でどのようにして本文が生成、流布したかを解明することは困難であり、祖本の姿を復元することは不可能に近い。そこには琵琶法師による語りの介在も関係している。『平家物語』の諸本は、大まかに記事の量が多い諸本を増補系（読み本系、広本）と称し、記事の少ない諸本を語り系（略本、当道系）と呼んで二分することが一般的で、前者には最古の奥書を伝える延慶本や長門本、源平盛衰記があり、後者には覚一本があり、高校の「国語」の教科書などの本文や一般的な読み物にはたいていこの覚一本が用いられている。当初、増補の呼称が端的に示すように、語り系から増補されて読み本系諸本が成立したと説かれていたが、近年では、読み本系諸本に古態を認めることが共通理解となりつつある。延慶本などの読み本系の記事を洗練し、スリム化したものが語り系の諸本と捉えられるようになった。

『平治物語』があり、鎌倉幕府成立の後には、朝廷と幕府との間に起きた承久の乱を描いた『承久記』がある。中世後期の軍記は「後期軍記」とも呼ばれるが、この時期、まず南北朝の内乱を描いた『太平記』が出現する。これ以降、足利幕府をめぐる争乱を叙述した『永享記《えいきょうき》』『応永記』『嘉吉記《かきつき》』『明徳記』と続き、かの応仁の乱の顚末を記録した『応仁記』へと連なる。その後、近世、江戸幕府の安定に至るまでの戦国時代の軍記が続き、天下統一を遂げる徳川家康の事跡を中心に大久保一族の武功を称える『三河物語』、永享の乱を描く『結城戦場物語《ゆうきせんじょうものがたり》』などがこの時期の軍記作品である。

軍記の文体　成熟期の軍記、すなわち『平家物語』や『太平記』および『保元物語』『平治物語』などの文体はいわゆる和漢混淆文の一大達成として、文体史上、高く評価されている。これは『源氏物語』をはじめとする王朝仮名文学作品の和文体の流れに中国古典の漢文を読み下した漢文訓読体の流れが合流し、両者が混淆したところに成立した文体であると説明されるが、この文体形成の先蹤として『将門記』や『陸奥話記』のような和化漢文の存在を無視することはできない。『陸奥話記』に比べて『将門記』の方がより日本語的要素が濃厚であり、相対的に『陸奥話記』は正格を保とうとする表現態度が強いが、ともかく、こういった和化漢文に固有の語彙・語法が『平家物語』や『太平記』にも多く認められることが指摘されている。

和漢混淆文の生成には、和文体と漢文訓読体の二つの文体要素だけでなく、こういった和化漢文からの影響も大きいのである。

和漢混淆文　一般に、本来の日本語文である和文に、漢文的要素が混在して生成された文体と説かれるが、その定義はなお一定せず、具体的にどの作品を和漢混淆文と認めるかは研究者によって区々である。漢文的要素としては、漢語や対句、比喩の使用といったものが指摘されるが、それは平安時代の仮名文学作品にもしばしば見出されるものであって、これのみで定義することはできない。築島裕『平安時代の漢文訓読語につきての研究』（一九六三年、東京大学出版会）に示された、和文語と漢文訓読語の二項対立の語群の提示によって、その指標が網羅的に示されることになった。平安時代の仮名文学作品と訓点資料とでほぼ同義の異なる語形が対立的に存し、互いに混じることがなかったものが、両者が同一文献に出現するようになる。これをもって和漢混淆文と呼ぶことができるというものである。さらに、峰岸明『平安時代古記録の国語学的研究』（一九八六年、東京大学出版会）は、和文語や漢文訓読語に加えて記録語も同義的異語形を有し、三項対立を示す語群の存在を説き、この変体漢文（記録体）の要素が『今昔物語集』や『平家物語』に混在している事実を明らかにした。

例文7・1　将門の進軍と貞盛の逃亡

（『将門記』）

以《テ》㆓去《さンヌル》天慶元年六月中旬《ヲ》㆒、京下《ノ》之後、懐《キテ》㆓官符《ヲ》㆒雖《モ》㆓相《ヒ》糺《ただスト》㆒、而《レドモ》件《くだんノ》将門弥《いよいヨ》施《シテ》㆓逆心《ヲ》㆒、倍《ますます》為《ス》㆓暴悪《ヲ》㆒。

厥《そノ》内《ニ》、介良兼《ノ》朝臣、以《テ》㆓六月上旬《ヲ》㆒逝去《ス》。沈吟《スル》之間《ニ》、陸奥守平《ノ》維扶朝臣、以《テ》㆓同年冬十月《ヲ》㆒、擬《スル》㆑就《カムト》㆓任国《ニ》㆒之次《ニ》、自《リ》㆓山道㆒到㆓着《ス》於下野《ノ》之府《ニ》㆒。

貞盛《ト》与《ハ》㆓彼《ノ》太守㆒依《リテ》㆑有《ルニ》㆓知音《ノ》之心㆒、相《ヒ》共《ニ》欲《シテ》㆑入《ラムト》㆓於彼《ノ》奥州《ニ》㆒、令《ムルニ》㆑聞《カ》㆓事《ノ》由《ヲ》㆒、「甚《ダ》以《テ》可《ナリト》也。」乃《チ》擬《スル》㆓首途《セムト》㆒之間、亦将門《ハ》伺《ヒテ》㆑隙《ヲ》追《ヒ》来《テ》、固《ム》㆓前後《ノ》之陣《ヲ》㆒。狩《リテ》㆑山《ヲ》而尋《ヌ》㆑身《ヲ》。踏《ミテ》㆑野《ヲ》而求《ム》㆑蹤《ヲ》。貞盛《ハ》有《リテ》㆓天《ノ》力㆒而如《クニ》㆑風《ノ》徹《リ》如《クニ》㆑雲《ノ》隠《ル》。太守《ハ》思《ヒ》煩《ヒテ》、棄《テテ》而入《リヌ》㆓任国《ニ》㆒也。

厥《ノ》後、朝《ニハ》以《テ》㆑山《ヲ》為《ス》㆑家《ヲ》。夕《ニハ》以《テ》㆑石《ヲ》為《ス》㆑枕《ト》。兇賊《ノ》之恐《レ》尚《なほシ》深《シ》、非常《ノ》之疑弥《ヨ》倍《セリ》。縈《えい》々《えいトシテ》不㆑離《レ》㆓国《ノ》輪《ヲ》㆒、匿々《トシテ》不㆑避《ラ》㆓山《ノ》懐《ヲ》㆒。仰《ギテ》㆑天《ヲ》観《ジ》㆓世間《ノ》之不《ルヲ》㆑安《カラ》、伏《シテハ》㆑地《ニ》吟《ズ》㆓一身《ノ》之難《キコトヲ》㆑

例文7・1　『将門記』

撰者　未詳。

内容　前半は、平将門と平氏一門の抗争の様を描き、後半は、この紛争が拡がり東国を舞台とした叛乱へと展開する顛末を叙述している。承平・天慶の乱に関する現存唯一の実録的作品として貴重であり、史料的価値も注目される。

成立　未詳。天慶三（九四〇）年以後か。

諸本　承徳三（一〇九九）年の奥書をもつ、真福寺本およびこれより少し書写年代が遡るとみられる楊守敬旧蔵（片倉武雄蔵）本が伝本として知られている。

天慶元年　天慶二（九三九）年の誤り。この年、貞盛は京で将門を訴訟、帝の裁許を得て関東に下る。

官符　将門を糾問する公文書。

知音　気心の知れている友。

縈々　決断がつかないさま。ぐずぐずすること。

国輪　国内。ここは常陸国から出ないことをさす。

匿々　逃げ隠れしているさま。

保《チ》。一《ニハ》哀《ビ》二《ニハ》傷《ム》。厭《いとフモ》レ身《ヲ》難《シ》レ廃《レ》。厥《レ》聞《キテハ》二鳥《ノ》喧《かまびすシキヲ》一則《チ》疑《ヒ》二例《ノ》敵《ノ》之嘯《うそぶクカト》一、見《テハ》二草《ノ》動《クヲ》一則《チ》驚《ク》二注人《ノ》之来《ルカト》一。乍《ラ》レ嗟《なげキ》運《ブ》二多月《ヲ》一。乍《ラ》レ憂《ヘ》送《ル》二数日《ヲ》一。然《レドモ》而頃日無《ク》二合戦《ノ》之音一、漸《ク》慰《ム》二旦暮《ノ》之心《ヲ》一。

例文7・2　新皇将門の誕生

（『将門記』）

将門《ハ》、以《テ》二同月十五日《ヲ》一、遷《ル》二於上毛野《ニ》一之次《ニ》、上毛野《ノ》介藤原《ノ》尚《ひさ》範《のり》朝臣、被レ奪《ハ》二印鎰《やくヲ》一。以《テ》二十九日《ヲ》一、兼《ネテ》付《ケテ》レ使《ヲ》追《フ》二於官堵《とニ》一。其《ノ》後、領《シテ》レ府《ヲ》入《リ》レ庁《ニ》、固《メテ》二四門《ノ》之陣《ヲ》一、且《ツ》放《ツ》二諸国《ノ》之除目《ヲ》一。

于時《ニ》有《リテ》二一《ノ》昌《かむ》伎《なぎ》一云《ヘラク》者、憤《くちばしリ》二八幡大菩薩《ノ》使《ヒナリト》一、「奉《ル》レ授《ケ》二朕《ちんガ》位《ヲ》於蔭《おん》子《し》平《ノ》将門《ニ》一。其《ノ》位記《ハ》、左大臣正二位菅原《ノ》朝臣《ノ》霊魂表《スラク》者、右八幡大菩薩、起《シテ》二八万《ノ》軍《ヲ》一、奉《ル》レ授《ケ》二朕《ガ》位《ヲ》一。今、須《ラク》以《テ》二卅二相《ノ》音楽《ヲ》一、早《ク》可《シト》レ奉《ル》レ迎《ヘ》レ之《ヲ》。」爰《ニ》将門《ハ》捧《ゲテ》レ頂《ニ》再《ビ》拝《ス》。況《ンヤ》四《ノ》陣《ヲ》挙《こぞリテ》而立《チテ》歓《ビ》、数千併《しかしながラ》伏《シテ》拝《ス》。

注人　密告者。
頃日　近頃。
旦暮　朝から夕暮れ時まで。

例文7・2『将門記』
同月　天慶二（九三九）年十二月。
印鎰　国の印と正倉の鍵。
除目　官職を任命する儀式。将門が関東諸国の国司を任命した。
昌伎　かむなぎ。巫女のこと。神に仕えて、神の意思を伝えた。
八幡大菩薩　八幡宮の祭神は、応神天皇・神功皇后・比売神または仲哀天皇の三神である。これを神仏習合により八幡神の本地を菩薩と呼称した。
蔭子　五位以上の者の子。
位記　位階を授けるときに与える文書。
菅原朝臣　菅原道真。
卅二相　仏教音楽の曲名。
宰人　幹事役。
諡号　おくりな。天皇の死後に称される名。

又武蔵《ノ》権《ノ》守并《ビニ》常陸《ノ》掾《じょう》藤原《ノ》玄茂《はるもち》等《ら》、為《しテ》ニ其《ノ》時《ノ》宰人《ト》一、喜悦《スルコト》譬《ヘバ》若《シ》ニ貧《ひん》人《じんノ》之得《ルガ》レ富《ヲ》、美咲《せうスルコト》宛《カモ》如《シ》ニ蓮華《ノ》之開《キ》敷《クガ》一。於《テ》レ斯《ここニ》自《ラ》製《シテ》奏《ス》ニ諡《いみ》号《なヲ》一。将門《ヲ》名《ヅケテ》曰《フ》ニ新皇《くわうト》一。

［参考］

◆『今昔物語集』巻第二十五　平将門、発謀反被誅語第一

［今は昔、朱雀院の御時に、東国に平将門と云ふ兵有りけり。此れは柏原の天皇の御孫に高望親王と申しける人の子に、鎮守府の将軍良持と云ひける人の子なり。将門、常陸・下総ノ国に住して、弓箭を以て身の荘《かざり》として、多くの猛き兵を集めて伴として、合戦を以て業とす。（略）］其の時に国の司藤原弘雅・前司大中臣の宗行等、館に有りて、兼て国を奪はむとする気色を見て、先づ将門を拝して、即ち印鎰を捧げて地に跪づきて授けて、逃げぬ。其より上野国に遷る。即ち介藤原尚範が印鎰を奪ひて、使を付けて京に追ひ上せつ。其の後、将門、府を領して庁に入る。陣を固めて諸国の除目を行ふ。

其の時一の人有して、憑りて「八幡大菩薩の御使なり」と秤《はか》りて云く、「朕が位を蔭子平将門に授く。速に音楽を以て此を迎へ奉るべし」と。将門此を聞きて再拝す。況むヤ若干の軍皆喜び合へり。爰に将門自ら表を製して、新皇と云ふ。即ち公家に此の由を奏す。

〔例文7・2参考〕

『今昔物語集』

十二世紀初頭に成立した説話集。撰者は諸説あるも未詳である。全三十一巻で、内八巻、十八巻、二十一巻を欠いて現存二十八巻である。インド、中国、日本の三国にわたる広範な世界観を有し、巻二十までは、仏教東漸のテーマに基づく仏教説話を配し、これ以降は仏教の論理に収まらない非仏教、世俗の説話が収められている。

『今昔物語集』の文体構造　撰者はおそらく一人で、複数の出典文献に拠りながら、独自の表現を付け加えて作品を編んだと考えられている。巻二十を境に前半は漢文訓読調が濃厚であるのに対して、後半は和文調が勝ってくるというように文体的様相が異なる。これは出典文献の表現を忠実に踏襲しようとした撰者の表現態度に結果するものである。しかし、撰者は単に出典文献の諸説話を編集しただけではない。まず、出典文献の表記にかかわらず、片仮名宣命体と呼ばれる、漢字片仮名交じり文に統一していることが挙げられる。また、冒頭は必ず「今は昔」で始まり、末尾は「となむ語り伝へたるとや」で結ぶという形式上の統一も揺らぎがない。さらに話末にコメントを記す、「話末評語」を付加するのも撰者の表現行為である。この他、文章中に

例文7・3　舎弟将平らの諫言

（『将門記』）

于時《ニ》、新皇《ノ》舎《しゃ》弟《てい》将平等、窃《ひそカニ》挙《ゲテ》二新皇《ニ》一云《ハク》、「夫《レ》帝王《ノ》之業《ハ》、非《ズ》レ可《キニ》二以《テ》レ智《ヲ》競《フ》一。復《タ》非《ズ》レ可《キニ》二以《テ》レ力《ヲ》争《フ》一。自《リ》レ昔至《ルマデ》レ今《ニ》、経《たてトシ》レ天《ヲ》緯《ぬきトスル》レ地《ヲ》之君、纂《つギ》レ業《ヲ》承《クル》レ基《ヲ》之王、此《レ》尤《モ》蒼天《ノ》之所《ナリ》レ与《フル》也。何《ゾ》慥《たしカニ》不《ラム》二権議《セ》一。恐《ラクハ》有《ラムカ》二物《ノ》譏《そしり》於後代《ニ》一。努《ゆめ》力《ゆめト》」云《うん》々《ぬん》。

于時《ニ》、新皇勅《シテ》云《ハク》、「武弓《ノ》之術《ハ》、既《ニ》助《ク》二両朝《ヲ》一。還箭《せんノ》之功《ハ》、且《タ》救《フ》二短命《ヲ》一。将門苟《モ》揚《ゲ》二兵《ノ》名《ヲ》於坂東《ニ》一、振《フ》二合戦《ヲ》於花夷《ニ》一。今《ノ》世《ノ》之人、必《ズ》以《テ》二撃《チ》勝《テルヲ》一為《ス》レ君《ト》。縦《ヒ》非《ズトモ》二我《ガ》朝《ニ》一、僉《みな》在《リ》二人《ノ》国一。如《キハ》二去《さンヌル》延長年中《ノ》大赦契王《ノ》一、以《テ》二正月一日《ヲ》一、討《チ》三取《リテ》渤海国《ヲ》一、改《メテ》二東丹国《ヲ》一領掌《セリ》也。盍《なんゾラム》二以《テ》レ力《ヲ》虜領《セ》一哉《や》。加以《しかのみならず》、衆力《ノ》之上《ニ》、戦《ヒ》討《ツコト》経《タリ》レ功《ヲ》也。欲《スル》レ越《ヘムト》レ山《ヲ》之心不レ憚《ラ》、欲《スル》レ破《ラムト》レ巌《ヲ》之力不レ弱《カラ》。勝《タム》レ闘《ヒニ》之念《ヒハ》可《シ》レ凌《グ》二高祖《ノ》之軍《ヲ》一。凡《ソ》領《ゼム》二八国《ヲ》一之程、一朝《ノ》之軍、攻《メ》来《ラバ》者、足柄、碓《うす》氷《ひノ》固《メテ》二

撰者が独自に表現を付け加えており、これが本集の文体基調を成すものであるとの認識から、この文体基調の内実をめぐる追究が重ねられている。最も有力視されているのが、日本漢文（変体漢文、和化漢文）の言語要素である。この［参考］に示した『今昔物語集』の説話は、内容的には『将門記』の記述と重なるところがあるが、出典文献の表現を忠実に踏まえる撰者の態度から推測するに、直接の出典文献とは認めがたい。

例文7・3　『将門記』

新皇舎弟将平　新皇となった平将門の弟。良将の第五子（四子とも）。

挙　進言する。

経天緯地　天を縦糸、地を横糸にたとえる。天下を治めることをいう。

纂　先祖から受け継ぐ。

蒼天　青空。そこにいる神。

権議　検討し、議論する。

努力　ゆめゆめ。決して……してはならない。

還箭　意義未詳。射芸の技量をいうか。

短命　人の命。

花夷　中国と異民族。

人国　外国。「我朝」の対。

延長年中　渤海国滅亡は延長四（九二六）年。

大赦契王　契丹国の耶律阿保機《やりつあぼき》が渤海国を滅

二関《ヲ》一、当《ニ》レ禦《ふせグ》二坂東《ヲ》一。然《レバ》則《チ》汝《なん》曹《だちガ》所レ申《ス》甚《ダ》迂誕《ナリ》也」者《てへり》。各蒙《リテ》レ叱《いさめヲ》罷《リ》去《ル》也。

［参考］

◆『今昔物語集』巻第二十五　平将門、発謀反被誅語第一

其の時に、新皇弟に将平と云ふ者有り、新皇に云く、「帝皇の位に至る事は、此れ天の与ふる所なり。此の事吉く思惟し給ふべし」と。新皇の云く、「我れ弓箭の道に足れり。今の世には討ち勝てるを以て君とす。何ぞ憚らむや」と云ひて、敢て承け引かで、即ち諸国の受領を成す。

例文7・4　安倍頼良の横行

（『陸奥話記』）

六箇郡《ノ》之司《ニ》、有《リ》二安倍《ノ》頼《より》良《よしトイフ》者一。是《レ》同《ジク》忠良《ガ》子《ナリ》也。父祖《ノ》忠《ただ》頼《よりハ》、東夷《ノ》酋長《ナリ》。威名大《イニ》振《ヒ》、部落《ハ》皆服《セリ》。横《ニ》二行《シ》六郡《ニ》一、劫二略《ス》人民《ヲ》一。子孫尤《モ》滋《じ》蔓《まんシ》、漸《ク》出《ヅ》二衣川《ノ》外《ニ》一。不レ輸《いたサ》二賦貢《ヲ》一、無《シ》レ勤《ムルコト》二徭《よう》役《えきヲ》一。代々驕《けう》奢《しやナルモ》、誰《レ》人《モ》敢《ヘテ》不レ能《ハ》レ制《スルコトヲ》レ之。永承《ノ》之比、大

領掌　領有支配する。

高祖　漢の高祖。劉邦。

足柄　足柄峠の麓の関所。現在の神奈川県南足柄市。

碓氷　現在の群馬県碓氷峠、その麓の関所。中山道の、上野と信濃の国境にある。

迂誕　回りくどくて、空虚なさま。

例文7・4『陸奥話記』

撰者　未詳。

内容　前九年の役（一〇五一～一〇六二）の顛末を叙事的に記した軍記物語の先駆的作品。現存本は巻首部分欠落。六箇郡司安倍頼良が衣川南方に進撃し、国司藤原登任も抗しきれない勢いになったところから起筆。

成立　未詳。

諸本　現存本は三類五種。いずれも江戸時代以降の写本。笠栄治『陸奥話記校本とその研究』（一九六六年、桜楓社）に詳しい。

六箇郡　胆沢・江差・和賀・稗貫・紫波・岩手の奥六郡。

横行　自由勝手に振る舞うこと。

劫略　力ずくで奪うこと。

滋蔓　子孫多く、一族が繁栄しているさま。

不輸賦貢　税も貢物も納めない。

守藤原ノ朝臣登《なり》任《たふ》、発シテ二数千ノ兵ヲ一攻ムレ之ヲ。出羽秋田ノ城ノ介平朝臣重《しげ》成《なり》ヲ為《な》シ二先鋒一ト、大守ハ率キテ二夫士ヲ一為後《しんがりたり》、頼良ハ以テ二諸部ノ之俘囚ヲ一拒《ふさ》ギレ之ヲ、大イニ戦フ二于鬼《おに》切《きり》部《べ》ニ一。大守ノ軍敗績シ、死者甚ダ多シ。

［参考］

◆『今昔物語集』巻第二十五　源頼義朝臣、罸安陪貞任等語第十三

今は昔、後冷泉院の御時に、六郡の内に安陪頼良と云ふ者有りけり。其の父をば忠良となむ云ひける。父祖世々を相継ぎて酋の長なりけり。威勢大きにして、此に随はざる者无し。其の類伴広くして、漸く衣川の外に出づ。公事を勤めざる、代々の国司此れを制する事能はず。而る間、永承の比、国司藤原登任と云ふ人、多くの兵を発して、此れを責むと云へども、頼良、諸の曹を以て防き合ひ戦ふに、国司の兵、討ち返へされて、死ぬる者多し。

夫士　兵士。
俘囚　蝦夷のうち朝廷の支配下に属する者。

〔例文7・4参考〕
『陸奥話記』と『今昔物語集』　『陸奥話記』は、『今昔物語集』『十訓抄』『扶桑略記』などに同趣の記事があり、これらを通して院政鎌倉時代の本文の姿が推定できる部分がある。『扶桑略記』には「奥州合戦記云」として長文の引用があり、こちらが現存本より古態をとどめるかとされる。［参考］に示した『今昔物語集』の記述も、おおむね『陸奥話記』の内容と一致し、その詳細な要約抄出とも考えられるが、一部に現存本にない記事を含んでおり、今日の伝本とは異なる本文を有するものを出典文献とした可能性がある。

例文7・5　将軍の家臣らの忠節　（『陸奥話記』）

是《ノ》時、官軍《ノ》中《ニ》有《リ》二散位佐伯《ノ》経《つね》範《のりトイフ》者一。相模《ノ》国《ノ》人《ナリ》也。将軍厚《ク》遇《ス》レ之《ヲ》。軍《いくさ》敗《ルル》之時、囲《ミ》已《ニ》解《ケ》、纔《わづカニ》出《ヅレドモ》不レ知《ラ》二将軍《ノ》処《ヲ》一、問《フ》二散卒《ニ》一。散卒答《ヘテ》曰《ハク》、「将軍為《ニ》レ賊《ノ》所《れ》レ囲《マ》、従兵《モ》不レ過《ギ》二数騎《ニ》一。推《おスニ》レ之《ヲ》、回《がたシト》レ脱《レ》矣。」経範曰《ハク》、「我《レ》事《つかヘテ》二将軍《ニ》一、已《ニ》経《タリ》二三十年《ヲ》一。老僕《ノ》年、已《ニ》及《ビ》二耳順《ニ》一、将軍《ノ》歯《よはひ》、又逼《せまレリ》二懸車《ニ》一。今当《リテ》二覆滅《ノ》之時《ニ》一、何《ゾ》不《ラム》レ同《ジクセ》レ命《ヲ》乎《や》。地下《ニ》相《ヒ》従《フハ》是《レ》吾《ガ》志《ナリト》。」還《リテ》入《ル》二賊《ノ》囲《ミノ》中《ニ》一。其《ノ》随兵《ノ》両三騎、又曰《ハク》、「公《きみ》既《ニ》与《と》二将軍一同《ジクシ》レ命《ヲ》死《ス》レ節《ニ》。吾等、豈《あニ》得《ム》二独《リ》生《クルコトヲ》一乎《や》。雖《モ》レ云《フト》二陪《ばい》臣《ト》一、慕《フコトヲ》レ節是《レ》一《ナリト》也。」共《ニ》入《リテ》二賊陣《ニ》一、戦《フコト》甚《ダ》捷《とシ》。則《チ》殺《ス》二十余人《ヲ》一。而《レドモ》殺死《スルコト》如《シ》レ林《ノ》、皆歿《シヌ》二賊《ノ》前《ニ》一。

［参考］

◆『今昔物語集』巻第二十五　源頼義朝臣、罸安陪貞任等語第十三

其の時に、守の郎等散位佐伯の経範は相模の国の人なり。守、専に此れを憑め

例文7・5『陸奥話記』

散位佐伯経範　「散位」は位階のみの者。相模守藤原公光の子。

散卒　合戦に敗れて散り散りになった兵士。

老僕　年老いた者。経範が卑下していう。

耳順　六十歳。『論語』「六十而耳順」から。

懸車　官職を辞することから、七十歳をさす。

地下　冥土。あの世。

節　忠節。

り。軍の破れける時に、経範、囲み漏《もら》されて、纔かに出でて、守の行きける方を知らず。散りたる者に問ふに、答へて云く、「守は敵の為に囲まれて、従兵幾くならず。此れを思ふに定めて脱れむ事難し」と。経範が云く、「我れ守に仕へて此の年既に老に至る。守亦若き程に在らず。今、限の尅に及びて何ぞ同じく死なざらむ」と。其の随兵両三騎亦云く、「君既に守と共に死なむとて敵の陣に入りぬ。我等豈独り生かむ」と云ひて、共に敵の陣に入りて戦ふに、十余人を射殺して、其れ等も敵の前にして殺されぬ。

第8章　仏教思想書を読む

宇都宮啓吾

奈良時代以前　日本への仏教の伝来は、大凡、六世紀半ば頃に百済からと考えられている。この仏教の伝来に伴い、仏教を受容し、仏教典籍の類を学び、経典や教義に関わる内容について撰述することも行なわれるようになった。

その早い例が、推古天皇の摂政であったとされる聖徳太子（五七四～六二二）による『三経義疏《さんぎょうぎしょ》』（例文8・1）である。聖徳太子のもとには、遣隋使の派遣や百済との交流によって高度な学問集団が形成されていたものと考えられ、これらを背景に、『勝鬘経《しょうまんぎょう》』・『維摩経《ゆいまきょう》』（『維摩詰所説経《ゆいまきつしょせつきょう》』）・『法華経』（『妙法蓮華経』）という三つの経典に関する注釈書として『三経義疏』が聖徳太子の名によって撰述されたと考えられている。

奈良時代には、聖武天皇によって、国毎に僧寺（国分寺）と尼寺（国分尼寺）を一対で創建し、『金光明経《こんこうみょうきょう》』（『金光明最勝王経《こんこうみょうさいしょうおうきょう》』）と『法華経』を納め、読誦することによって、五穀豊穣や病魔退散・天下太平を願うことが定められ、また、総国分寺たる東大寺には大仏が建立され、日本全体に仏教が広まることとなる。言わば、仏教による鎮護国家が日本仏教の基層を成すものとなった。また、遣唐使等によって新訳の経典も伝えられ、仏教典籍を読み解くことが大きな課題となり、所謂、南都六宗と称される三論・成実・法相・倶舎・華厳・律の六つの学派に分かれて、仏教教理や読経、法会等に

金光明最勝王経　唐の義浄（六三五～七一三）訳。この経典を読誦する国は、四天王に守られ繁栄するとあるところから、鎮護国家のための経典として重んじられ、国分寺（金光明四天王護国之寺の略）建立の根拠とされた経典。

新訳　中国唐代初期の僧玄奘三蔵（六〇二～六六四）による翻訳仏典（漢訳仏典）。従来の翻訳（「旧約《くやく》」）とは一線を画するものであったため、「新訳」と称せられる。

南都六宗　後世の宗派とは性格を異にし、学派的意味合いとして、宗は学僧の集団を意味する。その伝来としては、仏教の論を中心として、まず、玄奘三蔵の開いた法相宗を道昭が伝え、次に、隋の嘉祥大師吉蔵《かしょうだいしきちぞう》（五四九～六二三）より道慈《どうじ》（六二九～七〇〇）が三論宗を学んで伝え、さらに、『倶舎論』を学ぶ倶舎宗や、『成実論』を主とする成実宗なども伝わった。また、経を中心としたものに、唐の賢首大師法蔵《けんじゅだいしほうぞう》（六四三～七一二）の開いた『大方広仏華厳経』に基づく華厳宗が新羅の審祥《しんじょう》（生没年未詳）によって伝えられた。

大師　中国・日本において、高徳な僧に朝廷

対する研鑽が積み重ねられていくこととなる。

天台宗と真言宗　平安時代に入ると、南都六宗の他、新たに、最澄（七六七～八二二）による天台宗と空海（七七四～八三五）による真言宗が加わることとなり、これら二宗による密教の秘密修法は、貴族社会の中で、鎮護国家や現世利益を求めるために行なわれ、このことが盛行の契機となっていく。

天台宗は、中国の天台大師智顗《ちぎ》（五三八～五九七）の法華経に依拠した教学に端を発するもので、この教えを最澄が日本に請来し、本山である比叡山において天台法華宗として成立した。また、天台宗においては、その修学に、天台教学を中心とした顕教を研学する「止観業《しかんごう》」（天台大師智顗の著述になる天台教義の論書『法華三大部』の一つ『摩訶止観』や『法華経』・『金光明経』・『仁王経』等を修学する業）と密教を研学する「舎那業《しゃなごう》」（『大毘盧舎那《だいびるしゃな》経《きょう》』・『孔雀経《くじゃくきょう》』・『不空羂索神変真言経《ふくうけんじゃくじんぺんしんごんきょう》』・『一字仏頂輪王経《いちじぶっちょうりんおうきょう》』等を修学する業）の二つがあり、これらを兼学する者が天台座主となることが貞観八（八六六）年の太政官牒によって定められている。

最澄には、大乗戒の根本理念と成立の根拠を述べた『顕戒論《けんかいろん》』や、南都法相宗の学僧徳一《とくいつ》（～八一四～）との論争の中で著わされた『守護国界章《しゅごこっかいしょう》』『法華秀句《ほっけしゅうく》』等の著作が存する。

十世紀後半には、第三代慈覚大師円仁の門流と第五代智証大師円珍の門流との間で対立が起こり、円珍門流が園城寺（三井寺）を拠点として別立し、比叡山延暦寺方を山門派、園城寺方を寺門派と称せられることとなる。

から勅賜の形で贈られた尊称。

顕戒論　三巻。弘仁十（八一九）年成立。出家僧の受ける戒を従来の具足戒から大乗の菩薩戒（大乗戒）に替えることを主張し、その戒を授ける大乗戒壇の設立に対する南都諸宗の論難に対して反論しながら、新教団の設立許可を朝廷に訴えたもの。

徳一　法相宗では小乗（声聞乗・縁覚乗）・大乗（菩薩乗）の区別を重んじ、それぞれに悟りの境地が異なるとする三乗説の立場を取っていたのに対して、最澄は『法華経』に説かれる一乗の教えが三乗をその中に融合する優れたものとして捉えていた。また、右の立場や依拠経典の違いから、徳一は仏性のない無性の者があるとして成仏できないものの存在を認めたのに対し、最澄は全て仏性においては平等であるとした。このような対立から、最澄と徳一との間に論争が起こった。

天台宗における流派　平安中期以降になると、密教優位の傾向が進み、その傾向に対して法華の本流に戻ろうとした者に、比叡山中興の良源（九一二～九八五）がおり、その弟子である源信を祖とする恵心流、覚運（九五三～一〇〇七）を祖とする檀那流が生まれた。この流れの中で、「本覚思想」（煩悩に汚れた迷いのままでも、心の本性は本来清浄であるとする絶対肯定の思想）が生じた。また、恵心

真言宗は、開祖の空海が延暦二十三（八〇四）年に入唐し、長安青龍寺の恵果（七四六～八〇五）から密教の大法（胎蔵界・金剛界の両部の大法）を授けられたことを契機に興った宗派である。空海は高野山金剛峯寺を建立するとともに、都における真言密経の道場として東寺を定め、「金光明四天王教王護国寺」（教王護国寺）と改称している。

空海の著作には、彼の密教の根幹である「即身成仏《そくしんじょうぶつ》」（人と仏とが一体となること）を説明する『即身成仏義』や、密教を最高のものと位置付けて詳述した『秘密曼荼羅十住心論《ひみつまんだらじゅうじゅうしんろん》』、その要旨を纏めた『秘蔵宝鑰《ひぞうほうやく》』、密教と顕教との別を論じた『弁顕密二教論《べんけんみつにきょうろん》』等がある。また、儒教・道教・仏教の立場に基づく五人の人物による対話討論形式の上で仏教の優位性を説いた『三教指帰《さんごうしいき》』がある。本書は、朝廷に献上され、広く読まれるとともに、任官試験の一つである対策においても三教の関係について問われる場合があり、『三教指帰』を読むことが当時の貴族社会において実用的な意味を有していた。

空海没後は、その弟子たちが依った寺々の独立的な動きが強くなり、高野山・高雄山寺《たかおさんじ》・貞観寺《じょうがんじ》・東寺・醍醐寺・勧修寺《かじゅうじ》・仁和寺等々のそれぞれにおいて、活動が行なわれるようになる。そのような中で、教理・事相面から、鎌倉時代以降には野沢二流と称せられる、仁和寺を中心とした広沢流と醍醐寺を中心とした小野流の二流が生し、それぞれに分派が起こっている。

平安仏教の展開　鎮護国家と現世利益とは密教の秘密修法が盛行した契機と

流からは、皇覚（生没年未詳）による椙生《すぎのお》流、静明（生没年未詳）による行泉房流、静明の弟子政海による土御門門跡流、檀那流を兼ねた証真（生没年未詳）の宝地房流があり、檀那流からは覚運―遍救（？～一〇三〇）―慶命（九六五～一〇三八）―隆範―澄豪の流れを受けた澄豪の慧光房流、その弟子智海の毘沙門堂流、同門の長耀（生没年未詳）の竹林房流（安居院流）、長耀の孫弟子聖融の猪熊流等が生じた。一方、密教（台密）に注目するならば、教相面では安然（八四一～没年未詳）によって大成をみて以降、比叡山の再興を果たした良源の流れを汲む覚超（九六二～一〇三四：良源―源信―覚超）が横川において川流を興し、また、東塔南谷では皇慶（九七七～一〇四九）が谷流を興している。特に、皇慶は多くの弟子を輩出したことによって、その門流からは明快（九八七～一〇七〇）の梨本流や良祐の三昧流、相実（一〇八〇～一一六五）の法曼流等の分派が生じ、主たる一〇流と最澄の根本大師流・円珍の智証大師流・良源の元三大師流の三流を加えて、台密十三流と称せられる諸流が存する。

真言宗における流派　永厳（一〇七五～一一五一）による保寿院流、覚法（一〇九一～一一五三）による仁和御流、信証（一〇八八～一一四二）による西院流を仁和寺三流と称し、

もなり、十世紀頃からは、国家的・政治的な要請だけでなく、個人的要請によっても修法が行なわれ、安産と男子誕生の祈願や物怪や怨霊の調伏等が文学作品にも現れるように、修法は貴族の日常生活とも深く関わっている。そのような中で、貴族による仏教活動として注目できるものが、『日本往生極楽記』の作者として知られる慶滋保胤や『三宝絵』の作者である源為憲らを中心として結成された勧学会である。康保年中（九六四～九六七）に始まったとされ、当初より「狂言《きょうげん》綺語《きぎょ》観《かん》」（創作自体が仏教の立場からすれば虚言を弄する点では罪となるとした考え）を意識した文人貴族達によって、延暦寺の僧侶との交流や仏教を褒め称える文章を作成し、また、念仏による滅罪懺悔を行なうことで狂言綺語の罪を償い、往生極楽の因としたものであったが、文章道の学生のような博士家に連なる人々と延暦寺の僧侶との交流は、思想的な問題だけでなく、文学・美術的な面や、経典や漢籍等の訓読を中心とした学問的な面にも大きな影響を及ぼすものとなっている。

尚、仏教者の活動は、右のような大寺だけとは限らない。十一世紀前半頃になると、「別所」と称される、既存教団や寺院を離れて活動する場が発生し、この別所（本所・本坊とは所を別にするところからの呼称）において、僧侶達による自己の研鑽や化他《けた》の活動が展開されて、末法思想の流布とともに浄土教の如き教学の拠点となるなど、諸宗派の教学的交流の場となっている。また、諸国の霊地を巡礼する人々の寄宿・中継の拠点ともなって、十二世紀以降には「西国三十三所巡礼」のような巡礼自体が信仰の深まりや新た

聖恵（一〇九四～一一二七）による華蔵院流、寛遍（一一〇〇～一一六六）による忍辱山流、覚鑁（一〇九五～一一四三）による伝法院流を広沢三流と称した。また、寛信（一〇八四～一一五三）による勧修寺流、宗意（一〇七四～一一四八）による安祥寺流、増俊（一〇八四～一一六五）による随心院流を小野三流、勝覚（一〇五七～一一二九）の弟子定海（一〇七四～一一四九）による三宝院流、聖賢（一〇八三～一一四九）による金剛王院流、賢覚（一〇八〇～一一五六）による理性院流を醍醐三流と称し、これらを合わせて小野六流と称する。

狂言綺語観　『法華経』安楽行品において「世俗の文筆、讃詠の外書」をつくる者と交際することを戒めるように、狂言綺語（道理に合わない言葉やむやみに飾り立てた言葉をもてあそぶこと）は、仏の教えに背く行為と考えられた。その一方で、平安貴族の必読の書であった『白氏文集』「香山寺」には〈狂言綺語の過ちを転じて……讃仏乗の因となさん〉とあることから、文人貴族達が積極的に僧侶との交流を行おうとし、また、後には、和歌や物語が逆に仏教の修行に繋がり、これを助けるものとする考えも生じた。

末法思想　釈迦入滅後、仏教の正しい教法が時の経過とともに衰滅するという思想。日本

な信仰に基づく著作を生み出していくことともなった。
　そして、平安時代末期、院政期になると、浄土思想の普及や宋代仏教の伝来によって、法然（一一三三～一二一二）に始まる浄土宗や俊芿（一一六六～一二二七）に始まる律宗の流れ、また、禅宗の流れとして能仁（生没年未詳）の達磨宗や栄西（一一四一～一二一五）の臨済宗の如く、次代へと続く新たな展開も生まれている。

例文8・1　法華義疏（巻第一　総序）

夫《そレ》妙法蓮華経者《トハ》、蓋《けだシ》是《レ》総《ジテ》取《リテ》二万善《ヲ》一合《シテ》為《すル》二一因《ト》一之豊田、七百《ノ》近寿、轉《ジテ》成《ル》二長遠《ト》一之神薬《ナリ》。若《シ》論《スレバ》下釈迦如来《ノ》応二現《シタマヘル》此《ノ》土《ニ》一之大意《ヲ》上者、将《ニ》欲《シテナリ》下宜《よろシク》演《ベテ》二此《ノ》経《ノ》教《ヲ》一、修《シ》二同帰《ノ》之妙因《ヲ》一、令《メムトセ》上得二莫二《ノ》之大果《ヲ》一。但《シ》衆生《ノ》宿殖《ノ》善《ハ》微《かすかニシテ》、神《ハ》闇《くらク》、根《ハ》鈍《ク》、以《テ》下五濁《ハ》障《さへ》二於大機《ヲ》一、六弊《ハ》掩《フヲ》中其《ノ》慧眼《ヲ》上、卒《にはかニ》不《ず》レ可《カラ》レ聞《ク》二一乗因果《ノ》之大理《ヲ》一。所以《ニ》如来《ハ》隋《ヒ》二時《ノ》所《ニ》レ宜《シキ》、初《メハ》就《キテ》二鹿苑《ニ》一開《キテ》三乗《ノ》之別疏《ヲ》一使《シメタマヘリ》レ感《ぜ》二各趣《ノ》之近果《ヲ》一。

では、永承七（一〇五二）年を末法の第一年とする考えが平安貴族社会に流布した。
西国三十三所巡礼　『寺門高僧記』の「行尊伝」に「観音霊場三十三所巡礼記」、「覚忠伝」に「応保元年正月三十三所巡礼則記文」とあるものがその早い例となる。行尊については未詳であるが、覚忠（一一一八～一一七七）は確実な例とされる。

例文8・1　法華義疏（巻第一　総序）
豊田　自身の善業（善い行い）の結果が豊かにもたらされるところ。
七百近寿　『首楞厳経《しゅりょうごんきょう》』に照明荘厳自在王仏が「わが寿命は七百阿僧祇劫」と告げたことによる。
万善……同帰之妙因　全ての善業が一つに帰着する玄妙な因（物事が起きる原因）で、法華一乗のことをいう。
五濁《ごじょく》　世の衰えの五つの現象。
大機　あらゆるものを救う大乗仏教を受けるにふさわしい資質や機会。
六弊　大乗仏教の目指す六波羅蜜（六つの善）を妨げる六つの悪心。
一乗因果之大理　過去に示された釈尊の教説を統合する法華一乗の教え。
鹿苑　釈迦が初めて説法をした鹿野苑。
各趣之近果　三乗の修行者（声聞・縁覚・菩

例文8・2 偈頌《げじゅ》（『顕戒論』巻上「宗意難忍。且説不軽伽陀曰」）

西国《ヨリ》流伝《スル》戒　文殊上座多《シ》

六綱求《ム》二寂滅《ヲ》一　寧奚《いづくんゾ》愛《セン》二娑婆《ヲ》一

敬《ヒテ》奉《ズルハ》不軽《ノ》記　当来《ニ》作《なルベシト》二仏陀《ト》一

莫《なク》レ障《さはルコト》二円妙《ノ》道《ヲ》一　為《なセ》レ済《すくフコトヲ》二彼《ノ》珠鵝《ヲ》一

薩）のそれぞれにふさわしい悟りの境地。

例文8・2　偈頌（『顕戒論』）　南都の僧侶に対して、常不軽菩薩の意に倣って円妙の仏道を成就すべしと願った偈頌（「偈」に同じ。例文9・2を参照。）。

西国　インドのこと。

文殊上座　文殊菩薩を上座とすること。

六綱　僧尼を統率する高僧のこと。

寂滅　悟りを得ること。

娑婆　現世のこと。

不軽記　『法華経』「常不軽品」の記述。

当来作仏陀　不軽菩薩が迫害されながらも、全ての人に対して「あなたは未来に仏となれる」と告げることをやめなかったことをいう。法華一乗の教えと通じている。

珠鵝　『大荘厳論経』巻第十一にある説話。一人の比丘が乞食して珠造りの職人のもとを訪れたところ、職人は席を外しており、その隙にガチョウが紅玉を餌と間違えて飲み込んでしまった。比丘はこのガチョウを救うために、自分が紅玉を奪った罪を受けて罰せられた。この話になぞらえて、広大な慈悲の心を持つように勧めたもの。

例文8・3　『三教指帰』巻下

「吾等。久《シク》翫《もてあそビ》二瓦礫《ヲ》一、常《ニ》耽《ふけル》二微楽《ニ》一。（中略）今、偶《たまたま》頼《リテ》二高論《ノ》之慈誨《ニ》一、乃《チ》知《リヌ》二吾《ガ》道《ノ》之浅膚《ヲ》一。噬《くらヒテ》レ臍《ヲ》以《テ》悔《ヒ》二昨《ノ》非《ヲ》一、砕《キテ》レ脳《ヲ》以《テ》行《ハム》二明《あすノ》是《ヲ》一。仰《ギ》願《ハクハ》慈悲《ノ》大和上、重《ネテ》加《ヘテ》二指南《ヲ》一、察《あきらかニ》示《シタマヘト》二北極《ヲ》一。」仮名《ガ》曰《ハク》、「兪《しか》矣。咨《あ》咨《あ》、善《よき》哉《かな》。汝等不《ずシテ》レ遠《カラ》而還《レリ》。吾、今、重《ネテ》述《べ》二生死《ノ》之苦源《ヲ》一、示《サム》二涅槃《ノ》之楽果《ヲ》一。其《ノ》旨《ハ》也、則《チ》姫・孔《ノ》之所《ナリ》レ未《ダ》《ざル》レ談《ゼ》、老荘《ノ》之所《ナリ》レ未《ダ》《ざル》レ演《のべ》。其《ノ》果《ハ》也、則《チ》四果・独一《モ》、所《ナリ》レ不《ざル》レ能《あたハ》レ及《ブコト》。唯《ただ》一生・十地《ノ》漸《ク》所《ナラクノミ》二優遊《スル》一耳。諦《あきらかニ》聴《キ》能《ク》持《たもテ》。挙《ゲ》レ要《ヲ》撮《リテ》レ綱《ヲ》、略《ほぼ》示《サム》二汝等《ニ》一。」亀毛等並《ビニ》避《ケテ》レ席《ヲ》、称《シテ》曰《ハク》、「唯唯《トシテ》、静《メ》レ心《ヲ》傾《ケテ》レ耳《ヲ》、恭《ミテ》専《もはら》仰《ガム》レ説《ヲ》。」粤《ここニ》則《すなはチ》開《キ》二心蔵《ノ》鍵《ヲ》一、振《ヒテ》二舌泉《ノ》流《ヲ》一、正《ニ》述《べ》二生死海之賦《ヲ》一、兼《ネテ》示《シテ》二大菩提《ノ》之果《ヲ》一曰《ハク》、

例文8・3　『三教指帰』　儒教、道教、仏教の立場に基づく五者の対話様式の戯曲の形式を取る。ここでは、仏教者（仮名乞児）の所説に心服した他者（亀毛先生）が仏教の至極を示すことを求め、仏教者がそれに答える場面。

瓦礫　価値のないものの喩で、ここでは、儒教・道教をさす。

微楽　わずかな楽しみ。ここでは、人間界の楽しみや天上界に生れる楽しみをさす。

慈誨　慈愛に満ちた教え。

浅膚　浅薄。

噬臍　後悔すること。

砕脳　一心に打ち込むこと。

指南　教え導くこと。

北極　北極星。ここでは、仏教の至極。

兪矣　その通りである。

涅槃之楽果　真実の悟りの楽しみ。

姫孔　姫は『周礼』『儀礼』を著したとされる周公旦。姫の姓による。孔は孔子。

老荘　老子と荘子。

四果　声聞における修行の進んだ四つの段階（聖位）のこと。

独一　ひとり修行し、覚りを得る者。独覚。

一生　僅かに一生を過ごすのみで、次には仏の位処を補う位。菩薩の最高位。

十地　菩薩の修行段階で、十段階の菩薩。

例文8・4　『往生要集』巻上

答フ、豈《あに》レ不《ず》二前ニ言ハ一。願フ二極楽ヲ一者ハ、要《かならず》発シ二四弘ノ願ヲ一、随ヒテレ願ニ而勤修セヨト。此《これ》や豈《あに》やレ非《あら》ズ二是大悲心ノ行ニ一。又願二‐求スルコトハ極楽ヲ一、非《あら》ズ二是自利ノ心ニ一。所二‐以《ゆゑん》ハ然《しか》ル一者、今此ノ裟婆世界ハ、多シ二諸ノ留難一。甘露未《いま》ダレ沾《うるお》ハザルニ、苦海朝宗ス。初心ノ行者、何ノ暇《いとま》アリテカ修センレ道ヲ。故ニ今、為ニレ欲スルガ下円二‐満シテ菩薩ノ願・行ヲ一、自在ニ利中‐益セムト一切衆生ヲ上、先ヅ求メ二極楽ヲ一、不《ず》レ為ニセ二自利ノ一。如シ二十住毘婆娑ニ云フガ一。（経文の引用は略す）余ノ経論ノ文ハ、具《つぶさ》ニ如キ二十疑ノ一也。応《まさ》ニレ知ル、べシ念ジレ仏ヲ修スルヲレ善ヲ為シ二業因ト一、往二‐生スルヲ極楽ニ一為シ二花報ト一、証スルヲ二大菩提ヲ一為シ二果報ト一、利二‐益スルヲ衆生ヲ一為スコトヲ二本懐ト一。譬ヘバ如シ下世間ニ植《う》ウレバレ木ヲ開キレ花ヲ、因リテハレ花ニ結ビレ菓《このみ》ヲ、得テレ菓ヲ餐受スルガ上。

優遊　悟りに入ること。
撮綱　大筋を要約すること。
唯唯　敬意の応答の語。
心蔵鍵　心の鍵。
舌泉流　爽やかな弁説。
生死海之賦　生死の迷いの広大なさまを海に喩えたもの。賦は韻を踏んだ詩文。
例文8・4『往生要集』　往生極楽のための理論書として、従来の経典類を根拠として引用しながら、対話形式でその教義を記述している。
四弘願　四弘誓願。大乗仏教において菩薩が修行に入る前に立てる四つの誓のこと。
所以　拠り所。
留難　障碍（妨げ・障害）。
甘露　神の飲料。これを飲むことで不老不死を得ることができる。蜜のように甘いことから甘露とされ、ここでは、仏教の喩え。
苦海朝宗　衆生の住む苦しみの世界を海に喩えて苦海といい、その海に全てのものが押し流されること。
初心　初発心。悟りに向かう心（菩提心）をはじめて起こすこと。
十住毘婆娑　『十住毘婆娑論』。
十疑　『浄土十疑論』。
餐受　食事をすること。

第9章　伝記を読む

宇都宮啓吾

伝記とは　ある特定人物の生涯の事跡を記したものを伝記という。人物の伝記を記載したものとしては、歴史書等において王臣や僧侶の死没に関する記事に添えられる形でその人物の伝記を記したもの（薨卒《こうしゅつ》伝）もあるが、伝記として単独に著述・編纂されたものも数多く存する。

形式としては、一個人の伝記を記す単行のものと、複数の伝記を集成した叢伝のものとがあり、その内容は、出自や祖父・父親などの係累、任官・叙位などの官歴、性格・特技・学問等の特徴、功労や事績（当時の事件との関連等）、時には奇瑞や神妙異相の類も付加され、最後に死去に関する出来事や後日談等が記載される。

その著述目的としては、特定個人、ないしは、特定の家門・宗派・寺院・教義や思想等に基づく人々の事跡・行状を単に記録するだけでなく、これらに対する顕揚（世間・後人に威光や評判などを広め高めること）、文学や信仰への興味・関心等、さまざまなものが考えられる。

伝記の歴史　伝記の歴史は古く、八世紀には藤原氏の家門の伝記として、藤原鎌足・長子の貞慧（定恵）・孫の武智麻呂の伝を含む『藤氏家伝《とうしかでん》』が成り、聖徳太子の伝記『上宮聖徳法王帝説《じょうぐうしょうとくほうおうていせつ》』や日本に戒律を伝えた唐僧鑑真《がんじん》の伝記『唐大和上東征伝《とうだいわじょうとうせいでん》』も現存している。その他、浦島伝説に関わる伝記と

薨卒伝　『続日本紀』（七九七年成立）において採用され、『日本後紀』以降は詳細となる。

『藤氏家伝』
天平宝字四（七六〇）年に成立した藤原氏初期の歴史を記した伝記。上巻は藤原仲麻呂、下巻は僧延慶の編著になる。日本書紀や続日本紀には無い歴史記述の存する点でも注目される。

『上宮聖徳法王帝説』
聖徳太子に関する伝記史料について、七世紀中期頃以降の種々の史料を編集し、平安中後期十一世紀中頃までに集大成したもので、編者は法隆寺僧と考えられる。記紀に対して異説を含み、古代史の貴重な史料とされる。

『唐大和上東征伝』
宝亀十（七七九）年に成立した唐僧鑑真の伝記。淡海三船《おうみのみふね》著。一巻。鑑真の出自や出家から六度目にようやく渡日に成功して日本に戒律を伝えた経緯、唐招提寺の縁起を述べる。

して、原初的なものに『万葉集』巻第九「詠《ム》二水江浦島子《ヲ》一首」と題する万葉仮名文が存し、また、『釈日本紀《しゃくにほんぎ》』引用の本文に見える『丹後国風土記』「浦島子」もある。この後、『本朝書籍目録《ほんちょうしょじゃくもくろく》』によれば、平安時代十世紀頃までには、官人の伝記として、大臣・摂関・学者・歌人（小野小町・在原業平・藤六（藤原輔相《ふじわらのすけみ》）・藤原敏行《ふじわらのとしゆき》）等の伝記（いずれも逸書）が盛行し、また、平安鎌倉時代を通じて、高僧の伝記も最澄・空海・行基をはじめとした祖師伝のみならず、円仁・良源・円珍・性空等、事績の大きな僧侶らの伝記も数多く伝存している。これらの僧伝は、単行のみならず、叢伝に収められることも多く、古くは『延暦僧録』（逸書）をはじめ、中世以降には、『入唐五家伝《にっとうごかでん》』『明匠略伝《めいしょうりゃくでん》』『日本高僧伝要文抄』『元亨釈書《げんこうしゃくしょ》』『寺門高僧記』『仁和寺御伝《にんなじごでん》』等、集成されたものも伝わる。そのような叢伝の平安時代成立のものとして、「往生伝」が挙げられる。浄土教信仰の高まりの中で、極楽往生を遂げたとされる人物の奇瑞を含む伝記を記した慶滋保胤《よししげのやすたね》『日本往生極楽記』を嚆矢とする「往生伝」が輩出し、また、慶滋保胤や源信らと交流のあった鎮源（〜一〇四〇〜）の『本朝法華験記』や、『続本朝往生伝』の作者である大江匡房の、神仙となったとされる人物を集成した『本朝神仙伝』等も出た。これらは、中国における先行の「往生伝」・「霊験記」・「神仙伝」等に倣いつつ、日本独自の表現や内容を記し、また、収録対象も貴顕・高僧のみならず在俗者に及ぶなど、その地位や身分も多岐にわたり、内容的にも奇異・幻怪等の説話的な趣を含む伝記となっている。

『丹後国風土記』 丹後国（今の京都府北部）の風土記。逸書であるため、内容は『釈日本紀』等の引用による。風土記編纂の命が和銅六（七一三）年であるため、本書の成立は八世紀と考えられる。風土記逸文の中でも比較的長文が残されており、最古の部類に入る浦島伝説、羽衣伝説の記述や天の橋立伝承に注目される。

『本朝書籍目録』 鎌倉時代後期（十三世紀末）頃までに成立した、現存する日本最古の図書目録で、『日本書籍総目録』『仁和寺書籍目録』『御室書籍目録』ともいう。編者は藤原実冬ともいうが未詳。一巻。日本で著作された書物四九三部を、神事・帝紀・公事等の二十部門に分類し、著者、巻冊数等を示す。

往生伝 極楽浄土への往生を願い、浄土に往生した人びとの略伝・行業と臨終時の奇瑞等を記した伝記集（叢伝）の総称。中国唐代初期（七世紀）に弘法寺迦才撰『浄土論』巻下に二十人の往生者を収めたのを最初とし「往生伝」として独立したものは中唐の文諗・少康による『往生西方浄土瑞応伝《おうじょうさいほうじょうどずいおうでん》』からであり、宋代以降数多く撰述された。日本では、慶滋保胤が前述の二書を範として寛和年間（九八五〜九八七）に撰した『日本往生極楽

文体的特徴　伝記の文体については、純漢文（中国漢文）に近似するものが存する一方で、そこから隔たるものまでさまざまに存するが、伝記の形式自体が中国に存し、また、歴史的背景としても、「史伝」や「往生伝」・「霊験記」・「神仙伝」等が中国文献に倣って著述されている側面が存するため、概して、漢文調が強いと言える。また、前述の通り、平安期における伝記資料として現存しているものの多くは僧伝の類であるため、それに焦点を当てるならば、仏典系漢文の色彩が濃いといえる。その一方で、例文9・2「造次顚沛」・例文9・3「歯迨ビテ二知命ニ一。」のような漢籍を出典とする用語や表現が散見される点にも注意が必要である。また、例文9・2「而間《しかるあいだ》」は、中国の古典文学には見出し難いとされる一方、日本漢文の中でも「古記録」等に多く見出される変体漢文の用語・構文が伝記の中にも存する点は、伝記が純粋な漢文ではなく、日本漢文に位置付けられることを物語る。とはいえ、変体漢文の代表として取り扱われる「古記録」の文体と比べれば、変体漢文的な要素は少ない点で、別個の文体の特徴を形成するものと考えられている。

なお、右のような僧伝の類を基調とした文体とは異なるものとして、平安時代中期十世紀頃に成立したと考えられる『玉造《たまつくり》小《こ》町《まち》子《し》壮衰書《そうすいしょ》』も注目される。本書は、女性の運命のはかなさや閨怨を嘆く老寡婦の身の上を歌うもので、美人として生まれ栄耀栄華を極めながらも、父母の死別や身の不運によって落魄し、最後には浄土を欣求し西方往生を願う姿が、小野小町の盛衰の様と重ね合わされ、後代の小野小町像形成に多大な影響を及ぼしている。

記』をその嚆矢とする。それ以降、平安時代末期までに大江匡房『続本朝往生伝』、三善為康『拾遺往生伝』『後拾遺往生伝』、蓮禅『三外往生記』、藤原宗友『本朝新修往生伝』、如寂『高野山往生伝』が撰述され、浄土願生者のテキストとして受容された。

伝記の文体　以下のものが参考になる。峰岸明『変体漢文』（一九八六年、東京堂出版〈新装版は二〇一一年、吉川弘文館〉）

変体漢文の用語・構文　従来は、中国の古典文学には見出し難い変体漢文独自の用語・用法とされてきたが、近年の研究では、七世紀以降の中国俗語文等に同様の例の存することが指摘されるようになっている。但し、日本漢文の中にあっては、その使用について、特に「古記録」と称される平安貴族の漢文体日記（著名なものに、小野宮実資《おののみやさねすけ》『小右記』・藤原道長『御堂関白記《みどうかんぱくき》』・藤原師通『後二条《ごにじょう》師通記《もろみちき》』等）に偏在性の存することが指摘されており、文体指標の手懸かりとなる。

小野小町の盛衰　若くして歌才・容貌に優れた小野小町が、最後には年老いて落魄し、乞食の姿で彷徨い（小町衰老落魄説話）、果ては、野にうち捨てられた髑髏が小町であり、その髑髏の目の穴から薄が生えて風になび

文体的には、前半の散文の序の部分（例文9・4）が、四字と六字から成る対句を多用し、かつ、華麗な語句や表現を駆使した四六駢儷体《しろくべんれいたい》で、後半が五言古詩となっている。本書は一人の老女の伝記ではあるが、その基調は、右に述べた如くに韻文であり、実際に浄土教信仰へと導く唱導文芸として改編された資料も伝存するように、「伝記」としての文体の範疇のみには入れ難いところも存する。

史料的価値　前述のように、僧伝・往生伝等を日本漢文における一つの文体として捉えることは可能であり、文体史の点から用字法や表現・語彙・語法等を分析することが必要となる。また、伝記には、その著述目的等に応じて、先行の伝記の引用・追補が見られる。例えば、弘法大師の伝記においてよく知られる即身成仏の記事も、その早い例は『栄華物語』からであり、それ以降の伝記でこの記述が加わっていくこととなる。また、『今昔物語集』巻第十五は往生譚を収載しており、その出典は『日本往生極楽記』や『大日本国法華験記』が中心となっている。そのため、伝記の生成過程や典拠と作品との関係を語学的・文学的側面から研究することも重要である。

さらに、注目されることは、当時の人物の言語環境や諸種の交流の実態を窺い知ることができる点にある。伝記に記載される人物の属性や学問環境・活動拠点等の内容が、当時における言語活動や人的交流、教学的交流等に関する示唆を得る重要な手懸かりとなるのである。

くごとに人の声（「あなめあなめ（ああ、目が痛い）」）のように聞こえるといった説話（小町髑髏説話）までもが生まれた。

四六駢儷体　漢文の文体。四字と六字から成る対句を多用する華麗な文体をいう。誇大で華美な文辞を用い、典拠のある語句を繁用し、平仄を合わせて音調を整える点に特徴があり、朗詠にも適する。

唱導文芸　社寺の縁起や仏神の本地《ほんじ》などに関する語物、口頭詞章など、主として教化を目的として伝承・語り広められていたものが文芸化したものをいう。『玉造小町子壮衰書』も、女性の一生の無常さとそこから生まれる発心によって浄土を願う筋立てが人々を信仰へと導く縁《よすが》として、語り継がれ、朗詠されたものと考えられる。

例文9・1　浦島子伝

（『釈日本紀』所収『丹後国風土記』）

遂《ニ》、接《つキテ》レ袂《ヲ》退《キ》去《リヌ》。就《キテ》二于岐路《ニ》一、於《テ》レ是《ニ》、女娘父母親族、但《ただ》悲《ミテ》レ別《ヲ》送《ル》レ之《ヲ》。女娘取《リテ》二玉匣《ヲ》一、授《ケテ》二嶼子《ニ》一、謂《ヒテ》曰《ハク》、「君終《ニ》不《シテ》レ遺《すテ》二賤妾《やつかれヲ》一、有《ラバ》二眷《したヒ》尋《ネムコト》一者、堅《ク》握《リテ》レ匣《ヲ》、慎《ゆめ》莫《カレト》二開《キ》見《ルコト》一。」即《チ》相《ヒ》分《レテ》乗《リヌ》レ船《ニ》。仍《チ》教《ヘテ》二令《ム》レ眠《ラ》レ目《ヲ》。忽《チニ》到《ル》二本土《もとのくに》筒川郷《ニ》一。即《チ》瞻《み》二眺《ム》村邑《ヲ》一。人・物遷《リ》易《かはリテ》、更《ニ》無《シ》レ所レ由《ル》。爰《ニ》問《ヒテ》二郷人《ニ》一曰《ハク》、「水江浦嶼子之家人、今在《リヤ》二何処《いづくニ》一。」郷人答《ヘテ》曰《ハク》、「君何処《いづくノ》人《ナリヤ》。問《フ》二旧《ふるク》遠《キ》人《ヲ》一乎《や》。吾聞《キテ》二古老等《ニ》一曰《ハク》、先《ノ》世《ニ》有《リ》二水江浦嶼子一。独《ひとリ》遊《ビ》二蒼海《ニ》一、復不二還《リ》来《ラ》一。今経《タレバ》二三百余歳《ヲ》一者、何忽問《フ》レ此《ヲ》乎《かト》。」

例文9・2　僧平願伝

（『拾遺往生伝』巻中）

沙門平願《ハ》者、播磨国《ノ》之住人《ナリ》。性空聖人《ノ》之弟子《ナリ》也。行住坐臥、造次顛沛、只誦《シテ》二一乗《ヲ》一、已《ニ》経《タリ》二多年《ヲ》一。而《ル》

例文9・1　浦島子伝　『丹後国風土記』逸文（『釈日本紀』所収）「浦島太郎」の原話の一つ。

岐路　分かれ道。

玉匣　宝玉で装飾した箱。玉手箱。

筒川郷　丹後国与謝郡日置郷にあったとされ、丹後半島の先端部にあたる。

水江浦嶼子　本伝冒頭の記述に日下部の首の先祖で「筒川嶼子《つつかわのしまこ》」とあり、その別名。

例文9・2　『拾遺往生伝』

平願　平安中期の天台宗の僧。

性空　平安中期の天台宗の僧。九一〇？～一〇〇七年。播磨国書写山円教寺を開創したことで有名。

造次顛沛　「造次」はとっさの場合、「顚沛」は顚倒した場合を意味し、ここから、僅か

間大風忽《チニ》起《たチテ》、小房已《ニ》倒《レ》、沙門被《れテ》レ厭《おそハ》、可《シ》レ及《フ》二死門《ニ》一。神人暗《そらニ》来《リテ》、得《タリ》レ救《フコトヲ》二命《ノ》難《ヲ》一。于時《ニ》神人摩頂《シテ》慰《メ》誘《をしへテ》曰《ハク》、「汝依《リテ》二宿業《ニ》一、遇《ヒヌ》二此《ノ》災害《ニ》一。依《リテ》レ誦《スルニ》二妙法《ヲ》一、得《タリ》レ存《スルコトヲ》二身命《ヲ》一。今生尽《シテ》二其《ノ》宿業《ヲ》一、来世可《シト》レ生《マル》二極楽《ニ》一。」云々。沙門即《チ》捨《テテ》二衣鉢《ヲ》一、偏営《メリ》二仏事《ヲ》一。占《メテ》二広《キ》河《ノ》之原《ヲ》一、設《ケ》無遮《ノ》之会《ヲ》一、朝暮《ニ》講《ジテ》二法花《ノ》妙典《ヲ》一、初後《ニ》修《ス》二弥陀念仏《ヲ》一。即《チ》発《シテ》レ誓《ヲ》言《ハク》。「依《リテ》二此《ノ》善根《ニ》一。当《ニクハ》レ生《マル》二極楽《ニ》一者、必《ズ》顕《セト》二其《ノ》瑞《ヲ》一。」如《ク》レ是《かくノ》作《シテ》レ誓《ヲ》。流《シテ》レ涙《ヲ》礼《ス》レ仏《ヲ》矣。今日《ノ》会畢《リヌ》。明朝往《キテ》見《レバ》、白《キ》蓮数百生《ヒタリ》二河原《ニ》一。花開《キ》香薫《ジテ》、異《ナリ》二人間《ノ》花《ニ》一。見《ル》者皆称《いへリ》二聖人往生《ノ》之瑞也《ト》一云々。及《ビテ》二其《ノ》最後《ニ》一、身《ニ》無《ク》二悩痛一、心《ハ》不《ずシテ》二散乱《セ》一、合掌《シテ》向《ヒテ》レ西《ニ》、入《リテ》レ禅《ニ》而滅《しセリ》。

右の文章においては、「即捨衣鉢。偏営仏事。」「占広河之原。設無遮之会。」「朝暮講法花妙典。初後修弥陀念仏。」「身無悩痛。心不散乱。」のような対句が使用され、「流涙礼仏矣」のように、日本語文として用いない特殊な助字の使用に純漢文への傾倒が窺われる。また、内容的に仏教的な色彩が

の時間の例えとして用いられる。論語・里仁に「君子無《シ》二終《フル》レ食《ヲ》之間《モ》違《フコト》一レ仁《ニ》。造次《ニモ》必《ズ》於《テシ》レ是《ここニ》、顛沛《ニモ》必《ズ》於《テス》レ是《ニ》」とあることによる。

神人　神通力を得た人。仏をさす。

無遮之会　仏教の慈悲の精神に基づいて、全ての人々に平等に布施を行う会。

法花妙典　『妙法蓮華経』をさす。

濃いために、その用語使用に仏教語が多用されるが、表現的にも、「身《ニ》無《ク》二悩痛一、心《ハ》不《ずシテ》二散乱《セ》一。」のような四字句を多用する文章構成のあり方は仏典に見える偈《げ》の表現形式に倣ったものと考えられている。さらに、「如是《かくのごとく》」のように、仏典に常用の漢字表記が使用され、古記録で一般的な「如此」よりも多用されている点にも仏典系漢文の色彩を見ることができる。

このような漢文調への傾倒や仏典系漢文の色彩の濃さについては、「往生伝」を例に挙げれば、これらの伝記の著者が、慶滋保胤・大江匡房・三善康為らのように紀伝道を深く学び、中国典籍や漢文学に深く通ずる一方で、仏教に帰依し、僧侶との交流や仏教的著作を為しており、これらの素養や背景が伝記の文体に大きく関与しているものと考えられる。

例文9・3　高階真人良臣

（『日本往生極楽記』第三十三）

宮内卿従四位下高階真人良臣《ハ》、少《クシテ》応《ジテ》二進士《ノ》挙《ニ》一、以《テ》二才名《ヲ》一自《ラ》抽《ぬきいデタリ》。多《ク》歴《テ》二諸司《ヲ》一。累《ネテ》宰《メタリ》二六郡《ヲ》一。歯《よはひ》迨《ビテ》二知命《ニ》一、深《ク》帰《シ》二仏法《ニ》一、日《ニ》読《ミ》二法花経《ヲ》一、念《ジタリ》二弥陀仏《ヲ》一。天元三年正月初《メテ》得《タリ》レ病《ヲ》、素《ヨリ》所《ノ》レ修《スル》念仏読経《ハ》、不《ざリキ》二敢《ヘテ》一《モ》廃《メ》一。先《ツコト》レ死《ニ》三日、其《ノ》病忽《チニ》平《たひらキヌ》。此《ノ》間剃《リテ》レ首《かしらヲ》受《ケ》二五戒《ヲ》一、七月五日《ニ》卒《しセリ》。

偈　経典において詩句の形式をとり、教理や仏・菩薩をほめたたえたもので、四字、五字、七字等をもって一句とし、それを連ねる。また、四句から成るものが多い。

仏典系漢文に特徴的な表現　以下のものが参考になる。

金岡照光『仏教漢文の読み方』（一九七八年、春秋社〈新装版は二〇〇〇年〉）

伊藤丈『仏教漢文入門』（一九九五年、大蔵出版〈新装版は二〇一八年〉）

例文9・3『日本往生極楽記』

応進士挙　進士は文章生。擬文章生（文章生候補者で大学寮の寮試に合格した者）または学生・蔭子・蔭孫等の特に登省宣旨を蒙った者が式部省の省試をうけて文章生となる。その際に、入試の資格ありとして推挙されることを「応挙」という。

六郡　未詳。陸奥の奥六郡をさすか。

知命　五十歳のこと。『論語』為政「五十《ニシテ》而知《ル》二天命《ヲ》一」による。

五戒　殺生・偸盗・邪淫・妄語・飲酒の五つをいい、出家・在家の守るべき戒のこと。

当《リテ》二斯《ノ》時《ニ》一也、家《ニ》有《リ》二香気一。空《ニ》有《リ》二音楽一。雖《モ》下遇《ヒテ》二暑月《ニ》一歴《タリト》中数日《ヲ》上。身不二爛壊《セ》一、如《シ》二存生《ノ》時一。

例文9・4 『玉造小町子壮衰書』

予行路《ノ》之次、歩道《ノ》之間、径《ノ》辺途《ほとりおほみちノ》傍《ニ》、有《リ》二一《ノ》女人一。容貌顦顇《シテ》、身躰疲瘦《セリ》。頭《ハ》如《ク》二霜蓬《ノ》一、膚《ハ》似《タリ》二凍梨《ニ》一。骨《ハ》竦《そばだチ》筋《ハ》抗《あがリテ》、面《ハ》黒《ク》歯《ハ》黄《きばメリ》。裸形《ニシテ》無《ク》レ衣、徒跣《ニシテ》無《シ》レ履。声振《ヒテ》而不レ能《ハ》レ言《ものいフコト》、足蹇《なへテ》而不レ能《ハ》レ歩《あゆムコト》。糇糧已《ニ》尽《キテ》、朝夕《ノ》之飡難《シ》レ支《ヘ》。糠粃悉《ク》畢《ヘテ》、旦暮《ノ》之命《モ》不レ知《ラ》。左《ノ》臂《ニハ》懸《ケ》二破《レタル》筐《ヲ》一、右《ノ》手《ニハ》提《ゲタリ》二壊《タル》笠《ヲ》一。頸《ニハ》係《かケ》二一《ノ》裹《ヲ》一、背《ニハ》負《ヘリ》二一《ノ》袋《ヲ》一。（中略）肩破《レタル》衣《ハ》懸《かかリ》レ胸《ニ》、頸壊《やぶレタル》蓑《ハ》纏《ハレリ》レ腰《ニ》。匍二匐《シ》衢間《ニ》一、徘二徊路頭《ニ》一。予問《ヒテ》レ女《ニ》曰《ハク》「汝何《ノ》郷《ノ》之人《ゾ》、誰《ガ》家《ノ》之子《ゾ》。誰《ガ》村《ヨリ》往還《シ》、何《ノ》県《ヨリ》去来《セルゾ》。有《リヤ》二父母一哉、無《キカ》二子孫一歟。無《キカ》二兄弟一歟、有《リヤ》二親戚一哉。」女答《ヘテ》レ予《ニ》曰《ハク》「吾《ハ》是倡家《ノ》之子、良室《ノ》之女《ナリ》焉。壮《さかンナリシ》時《ニハ》憍謾最《モ》甚《シカリキ》、衰《おとろヘタル》日《ニハ》愁歎猶《なほ》深《シト》。」

爛壊　亡骸《なきがら》が腐乱してくずれること。

例文9・4 『玉造小町子壮衰書』

径辺　小道のほとり。
途傍　大路の傍ら。
顦顇　痩せ衰えること。
霜蓬　老婆の白髪を霜枯れで白っぽくなった蓬に喩えたもの。
凍梨　老女の皮膚に皺が寄り黒いしみがあるのを、梨の実の凍って皺が寄り、黒い斑点のあることに喩えたもの。
骨竦　痩せて骨が飛び出ること。
筋抗　筋が浮かび上がること。
徒跣　裸足。
糇糧　乾飯と食物。日々のかてをさす。
飡　餐。食事。
糠粃　ぬかとしいな。身が十分に入っていない米をさす。
旦暮之命　はかない命。
匍匐　かがんで這うように歩く様子。
衢間　道の中心。
倡家　遊女を差配する家。
良室　富み栄えた家。
憍謾　おごり高ぶること。
衰日　老衰の今をさす。
愁歎　愁い嘆くこと。

第10章　紀行文を読む

宇都宮啓吾

紀行文とは　何らかの目的に基づいて旅をした作者が、その旅中の体験や感想を綴った文章のことをいう。その意味では、旅行記や日記の一種として捉えることもでき、また、当時の見聞録・地誌の記録としての側面がある点では、歴史書や伝記資料の中で編纂されることもあるため、それらと内容的に重なる場合がある。例えば、日本に戒律を伝えるために唐から渡来した鑑真の伝記には、淡海三船《おうみのみふね》（七二二～七八五）による『唐大和上東征伝《とうだいわじょうとうせいでん》』（七七九年成立）があるが、その記事の一部は『続日本紀』（七九七年成立）巻二十四に取り込まれており、また、記載内容の一部は、鑑真が六回にもわたる渡海の末に来日した苦難を記した旅行記として捉えることもできる。

　この中国僧鑑真を日本に迎えるについては、村上天皇（九二六～九六七）皇子である具平《ともひら》親王（九六四～一〇〇九）撰『弘決外典鈔《ぐけつげてんしょう》』巻一に「天平勝宝二年遣唐記」との記述があり、これが鑑真一行を随伴して帰朝することを目的に任命された遣唐使の正式な入唐記録（本文未詳）と考えられ、遣唐使らが渡海という旅行に関して記録を残していることが窺われる。

　右のような遣唐使の渡海記録の最古のものとしては、『日本書紀』斉明五（六五九）年七月戊寅条分註に『伊吉連博徳書《いきのむらじはかとこしょ》』とする記述があり、斉明五年の遣唐使の一員として入唐した人物「伊吉連博徳」によって、二隻の遣唐

『弘決外典鈔』
唐代の僧侶湛然《たんねん》著「止観輔行伝弘決」に引かれた外典（仏教以外の書籍）の漢文を抄録し、注釈を加えた書。九九一年成立。

日次記　日々のできごとを日次を追って書き継いだ日記。

使船の編成、難波三津出発以降の渡海の様子と入唐後の唐での諸行事が、例文10・1のように日次記《ひなみき》風に記されており、これが現存する紀行文的な文章としての最古と考えられている。

また、中国においても、玄奘三蔵（六〇二～六六四）が新たな仏教経典を求めた西域（中央アジアからインド）の旅行記として、当時の見聞録・地誌を纏めた『大唐西域記《だいとうさいいき》』や、その伝記『大慈恩寺三蔵法師伝《だいじおんじさんぞうほうしでん》』が存し、これらは上代には既に日本に伝来している。このような僧侶の求法記の流れや記録としての日記の流れを受け、日本漢文としての紀行文には、遣唐使や僧侶の入唐・入宋という、中国へと渡航した際の紀行文が主となり、また、単独で著わされて現存するものとしては僧侶の記録が中心となる。

平安時代初期では、円仁の『入唐求法巡礼行記《にっとうぐほうじゅんれいこうき》』や円珍の『行歴抄《ぎょうれきしょう》』が注目される。前者『入唐求法巡礼行記』については、入唐求法の十年間（八三八～八四七）とその往復の船旅とを記したもので、滞在中の経験や仏教寺院の状況などを日記風に記している。特に、唐の武宗の廃仏毀釈を体験するなど、唐時代の中国の状況を知るうえでも重要な資料であるとともに、それらが円仁の視点から記録されている点で、日記文学の原型としても重視される。後者『行歴抄』は、円珍の九年間（八五一～八五八）に及ぶ旅行の詳細を記した『在唐巡礼記《ざいとうじゅんれいき》』五巻（『行歴記』ともいう）の抄録である。『在唐巡礼記』は伝わらないが、『行歴抄』には円珍自身の求法記事の他、円載や円基、円修といった入唐天台僧の行状等、独自の史料が見え、日唐間の仏教

玄奘三蔵　六〇二～六六四年。中国、唐代初期の僧。一般に三蔵法師として著名。後世、法相・倶舎両宗の開祖とされる。経典翻訳者の代表的人物で、その翻訳仏典（漢訳仏典）は、従来翻訳（「旧約《くやく》」）とは一線を画するものであったため、「新訳」と称せられる。求法のために長安から西域を経てインドに入り、帰国時には、仏舎利・仏像・経論等を齎《もたら》している。

『大唐西域記』の古写本　興聖寺（京都市上京区堀川）に所蔵される『大唐西域記』巻第一の奥書には「延暦四（七八五）年七月書寫蓮慶」とあり、現在確認される古写本の中でも最古とされる。この古写本の存在から、『大唐西域記』が平安時代に入る以前から日本に伝わっていたことが確認される。また、本書には平安時代中期（十世紀）頃の訓点が詳細に付けられており、当時の訓読や日本語の実態を知るうえでも重要である。

武宗の廃仏毀釈　唐・武宗（八一四～八四六）による仏教排斥運動。寺院の破却や財産の没収、僧侶の還俗（僧侶から俗人に戻ること）等を強制した。この時に入唐していた円仁も実際に還俗させられている。

奝然　東大寺の観理に三論教学を、近江国石山寺の元杲に真言密教を学び、永観元（九八三）年に入宋、寛和二（九八六）年に帰国。

交渉史料としても貴重である。

平安時代中期以降は、遣唐使の廃止によって、中国（唐・宋）との交流が公的には途絶えてはいるが、それによって日中間の交流が途絶えたわけではない。東大寺僧奝然《ちょうねん》（九三八～一〇一六）は永観元（九八三）年に入宋、天台山を巡礼した後、汴京《べんけい》を経て五台山を巡礼し、また、日本には宋版一切経や釈迦如来立像を持ち帰っており、日本においても大きな称賛と共に迎えられている。この奝然が宋の太宗（九三九～九九七）に献上した「王年代紀」は宋史日本伝に収録されている。次いで、天台僧である寂照《じゃくしょう》が、比叡山から中国仏教界に求めた唐決や藤原道長（九六六～一〇二七）の依頼による中国典籍の入手等に基づいて入宋し、源信『往生要集』や慶滋保胤《よししげのやすたね》『日本往生極楽記』等を宋に伝えている。また、これらの流れを受けて入宋を志した僧に成尋《じょうじん》（一〇一一～一〇八一）がおり、彼は、延久四（一〇七二）年に入宋し、天台山や五台山を巡礼し、また、その折には神宗《しんそう》（一〇四八～一〇八五）に謁見し、祈雨法を修して善慧大師の号を賜わるなど、その時の旅行記が『参天台五台山記《さんてんだいごだいさんき》』八巻として伝わっている。

史料的価値・文体的特徴　これらの資料は、いずれも単なる個人的な旅日記として記録されたものではなく、求法のためや、前述の寂照のように、公的な外交交渉の代わり（遣唐使廃止による公的交渉の途絶）に僧の立場で外交的視察（宋の情報入手）を行なう側面も存したため、現存せずとも、各僧侶達による入唐・入宋に際しての記録が存したものと考えられる。また、後の

翌年、請来した釈迦像が京都上品蓮台寺に安置された。同年法橋に任じられ、永祚元（九八九）年から三年間東大寺別当を務める。奝然が請来した釈迦如来立像は、奝然没後に愛宕山麓の清凉寺に安置された。

王年代紀　日本の天皇の系譜や各天皇の治世における主要な出来事（仏教に関わる事績等）や地誌等について記述された記録。宋史日本伝に引用されたものによって内容を確認できる。ただし、全文の引用であるかは不明。

天台山　中国三大霊山の一つ。仏教との関係では、天台智顗（五三八～五九七）が太建七（五七五）年からこの天台山に登って天台教学を確立した。天台宗の開祖最澄もこの天台山国清寺の道邃から教えを受けている。

五台山　中国三大霊山の一つ。北魏（三八六～五三四）の時期に大浮図寺と呼ばれる寺が建立され、それ以後、多数の山岳寺院が建立される。この五台山は文殊菩薩の聖地として日本においても注目されており、院政期の今様集『梁塵秘抄』にも謡われている。

宋版一切経　一切経とは、漢文に訳された仏教聖典の総称で、漢訳大蔵経、略して、大蔵経・蔵経ともいう。宋版一切経は、宋代に出版された一切経をいう。その始めとしては、太宗の命によって雕造された版木（九七一～九八三）があり、唐代に作成された経典目録

僧侶達が中国に渡る際の参考資料ともなるものであったために、紀行文としての価値のみならず、当時における地誌や対外交流史の資料としての価値をも有した。さらには、例文10・3のように記載内容から日中間における文物の遣り取りも確認でき、当時の文化的な交流の実態に対しても注目すべきである。

また、始めにも述べた如く、当時の見聞録・地誌の記録として歴史書や伝記とも通じ、合わせて、日記としての形式をそのまま踏襲するものもあるため、紀行文の文体としては、史書や伝記、日記（古記録）の文体との共通性という視点からも考える必要がある。例えば、例文10・3の「竟夜《よもすがら》」は、古記録の中で多用され、日本漢文においては、記録語（古記録に多く見られ、その文体指標とされる語）の一つとされるものを含んでいる。なお、渡海の紀行・日記という点では、古記録だけでなく、『土左日記』とも通ずる表現や内容のあることにも注目できる。

○十七日、曇れる雲なくなりて曉月夜いとおもしろければ、船を出して漕ぎ行く。（『土左日記』）

○二十二日卯時、得《テ》二艮風《ヲ》一進発。更《ニ》不レ覓《メ》レ澳《いりうみヲ》、投《ジテ》二夜暗《ニ》一行《ク》。（『入唐求法巡礼行記』）

○廿五日、檝取らの北風あしといへば、船いださず。（『土左日記』）

○十七日夜半、得《テ》二嵐風《ヲ》一、上《ゲテ》レ帆《ヲ》、揺《ガシテ》レ艫行《ク》。巳時到《ル》二志賀島《ノ》東海《ニ》一。為《ニ》レ無《キガ》二信風一、五個日停宿《ス》矣。（『入唐求法巡礼行記』）

『開元（釈経目）録』に示される一〇七六部五〇四八巻からなる。これに基づいて印刷されたものを蜀版大蔵経（開宝蔵版・北宋勅版との名称もある）という。奝然が将来したものはこれに当たる。宋版はこれ以降にも諸種の印刷が存するが、いずれも、日本における仏教テキストとして、また、漢字字体に対する規範意識等、様々な分野に大きな影響を与えている。

唐決　教義上の疑問を入唐僧に托して中国へ送り、中国の学僧に教示回答してもらうこと。

藤原道長の依頼　藤原道長の日記『御堂関白記』によれば、「十四日、癸卯、入唐寂昭（照）弟子念救入京後初来、志摺本文集幷天台山図等、召前問案内、有所申事、」とあり、摺（印刷）本の『白氏文集』・『天台山図』が寂照の弟子から献上されたことが確認できる。

成尋　平安時代中期の天台僧。父は陸奥守藤原実方の子貞叙。成尋は帰国することなく宋で没しており、この成尋との生別を悲しむ母親の心情が歌集『成尋阿闍梨母集』（二巻。延久五（一〇七三）年頃成立）に記される。

《参考》当時の対外交渉
上川通夫「北宋・遼の成立と日本」（『岩波講座　日本歴史5　古代5』二〇一五年、岩波書店）

例文10・1　「伊吉連博徳書」　（『日本書紀』斉明天皇五年七月条）

同《ジキ》天皇之世ニ、小錦下坂合部《さかいべの》石布《いはすき》連・大山下津守吉祥連等ガ二船、奉《つかは》サル二使呉唐ノ之路ニ一。以テ二己未ノ年七月三日ヲ一発スレ自リ二難波三津之浦一。八月十一日発スレ自リ二筑紫大津ノ之浦一。九月十三日、行キテ到リ二百済南畔ノ之嶋ニ一、島ノ名ハ毋《ず》二分明ナラ一。以テ二十四日ノ寅ノ時ヲ一、二船相ヒ従ヒテ放二出ス大海ニ一。十五日ノ日入ノ之時、石布連ノ船、横ニ遭ヒテ二逆風ニ一、漂二到ス南海ノ之島ニ一。島ノ名ハ爾《に》加《か》委《ゐ》。仍チ為ニ二島人ノ一所《ら》ルレ滅セ。便チ東漢長直阿利麻・坂合部連稲積等五人、盗ミ二乗リテ島人ノ之船ヲ一、逃ゲテ到ル二括州ニ一。州県ノ官人、送リテ到ル二洛陽ノ之京ニ一。十六日ノ夜半ノ之時、吉祥連ノ船、行キテ到ル二越州ノ会稽県ノ須岸山ニ一。東北ノ風、風太《はなはだ》急《はや》シ。

例文10・1　『日本書記』「伊吉連博徳書」

坂合部石布　第四次遣唐大使。姓は連、冠位は小錦下。第一船に乗るも爾加委島で殺害された。

津守吉祥　第四次遣唐副使。姓は連、冠位は大山下。第二船に乗り、無事に高宗との謁見を果たす。

筑紫大津之浦　今の博多。

東漢長直阿利麻・坂合部連稲積　坂合部石布と共に第一船に乗るも、爾加委島での難を逃れ、洛陽に到る。

括州　唐・江南道の一部。現在の浙江省麗水。

例文10・2　『続日本紀』巻二十四　天平宝字七年五月六日条

五月戊申。大和上鑑真物化《ス》。和上《ハ》者揚州龍興寺《ノ》之大徳《ナリ》也。博《ク》渉《リ》二経論《ニ》一、尤《モ》精《シ》二戒律《ニ》一、江淮《ノ》之間、独《リ》為《ル》二化主《ト》一。天宝二載、留学《ノ》僧栄叡・業行等、白《シテ》二和上《ニ》一曰《ハク》、「仏法東流《シテ》、至《レリ》二於本国《ニ》一。雖《モ》レ有《リト》二其《ノ》教一、無《シ》二人《ノ》伝授《スルコト》一。幸《ニ》願《クハ》、和上東遊《シテ》、興《サレムコトヲ》レ化《ヲ》。」辞旨懇《ニ》至《テ》諮請《シテ》不レ息《マ》。乃《チ》於《テ》二揚州《ニ》一買《ヒ》レ船《ヲ》入《ル》レ海《ニ》。而《ルニ》中途《ニシテ》風《ニ》漂《ヒテ》船被《レヌ》二打破《チラ》一。和上一心《ニ》念仏《シ》、人皆頼《ミテ》レ之《ヲ》免《ル》レ死《ヲ》。至《リテ》二於七載《ニ》一、更《ニ》復《タ》渡海《ス》。亦《タ》遭《ヒテ》二風浪《ニ》一、漂二着《ス》日南《ニ》一。時《ニ》栄叡物故《シ》、和上悲泣《シテ》失《ス》レ明《ヲ》。

例文10・2　『続日本紀』巻二十四「鑑真和上伝」一部を淡海三船『唐大和上東征伝』によるものの、大部分の逸話を他の史料による。

五月戊申　天平宝字七（七六三）年五月六日。

揚州龍興寺　今の江蘇省揚州市の主要な寺院。鑑真は、大雲寺、竜興寺、大明寺と移動している。

経論　経典と注釈書のこと。

江淮之間　長江と淮水との間の地域。

化主　仏のこと。転じて高僧をさす。

天宝二載　中国・天宝二年（天平一五（七四三）年）。

栄叡　もと興福寺僧。七三三年に入唐。鑑真と共に日本への渡航を試みるが海難の末に没す。

業行　本条以外では「普照」として記載。同人別号か未詳。東大寺僧。栄叡とともに入唐し行動を共にする。栄叡の没後に鑑真と共に帰国する。

興化　教化を盛んにすること。

辞旨　言葉と主旨のこと。

諮請　請願すること。

天宝七載　中国・天宝七年（天平二十（七四八）年）六月二十七日に出帆した第五次の渡日計画のこと。

日南　現在のベトナムのこと。

例文10・3　『入唐求法巡礼行記』　六月二十四日条

二十四日、望二見《セリ》第四舶《ガ》在《リテ》レ前《ニ》去《ゆくヲ》一、与《と》二第一舶一相去《ルコト》三十里許《ばかりニシテ》、遥《ニ》西方《ニ》去《ケリ》。大使《ハ》始《メテ》画《キ》二観音菩薩《ヲ》一、請益・留学《ノ》法師等《ハ》、相共《ニ》読経《シテ》誓祈《ス》。亥《ノ》時、火信相《ヒ》通《ジテ》、其《ノ》貌《さまハ》如《シ》レ星《ノ》。至《リテ》レ暁《ニ》不レ見《エ》。雖《モ》レ有《リト》二艮巽《ヨリ》風《ハ》変《ルコト》一、而《モ》無《シ》漂遷《ノ》之驚一。大竹・蘆根・烏賊・貝等《ハ》随《ヒテ》レ瀾《おほなみニ》而流《ル》。下《シテ》レ鈎《ヲ》取《リテ》看《レバ》、或《ハ》生《キ》或《ハ》枯《レタリ》。海色《ハ》浅緑《ナレバ》、人《ハ》咸《みな》謂《おもへり》レ近《シト》二陸地一矣。申《ノ》時、大魚随《ヒテ》レ船《ニ》遊行《ス》。

二十七日、平鉄《ハ》為《ニ》レ波《ノ》所《れテ》レ衝《つか》、悉《ク》脱落《セリ》。疲烏信宿《シテ》不レ去《ラ》。或《ル》時《ハ》西《ニ》飛《ブモノ》二三、又更《ニ》還《リ》居《ル》。如《クスルコト》レ斯《かくノ》数度《ナリ》。海《ノ》色《ハ》白緑《トナレリ》。竟夜《よもすがら》令《しムルニ》下人《ヲシテ》登《リテ》二桅子《ニ》一見《セ》中山島《ヲ》上、悉《ク》称《ス》レ不《ずト》レ見《へ》。

例文10・4　『参天台五台山記』　熙寧六年二月一日条

二月一日乙亥天晴。喫《スル》レ粥之後、崇梵大師《ト》、慈済

例文10・3『入唐求法巡礼行記』

三十里　当時、一里は約四五四・四メートル。

請益・留学法師　短期入唐研究僧を請益僧、長期入唐僧を留学僧という。

火信　火縄・松明等の発火信号のこと。

平鐵　船体の重要部を保護するための平板の鉄片のこと。

信宿　重宿・再宿のこと。

桅子　帆柱のこと。

例文10・4『参天台五台山記』

喫　食べる・飲む等の意味。

崇梵《すうぼん》大師　明遠。鎌倉期の僧伝集『三論祖師伝』覚樹の項に「于時方旗日域、名達震旦、崇梵大師送仏舎利八十顆、以統眕国（法信）云」とあり、また、近世の『本朝高僧伝』に「名翼遥翔、宋朝賜紫崇梵大師、寄贈書簡井仏舎利八十粒、以統法信」と有る人物と同じ。東大寺東南院院主覚樹（一〇八一～一一三九）の声望が宋にまで伝わっており、この崇梵大師明遠が日本に仏舎利（仏の遺骨）と書状を送ったとされる。

慈済大師　智攽。宋に渡来したインド僧日称の元で経典の翻訳に従事した。

朝拝　道教では、二月一日に天正節という儀式が行われており、それに伴うものと考えられる。群臣が皇帝に対して礼を行なう儀

大師来喫茶畢。今日朝拝、諸大師互以向房々。依員参向、依員来坐了。斎時、梵才三蔵送茎《くき》立《たち》九坏。梵名大師為喫茶請、即行向喫茶了。申時、以入内々侍東頭供奉官張士良為使臣、下賜被志献日本皇帝、金泥法華経、錦廿疋。物色《しなじな》如右。

金書法花経七巻

用金鍍銀起突級通裏釘子装経匣一具

盛克絲表鎖金裏経帙子并金複金

（中略）

依日及晩不《ず》進受領表、来日可賜使由申了。院内諸大師、司家等来見感々。七時行法了。経二、三。

式。

依員　グループ毎に。

梵才三蔵　慧詢。中国常州の人か。天台の学匠であり、経典の翻訳に功績があった。

茎立　スズナ、大根、カブ等の茎の立つ菜。

張士良　神宗から哲宗の時代に活躍した内臣。外交使節接待に得意であったとされる。

金泥法華経　金字書写の『妙法蓮華経』。

用金鍍銀　鍍金はメッキをすること。

起突級通裏釘子　金銀をちりばめ突起模様にしたもので裏打ちされた釘《くぎ》子の飾り。

経匣《きょうこう》　経典を入れる箱。

克絲　良質の糸のこと。

鎖金　鎖帷子のように金箔と接着剤を用いた布や衣類、皮革等の装飾技法。

金複金　金板を重ね打ちしたもの。

司家　院（寺の内部の建物で、その境界が塀等によって明確に仕切られ、相続・継承されたもの）の庶務を司る役職をいう。

第11章　古記録・公家日記

原　裕

「記録」「日記」とは　歴史的文献資料の類別において、ある内容を著作物の形で広く一般に披露するために書かれた「典籍」や特定の宛先に向けて自身の意思や用件を伝えるために発給する「文書」に対して、主に自身の備忘のために何らかの情報を書き留めたものを「記録」という。一方、「日記」は、本来「日（＝事実）記」の意で、ある事柄の顚末を将来の参照に備えて書き留めたものをいう語であり、広義には、特定の出来事の概要を記録した報告書や罪人の尋問記録などをも含めていうものであるが、現在に伝存する「日記」の大半は、特定の個人や機関が日々の出来事や行事について日次を追って書き継いでいったいわゆる日誌に類したものであり、あるいは、そうしたものをさして「(古) 記録」と称することも多い。日々の記録を日記として書き留めた例は既に奈良時代には認められるが（天平十八年の具注暦《ぐちゅうれき》）、その重要性が急激に高まり、現在に多くの遺存例を伝えるのは、国史編纂の途絶えた平安中期以降のことである。なお、日記は記録主体（記主）の立場により、「公日記」と「私日記」とに大別される。

「具注暦記」と「別記」　日記執筆のことは、藤原師輔《もろすけ》が日常生活の作法、宮廷出仕の心得等を記した『九条殿《くじょうどの》御遺誡《ごゆいかい》』にも見えるが、それによれば、日記の執筆は起床後すぐに、その日の吉凶や予定を暦によって確認する際、

公日記　宮中において作成された公的記録としての「公日記」には、天皇の動静を記録した「内記《ないき》日記」（職員令・外記職掌）や職務内容に関する公的記録である「外記《げき》日記」（弘仁六年正月二十三日宣旨）、また宮中での出来事を六位蔵人が当番制で記した「殿上《てんじょう》日記」（侍中群要《じちゅうぐんよう》・毎日日記付書様）等があったことが知られているが、現在それらは、諸書に残る逸文《いつぶん》として内容のごく一部が知られるに過ぎない。個人によって書かれた日記の中で、半ば公的な記録ともいうべき性格のものとして、歴代天皇による宸記がある。国史編纂の中絶した平安中期以降の天皇は多く日記を書き残したものと見られ、いわゆる『三代御記《さんだいぎょき》』（宇多・醍醐・村上）の他にも一条、後朱雀、後三条らの宸記の存在も知られている。ただしそれらも一部を除いて伝わらず、各書に引かれた逸文によってその内容を窺い知ることができるのみである。

私日記　当時作成された日記は相当な数に上るが、そのほとんどが公卿以下の官人らによって記録されたいわゆる「私日記」である。当時の日記は日常の私事や世上の見聞等だけ

併せて前日の記録を暦面に書き付ける形で行われていたようである（ⓐ）。

・先《ヅ》起《キテ》称《となフルコト》二属星《ノ》名号《ヲ》一七遍。（中略）次《ニ》取《リ》レ鏡《ヲ》見《ル》レ面《ヲ》。ⓐ次《ニ》見《テ》レ暦《ヲ》知二日《ノ》吉凶《ヲ》一。（中略）次《ニ》記《ス》二昨日《ノ》事《ヲ》一（事《ノ》多《キ》日《ハ》日《ノ》中《ニ》可《シ》レ記《ス》レ之《ヲ》。）

・夙《つとニ》興《キ》照《シテ》レ鏡《ニ》先《ヅ》窺《フ》二形体《ノ》変《ヲ》一、次《ニ》見《テ》二暦書《ヲ》一可《シ》レ知《ル》二日之吉凶《ヲ》一。年中《ノ》行事《ハ》略《おほよそニ》注《シ》二付《ケ》件《ノ》暦《ニ》一、毎《ニ》レ日視《ヨ》レ之《ヲ》。次《ニ》先《ニ》知《リテ》二其《ノ》事《ヲ》一兼《テ》以《テ》用意《セヨ》。ⓐ又昨日《ノ》公事《ノ》若《ごとキハ》二私《ニ》不《ル》レ得レ心事等《ノ》一、為《ニ》レ備《ヘンガ》二忽忘《ニ》一、又聊《いささか》可《シ》レ注《シ》二付《ク》件《ノ》暦《ニ》一。ⓑ但其《ノ》中《ノ》要枢《ノ》公事、及《ビ》君父所在事等《ハ》、別《ニ》以《テ》記《シ》レ之《ヲ》可《シ》レ備《フ》二後鑑《ニ》一。

当時の貴族が用いた暦は、暦日の下にその日の吉凶・禁忌などを詳しく注記した巻子本の暦書で、一般に「具注暦《ぐちゅうれき》」と呼ばれている。これは陰陽寮《おんようりょう》で作成され内外の諸司に頒布されていた「具注頒暦《ぐちゅうはんれき》」を書写したもので、当時の貴族は個人的に所要の料紙を都合し知故の陰陽寮官人のもとに送付して、個人用の暦書を作らせていたようである（『小右記《しょうゆうき》』・長和三・十）。彼らはこの暦に宮中での年中行事や職務に関する予定などを記入し日々参照していたが、それと共に各日条の行間に予め設けさせておいた三～四行分の空欄に日々の記録を書き継いでいった（ⓐ）。これを「具注暦記」（「日次記《ひなみき》」）というが、記入すべき事柄が多い際には、さらに暦の裏面を利用したり（「裏書」）巻子状の暦を切断し新たに料紙を貼り継いで紙幅を補ったりした。平安時代具注暦記の遺存例は極めて少ないが、『御堂関白記《みどうかんぱくき》』の具注暦記原

でなく、朝廷内の朝儀・公事や業務の内容を後日の参照を期して記録するといった公的性格を持っており（為二識者之輩一日記可レ尋二勘之一〔『貫首秘抄』〕）、平安貴族の多くは強い義務感を持って日々の記録を書き残し、その閲覧・利用の便に供するための編修作業にも労を惜しまなかった。

平安時代公家日記目録抄　以下に平安時代以前に成立した公家日記のうち、主要なものを掲げ「㋐記主㋑記載期間㋒鎌倉期以前書写の主要古写本㋓主な活字翻刻」を付記した。㋓の「大成」は増補史料大成、「記録」は大日本古記録、「纂集」は史料纂集をさす。個別の翻刻などには紙幅の関係から掲載しなかったものも多いが了解されたい。

『宇多天皇御記』　㋐宇多天皇㋑八八七～八九七㋓『三代御記逸文集成』・大成

『醍醐天皇宸記』　㋐醍醐天皇㋑八九七～九三〇㋒陽明文庫本（鎌倉時代写）㋓『三代御記逸文集成』・大成

『貞信公記抄』　㋐藤原忠平㋑九〇七～九四八㋒天理図書館本（鎌倉初期写）㋓記録

『吏部王記』　㋐重明親王㋑九二〇～九五三㋓纂集

『九暦抄』　㋐藤原師輔㋑九四七～九六〇㋒内閣文庫蔵秘閣図書本（書写年代未詳）㋓記録

本（陽明文庫）や『大府記《だいふき》』の原本（京都大学勧修寺《かじゅうじ》文庫）、『明月記《めいげつき》』の原本（時雨亭《しぐれてい》文庫）などが伝わっている。

一方、公家の日記には、右の具注暦記の他に、「別記」といわれるものが伝わっている。これは「要枢ノ公事」の内容について、具注暦記とは別に作成された詳細な記録で、従来は、一元的に作成された具注暦記から重要な朝儀・公事に関する記載を抜き出して作られたものと考えられていたが、少なからぬ日次記に「別記」「別紙」の参照を促す文言が見えることから（『貞信《ていしん》公記抄《こうきしょう》』・延喜九・正・十一、『九暦《きゅうれき》断簡』・天暦四・八・十、『権記《ごんき》』・長保二・八・四、『小右記』・永延元・四・二十九）、近年は具注暦記の執筆と並行して別途作成されたものと考えられるようになった（ⓑ）。長大なものでは一日の記事が一万字を超えることもあり（『九条殿記《くじょうでんき》』・天慶七・三・七「五月節」）、家司《けいし》・職司《しきじ》などに命じて作成させることも多かったと推測される（『殿暦《でんりゃく》』・康和五・三・十五）。平安時代の「別記」が単独で伝わる例は多くないが、藤原師輔の『九条殿記』や藤原頼長《よりなが》の『台記別記《たいきべっき》』（八巻）は具注暦記とは別に作成された別記を集成したものと考えられ、特に頼長の日次記である『台記』には、康治元年の大嘗会について、執筆に十日間を要したという「大嘗会日記」執筆に関する記事も見える。朝儀・公事に関するものではないが、藤原宗忠の『天仁二年熊野詣記《くまのもうでき》』なども『中右記《ちゅうゆうき》』に対する別記と見てよいだろう。

現在、平安公家日記の多くは、訂正・補入・抹消の跡が多く閲覧にも不便

『九条殿記』㋐藤原師輔㋑九三二～九五七㋒天理図書館本（承徳頃写）㋓記録

『九暦記』（『貞信公教命』）㋐藤原忠平談・藤原師輔筆録㋑九三六～九四四㋒陽明文庫蔵「九暦記」（平安末期写）㋓記録

『村上天皇御記』㋐村上天皇㋑九五〇～九六七㋒陽明文庫本（鎌倉時代写）㋓『三代御記逸文集成』・大成

『小右記』㋐藤原実資㋑九八二～一〇三二㋒書陵部蔵柳原家旧蔵伝実資自筆断簡（平安後期写、長元三年六月後半）、尊経閣文庫・書陵部蔵九条家旧蔵本（平安後期・鎌倉初期写）他㋓記録

『権記』㋐藤原行成㋑九九一～一〇一一㋒書陵部蔵伏見宮家旧蔵本（鎌倉初期写か）他㋓大成・纂集（続刊）

『御堂関白記』㋐藤原道長㋑九九八～一〇二一㋒陽明文庫蔵自筆本、陽明文庫蔵古写本（院政期写、藤原師実他筆か）㋓記録

『左経記』㋐源経頼㋑一〇一六～一〇三六㋒守屋美孝所蔵本他㋓大成

『春記』㋐藤原資房㋑一〇二六～一〇五四㋒書陵部他蔵東寺旧蔵本（平安末期写）、尊経閣文庫蔵三条西家旧蔵本（藤原俊成筆）、書陵部蔵九条家旧蔵本（鎌倉前期写）他㋓大成

『水左記』㋐源俊房㋑一〇六二～一一〇八㋒書陵部蔵伏見宮家旧蔵本・書陵部蔵柳原家旧

である具注暦記や単行の別記・別紙としてではなく、それらが記主本人やその子孫によって整理・書写された冊子体の写本として伝来している。『御堂関白記』にも内容・言辞共に整備された院政期古写本が作成されており、記主本人による後年の清書の例としては、藤原定家《さだいえ》本人が家人を指揮して行った『明月記』清書事業が知られている。それにつき、日記の整理・清書に際して、本来別途に作成されていた具注暦記と別記とを統合したものかと見られるものに、平親信《ちかのぶ》の『親信卿記《ちかのぶきょうき》』（四巻）がある。『親信卿記』には同一日に二か条以上の記事が重複する箇所や同一内容に関する記事が日付にかまわず合載された箇所が多く見られ、もともと並行して付けられていた具注暦記と別記との内容を、後年統合しようとしたものと推定されているのである。こうした同一日の記事重複や日次錯簡の例は『小右記』や『権記』などにも見え、特に後者の寛弘六年五月一日（上野勅旨《こうずけちょくし》駒牽《こまびき》）の重複記事において二条目のそれに「別記也」と注記されている点などを見れば、それらもまた具注暦記と別記とを統合する過程において生じたものと考えられているのである。他にも、『民経記《みんけいき》』のように具注暦に記入された日次記と冊子体の日次記とが並行して作成された例もあって、平安公家日記の執筆・整理の複雑な過程については、今後の解明に俟つべき部分が多く残されている。

「部類記」の作成　平安中期以降、日記の記述は次第に詳細なものとなりその蓄積も膨大なものとなって、その中から必要に応じて情報を検索することが困難となった。そのため記主本人を含む日記の利用者たちは、日記本文に

蔵本・尊経閣文庫蔵本（いずれも自筆本）㋓大成

『帥記』 ㋐源経信㋑一〇六五～一〇八八㋒書陵部蔵九条家旧蔵本（鎌倉初期写）㋓大成

『江記』 ㋐大江匡房㋑一〇六五～一一〇八㋓「江記逸文集成」

『為房卿記』（『大御記』・『大府記』） ㋐藤原為房㋑一〇七〇～一一一四㋒京都大学文学部博物館蔵勧修寺家旧蔵本（「暦記」一巻、自筆本）、同蔵勧修寺家旧蔵本（五巻、坊城俊定写）、陽明文庫蔵「大府記」（一巻、坊城俊定写）他㋓歴代残闕日記

『時範記』 ㋐平時範㋑一〇七七～一〇九九㋒書陵部蔵九条家旧蔵本（鎌倉期写）㋓「書陵部紀要」14・17・32・38号

『後二条師通記』 ㋐藤原師通㋑一〇八三～一〇九九㋒陽明文庫蔵「寛治七年二月廿二日立后事」（自筆本）、陽明文庫本（仁平元年頃写）㋓記録

『中右記』 ㋐藤原宗忠㋑一〇八七～一一三八㋒陽明文庫本（二十三巻、鎌倉初期写）、書陵部蔵九条家旧蔵本（嘉保元年春夏秋、鎌倉期写）、書陵部蔵柳原家旧蔵本（天仁二年冬、鎌倉初期写）他㋓記録（続刊）・大成

『長秋記』 ㋐源師時㋑一〇八七～一一三六㋒東山御文庫・時雨亭文庫蔵藤原定家他筆本（二十六巻、鎌倉初期写）他㋓大成

標目を首書したり（『玉葉《ぎょくよう》』・承安四・五・五）、日記記事の要目を採って目録を作成したりする（『小右記目録』『中右記目録』）などして記事検索の効率化を図ったが、中でも盛行したのが「部類記《ぶるいき》」の作成である。「部類記」とは、対象とする本記から単一ないし複数の項目に関わる記事を抄出類聚したもので、その編修方針によって、（1）単一の記録から（1a）単一の事項について抜き出したもの、（1b）複数の事項について抜き出したもの、（2）複数の記録から（2a）単一の事項について抜き出したもの、（2b）複数の事項について抜き出したものの四類に分類される。藤原師輔の暦記・別記を編修したものと見られる『九条殿記』や藤原宗忠《むねただ》の『中右記』を記主本人が部類編修した『中右記部類』などが（1b）の典型例であるが、平安中後期に作成された部類記の大半はこの（1b）型の部類記であったと見られ、他にも醍醐御記や後三条御記を部類した『延喜御記抄《えんぎぎょきしょう》』『後三条院御記類聚』、重明親王『吏部王記《りほうおうき》』や藤原教通『二東記《にとうき》』の部類記などの存在したことが知られている。なかでも藤原公任《きんとう》が祖父藤原実頼《さねより》の『二水記《にすいき》』原本を裁断・部類して散逸させてしまった逸話はよく知られたものであるが（『小右記』・寛仁四・八・十八）、この時代の部類記作成のほとんどは編者の父祖あるいは編者自身の記録を対象として行われたもので、そこには日記を自家に秘蔵し他見を許さない風潮（他家日記ハ全無益也〔『中外抄《ちゅうがいしょう》』上〕）からの影響があったとも推測されている。この時期の（1a）型部類記として知られるものは多くないが、部類を前提として記録されていたとも考えられる『外記日記』

『殿暦』 ㋐藤原忠実㋑一〇九八～一一一八㋒陽明文庫本（二十二冊、文永四年頃近衛基平他筆）㋓記録

『永昌記』 ㋐藤原為経㋑一〇九九～一一二九㋒陽明文庫他蔵勧修寺家旧蔵本（承安二年写）㋓大成

『法性寺殿御記』 ㋐藤原忠通㋑一一一九～一一二五㋒宮内庁書陵部蔵「天治二年九月別記」（自筆本）・書陵部蔵九条家旧蔵本（三巻、平安末期写）㋓『九条家歴世記録一（図書寮叢刊）』

『知信朝臣記』 ㋐平知信㋑一一三二～一一七一㋒京都大学附属図書館本（平安末期写）㋓大成

『兵範記』 ㋐平信範㋑一一三二～一一七一㋒陽明文庫蔵自筆清書本㋓大成

『台記』 ㋐藤原頼長㋑一一三六～一一五五㋒書陵部蔵九条家旧蔵本（鎌倉期写）、書陵部蔵伏見宮家旧蔵本（鎌倉期・南北朝期写）、史料編纂所本（鎌倉期写）他㋓纂集（続刊）・大成

『清原重憲記』 ㋐清原重憲㋑一一四四～一一四五㋒書陵部蔵伏見宮家旧蔵本（鎌倉期写）

『山槐記』 ㋐山中忠親㋑一一五一～一一九四㋒書陵部蔵伏見宮家旧蔵本（一巻、鎌倉期写）、筑波大学附属図書館本（三十冊、応永三十二年写）㋓大成・『（神戸大学）史学年報

から類聚された（1a）型部類記の存在が知られる他、『左経記』から天皇以下の死去・葬送の記事を類聚した『類聚雑例《るいじゅうざつれい》』や、『中右記部類』から分離独立したものと見られる『中右記仏事部類《ちゅうゆうきぶつじぶるい》』などがある。中世以降、蓄積される記事が膨大なものとなるに従って、単一事項について類聚する（1a）型部類記の作成が盛行することになるが、それと共に盛んに作成されたのが、複数の記録を収集し単一の事項について類聚した（2a）型の部類記である。これは天皇の元服・即位や立后・立坊、また葬礼の儀など、数年に一度しか行われず単一の記録には十分な例を求めえない事項について、他家の記録なども広く閲覧して部類したことに始まったものと見え、朝儀の復興に力を注いだ藤原頼長によって『入内旧記部類』『御元服旧記部類』『列見考定抄《れっけんこうじょうしょう》』といった（2a）型部類記や譲位・大嘗会について諸家に伝わる記録類を類聚した書が作成されたことが知られている。この種の部類記を作成することは中世以降ますます盛んとなり、『東宮御元服部類記《とうぐうごげんぷくぶるいき》』『御産部類記《ぎょさんぶるいき》』『仙洞御《せんとうおん》移徙部類記《わたましぶるいき》』『諸院宮御移徙部類記《しょいんぐうおんわたましぶるいき》』等、多くの（2a）型部類記が作成されることとなった。こうした部類記はいずれも中世以降に成立したものであるが、その素材には多くの平安公家日記の記事が含まれており、現在は失われてしまった平安公家日記の多くの逸文を求めることができるという意味においても、史料的価値の非常に高いものである。

22』

『顕広王記』㋐顕広王㋑一一六一～一一七八㋒国立歴史民俗学博物館蔵自筆本㋓『伯家記録考』・続大成

『玉葉』㋐九条兼実㋑一一六四～一二〇五㋒書陵部蔵九条家旧蔵本（五十冊、鎌倉初期写）、時雨亭文庫蔵「仁安東宮御書始御記」（藤原定家筆）㋓『九条家本玉葉（第一～十四）』（図書寮叢刊）・『玉葉（第一～第三）』

『吉記』㋐勘解由小路経房㋑一一六六～一一九一㋒国立歴史民俗博物館蔵広橋家旧蔵「吉部秘訓抄（巻第一・四）」（鎌倉期写）、書陵部蔵「吉部秘訓抄（巻第五）」（鎌倉期写）他㋓『新訂吉記』本文編（一～三）・大成

『愚昧記』㋐藤原実房㋑一一六六～一一九五㋒史料編纂所本（七巻、自筆本）、国立歴史民俗博物館本（一巻、自筆本）、陽明文庫本（一巻、自筆本）他㋓記録

『明月記』㋐藤原定家㋑一一八〇～一二三五㋒時雨亭文庫他分蔵藤原定家自筆本、史料編纂所蔵徳大寺家旧蔵本（嘉永二年以前写）他㋓纂集（続刊）、『明月記（第一～第三）』、『『明月記』原本断簡集成』（『明月記研究提要』）

例文11・1　『小右記』長徳三年七月五日

今日大臣召云々《アリ》。有レ所《リテ》レ思《フ》不二参入《セ》一、（中略）大外記致時朝臣宣命案内《ノ》告《ゲ》ニ送《ル》之《ヲ》一。今日以《テ》二大納言藤原公季《ヲ》一為《ス》二内大臣《ト》一。以《テ》二中納言藤原道綱《ヲ》一為《ス》二大納言《ト》一。（中略）道綱去年任《ゼラル》二中納言《ニ》一。下官去《ル》長徳元年任《ゼラル》二中納言《ニ》一。而《ルニ》以《テ》二道綱《ヲ》一被《ルル》二抽任《セ》一之故、未《ダ》レ得二其《ノ》心《ヲ》一。若《もシハ》以《テ》二外舅并《ビニ》大将《タルヲ》一所レ被《ルル》レ抽《セ》歟。延喜《ノ》聖主以《テ》二定国《ヲ》一大将、外舅不レ被《レ》レ越《エ》二国経《ヲ》一。延喜・天暦等例、先日令《メ》二漏《レ》奏《セ》一了。已《ニ》被《ル》レ仰《セ》二知食《しろしめス》由《ヲ》一。只《ダ》依《リ》二次第《ニ》一有《リ》下可《キ》レ被《ル》レ任《ゼ》二懐忠一人《ヲ》一之気色上。而《ルニ》被《ル》レ加《ヘ》二道綱《ヲ》一。左僕射一日令《ム》レ奏《セ》下康保四年伊尹《ノ》越《エテ》二師氏《ヲ》一任《ゼラルル》二権大納言《ニ》一之例《ヲ》上。是《レ》村上先朝之例也者《てへれば》、極《メテ》所《ナリ》二驚駭《スル》一。村上先皇彼《ノ》年《ノ》五月廿五日《ニ》崩《ズ》。同年十二月以《テ》二伊尹《ヲ》一任《ズ》二権大納言《ニ》一。謂《ヘドモ》二年号《ニ》村上朝之年号《ヲ》一、除目者《は》冷泉院之除目《ナリ》。配《スル》レ代《ヲ》之□冷泉院《ノ》御

例文11・1『小右記』

大臣召　大臣を任命するための儀式。通常の除目と異なり兼宣旨による内示の後、宣命によって任官される。

大外記　外記局の上官。令制官。中務省内記の作成した詔書の考勘や太政官奏文の勘造にあたる他、朝儀・公事の奉行を補佐する。

致時朝臣　中原致時。中原有象の子息。

案内　文書の内容、あるいはその写し。

藤原公季　右大臣藤原師輔の十一男。閑院大臣と号し後の藤原北家閑院流の祖となった。

藤原道綱　摂政関白太政大臣藤原兼家の次男。母は『蜻蛉日記』の作者として名高い藤原倫寧女。正妻腹の異母兄弟である道隆・道兼・道長らに比べて昇進は大きく遅れた。任中納言は長徳二年四月。

下官　自称の代名詞。私。

抽任　序列を無視して抜擢すること。

延喜聖主　醍醐天皇。

次第　序列。

懐忠　大納言藤原元方の九男。任中納言は長徳元年六月。

左僕射　左大臣の唐名。藤原道長。

伊尹　一条摂政藤原伊尹。九条流の始祖である右大臣藤原師輔の嫡男。

師氏　藤原師氏。藤原忠平の四男。伊尹の父師輔の同母弟にあたる。

宇《ナルのみ》耳。牢籠之詞《ナリ》。万事推量《おしはかルニ》、用《キル》レ賢《キヲ》之世《ハ》、貴賤研精《ス》。而《シテ》近臣頻《しきりニ》執《リ》二国柄《ヲ》一、母后又専《もっぱらニス》二朝事《ヲ》一。無《キ》レ縁之身処《スルニ》何為《いかんセンや》乎。又令《ム》レ勘二奏《セ》良相《ノ》例《ヲ》一云々。彼《ノ》間《ノ》事《ハ》人不二敢《テ》知《ラ》一。文徳天皇《ノ》代也。算《かぞフルニ》二年紀《ヲ》一百四五十年《ナリ》。又彼《ハ》賢能《ノ》人也。抽《ク》レ賢《ヲ》之世歟。延喜《ノ》聖代以《テ》二貞信公《ヲ》一被《ル》二抽任《セ》一也。又抽《キ》レ賢《ヲ》用《キル》レ能《ヲ》之時也。今以《テ》二彼《ノ》例《ヲ》一被《ルルハ》レ抽《セ》二道綱《ヲ》一、未《ダ》レ知《ラ》二其《ノ》理《ヲ》一。僅《ニ》書《クモ》二名字《ヲ》一、不《ル》レ知《ラ》二一二《ヲ》一者也。又勘《ジテ》二上古《ノ》例《ヲ》一可《ケレ》レ被レ行《ハ》者《ば》、以《テ》二法師《ヲ》一任《ジ》二大臣《ニ》一可《キ》レ為《ス》二大納言《ト》一歟《か》。豈《ニ》為《ン》二能《ク》例《ト》一乎《や》。

例文11・2　『権記』寛弘八年五月二十七日

候《ス》二御前《ニ》一。仰《セテ》云《ハク》、「可《キ》二譲位《ス》一之由一《いち》定《ぢやう》已《ニ》成《リヌ》。一親王事可《キ》二如《い》何《かニスかト》一哉。」即《チ》奏《シテ》云《ハク》、「此《ノ》皇子事、所二思食《おぼしめシ》嘆《ク》一尤《モ》可《シ》レ然《ル》。抑《モ》忠仁公《ハ》寛大《ノ》長者也。昔水尾（清和）天皇者文徳天皇《ノ》第四子也。天皇《ノ》愛姫《タル》紀氏《ノ》所《ノ》レ産《ム》第一皇子《ヲ》、依《リテ》二其《ノ》

牢籠　混乱しているさま。手前勝手で根拠に乏しいさま。

良相例　良相は左大臣藤原冬嗣の五男。文徳天皇の外叔父として官位は正二位右大臣に至った。「良相例」とは、仁寿元年、先に参議に任官していた長兄藤原長良を越えて権中納言に任ぜられたことをさすか。

以法師任大臣　孝謙上皇の侍僧としてその寵を受けた弓削道鏡が、藤原仲麻呂の乱の後、太政大臣禅師に任ぜられた例をさす。

例文11・2『権記』

一親王　一条天皇第一皇子敦康親王。外祖父関白道隆、生母皇后定子、外舅伊周の没後は中宮彰子のもとで養育されていた。

忠仁公　藤原良房。娘である文徳天皇女御明子の生んだ惟仁親王（清和天皇）を生後八か月で立太子させ、その即位後人臣初の摂政に任ぜられた。

愛姫紀氏　文徳天皇更衣静子。紀名虎の娘。

第一皇子　惟喬親王。文徳天皇第一皇子。母の出自の低さと、藤原良房の反対を危惧した源信の諫言とにより、立太子を阻まれた。

第四皇子　惟仁親王（清和天皇）。

儲弐　天皇など貴人の世継ぎ。

丞相　左大臣の唐名。

仁和先帝　光孝天皇。仁明天皇第三皇子。姪

母《ノ》愛《ニ》一亦《タ》被二優寵《セ》一。帝有《リ》下以《テ》二正嫡《ヲ》一令レ嗣《ムルつガ》二皇統《ヲ》一之志上。然《レドモ》而第四皇子以《テ》二外祖父忠仁公《ノ》朝家《ノ》重臣《タル》之故《ヲ》一、遂《ニ》得《う》レ為《ルヲ》二儲弐一。今左大臣（藤原道長）者亦《タ》当今《ノ》重臣外戚其《ノ》人也。今以二外孫《ノ》第二皇子《ヲ》一定《メテ》応《キハ》レ欲《ス》レ為《サント》二儲宮《ト》一、尤《モ》可《キ》レ然《ル》也。今聖上雖《モ》レ欲《スト》二以《テ》レ嫡《ヲ》為《サント》レ儲《ト》、丞相未《ダ》二必《ズシモ》早《ク》承引《セ》一。当《ニ》《クハ》レ有《ル》二御悩一、時代忽《チ》変《ジ》レ事《ヲ》若《もシハ》嗷々《トセン》。如《キハ》下不《ル》レ得二弓矢《ヲ》一之者《ノ》上、於議《スルニ》無《シ》レ益。徒《ニ》不レ可《カラ》レ令《ム》レ労《はたらカ》二神襟《ヲ》一。仁和先帝依《リ》レ有《ルニ》二皇運一、雖《モ》レ及《ブト》二老年《ニ》一遂《ニ》登《ル》二帝位《ニ》一。恒貞親王始《メ》備《ヘラルルモ》二儲弐《ニ》一、終《ニ》被二棄《テ》置《カ》一。前代《ノ》得失略《ほボ》以《テ》如《シ》レ比《クノ》。如《キ》レ此《クノ》大事《ハ》只《ダ》任《セ》二宗廟社稷之神《ニ》一、非《ル》二敢《ヘテ》人力之所《ニ》レ及《ブ》者也。但《シ》此《ノ》皇子《ハ》故皇后宮《ノ》外戚高氏《ノ》之先、依《リテ》三斎宮事為《ルニ》二其《ノ》後胤之者一、皆以《ヲ》不《ル》レ和《セ》也。今為《ニ》二皇子《ノ》一非《ズ》レ無《キニ》レ所レ怖《ルル》。能《ク》可《シ》レ被《ル》レ祈二謝《セ》大神宮《ニ》一。猶《ホ》有《ラバ》二愛憐之御意一、給《ヒ》二年官年爵并《ビニ》年給《ノ》受領之吏等《ヲ》一、令《メバ》三一両《ノ》宮臣《ヲシテ》得二恪勤之便《ヲ》一、是《レ》上計也」者《てへり》。是《レ》亦《タ》自《より》二去《ンヌル》春一一両年来毎《ニ》レ有《ル》二擁容一、所《ニシテ》レ被《ルル》レ仰《セ》、亦《タ》所《ノ》二上

孫である陽成天皇が廃された後、摂政基経の推挙により五十五歳で即位した。

恒貞親王　淳和天皇第二皇子。従兄である仁明天皇の即位に際して立太子されたが承和の変により廃された。

故皇后宮　一条天皇皇后定子。中関白藤原道隆と東宮学士高階成忠女貴子の娘。

高氏　高階氏。長屋王の曾孫峯緒に始まる古代の氏族。伊勢権守であった峯緒は斎宮恬子内親王に近侍していた貞観八年、内親王が在原業平と密通して生んだ男子を引き取って息子茂範の養子（師尚）としたとの言い伝えがあり、以来高階氏の人は伊勢大神への参拝を控えるようになったとされる。一条天皇皇后定子の母貴子は高階成忠の娘であり、敦康親王は母系に高階氏の血を引いていた。

斎宮事　前項を参照。

年官年爵并年給受領之吏　年官は、古代の皇族・貴族が有した官職任命権。年爵は、治天の君および三宮等が有した叙位権。当時の院宮権門は自家の宮司・家司を要国の受領に中任する権利を有していた。いずれも給主が任料・叙料を得分とする封禄の一種であるが、院宮権門の宮司・家司、近親者にとっては「恪勤」への強い動機付けとしても機能した。

奏《スル》二之旨耳。

例文11・3　『小右記』寛仁二年十月十六日

今日以《テ》二女御藤原威子《ヲ》一立《ツル》二皇后《ニ》一之日也（前太政大臣《ノ》第三娘《ナリ》、一家立《ツルコト》二三后《ヲ》一、未《ダ》二曾《テ》有《ラ》一。）（中略）拝礼《シ》了《リテ》、次第《ニ》着《ス》二東《ノ》対《ニ》一。（中略）卿相・殿上人等絃歌《シ》、人々相応《ス》。堂上・地下糸竹《ニテ》同声《ス》。（中略）太閤招《キ》二呼《ビテ》下官《ヲ》一云《ハク》、「欲《ス》レ読《マント》二和歌《ヲ》一。必《ズ》可《シ》レ和《ス》」者《てへり》。答《ヘテ》云《ハク》、「何《ゾ》不《ラン》レ奉《ラ》レ和《シ》乎《やト》」。又云《ハク》、「誇《リ》たる歌になむ有る、但《シ》非《ズ》二宿構《ニ》一」者《てへり》。「此《ノ》世乎《を》ば我《ガ》世とぞ思《フ》望月乃《の》虧《かケ》たる事も無《シ》と思へバ」。余申《シテ》云《ハク》、「御歌優美也。無《シ》レ方《すべ》二酬答《スルニ》一。満座只《ダ》可《シ》レ誦《ス》二此《ノ》御歌《ヲ》一。元稹《ノ》菊詩、居易不《シテ》レ和《セ》、深《ク》賞嘆《シ》、終日吟詠《スト》」。諸卿響《シテ》二応余《ノ》言《ニ》一数度吟詠《ス》。太閤和解《シテ》、殊《ニ》不レ責《メ》レ和《スルヲ》。

恪勤　誠心誠意勤めること。
有雍容　貴人に対面を許されること。

例文11・3『小右記』
藤原威子　後一条天皇中宮。藤原道長と源倫子の娘。同年三月、女御として入内していた。
前太政大臣　藤原道長。
一家立三后　三后は、太皇太后・皇太后・皇后の総称。この時の太皇太后は一条天皇中宮彰子、皇太后は三条天皇中宮妍子で、いずれも藤原道長の娘であった。
和　他人の詩歌に和答・返歌をすること。
宿構　前もって用意した詩歌。
元稹　唐代中期の詩人・文人。白居易とは「元白」と称される程の仲であり、二人の間で贈答唱和（和答・応酬）した多くの詩作品を残した。
菊詩　元稹の菊詩としては元氏長慶集巻十六に載せる「菊花」が著名であり、その第三四句「不是花中偏愛菊、此花開尽更無花。」は、我が国においても『千載佳句』や『和漢朗詠集』に採られて人口に膾炙した。
居易　白楽天。中唐の詩人。自撰の詩文集『白氏文集』（七十五巻）が伝わる。
不和　典拠未詳。『白氏文集』巻十四に載せる「禁中九日対菊花酒憶元九」の末句「尽

例文11・4　『玉葉』寿永三年正月二十日

人ノ告ゲテ云ハク、東軍已ニ付ク二勢多ニ一。未ダレ渡ラ二西地ニ一云々。相ヒ次ギテ人ノ云ハク、田原ノ手已ニ着クト二宇治ニ一云々ト。詞《ことば》未ダルニレ訖ラ、六条ノ川原ニ武士等馳走スト云々。仍リテ遣《つかは》シテレ人ヲ令ムレ見セ之処、事已ニ実ナリ。義仲ノ方ノ軍兵、自リ二昨日一在リ二宇治ニ一。大将軍ハ美乃守《みののかみ》義広ナリト云々。而ルニ件ノ手為ニ二敵軍ノ一被レ二打チ敗ラ一了。東西南北ニ散リ了ヌ。即チ東軍等追ヒ来タリ、自《より》二大和大路一入ルレ京ニ（於しテ二九条ノ川原ノ辺リニ一一切ニ無シ二狼藉一。最モ冥加也。）不シテレ廻ラサレ踵《きびす》ヲ到リ二六条ノ末ニ一了ヌ。義仲ノ勢元ヨリ不レ幾《いくばく》ナラ。而ルニ勢多ト田原トニ分《わか》ル二二手ニ一。其ノ上為ニレ討タンガ二行家ヲ一又分《わか》ツレ勢ヲ。独身ニシテ在ルレ京ニ之間、遭フ二此ノ殃《わざはひ》ニ一。先ヅ参リ二院中ニ一可キレ有ル二御幸一之由、已ニ欲スルレ寄セント二御《み》輿《こし》ヲ一之間、敵軍已ニ襲来ス。仍リテ義仲奉リテレ棄テレ院ヲ、周章シテ対戦スル之間、所二相ヒ従フ一之軍僅ニ卅卌騎ナリ。依リテレ不ルニレ及バ二敵対スルニ一、不シテレ射二一矢ヲモ一落チ了ヌ。欲シレ懸ラント二長坂方ニ一、更ニ帰リテ為ニレ加ランガ二勢多ノ手ニ一、赴クレ東ニ之間、於しテ二阿波津野ノ辺ニ一被二伐チ取ラ一了ヌ云々。東軍ノ一番

日吟君詠菊詩」辺りから生じた逸話か。

「元九」は元稹で、宋本・馬元調本の『白氏文集』などには、詩題の下に「元九云」として右の元稹「菊花」の第三・四句を引く白居易の自註が見える。

例文11・4『玉葉』

東軍　源義経の率いる軍。

勢多　琵琶湖の南岸瀬田川河口部の東側。そこに架かる瀬田橋は東山・東海道から入京する際の用地としてしばしば都防衛の拠点とされた。

田原　現在の京都府綴喜郡宇治田原町の辺り。京都府城陽市青谷を発し宇治田原の禅定寺を経て瀬田に至る田原道沿いの要所の一。

美乃守義広　源（志田）義広。源為義の三男。頼朝・義仲・義経らの叔父。鹿島社所領を巡る諍いを諌められたことによって甥の頼朝と反目し、その後、同母兄義賢の子である木曾義仲方に参軍した。

行家　源行家。為義の十男。頼朝・義仲・義経らの叔父。頼朝と敵対し一時義仲を頼ったが、義仲の入京後は義仲とも対立し、その排除を画策して後白河院に讒奏したとされる。

長坂　山城国愛宕郡鷹峰（京都市北区鷹峰）西北にあった坂路。

手ハ、九郎ノ軍兵加千波羅《かちはら》平三ナリト云々。其ノ後、多ク以テ群二参ズト院ノ御所ノ辺リニ一云々。法皇ト及と二祇候之輩一、免ルルコト二虎口ヲ一、実ニ三宝之冥助也。凡ソ日来《ひごろ》、義仲支《し》下度《たく》スキ焼二払ヒ京中ヲ一、可キレ落チントス中北陸道ニ上。而ルニ又不レ焼ケ二一家モ一、不レ損ハレ二一人モ一、独身ニシテ被レ梟《さら》サレ首ヲ了ヌ。天之罰スルコト二逆賊ヲ一、宜《むべ》ナル哉《かな》、宜哉。義仲ノ執《と》ル二天下ヲ一後、経タリ二六十日ヲ一。比ブルニ二信頼之前蹤ニ一、猶ホ思フ二其ノ晩《おそ》キヲ一。今日、卿相等雖モレ参ルトレ院ニ、不トレ被レ入レ二門ノ中ニ一云々、入道関白以テ二顕家ヲ一為シテ二使者ト一両度上書スルモ、共ニ無シレ答、又甘摂政乗リテ二顕家ノ車ニ一参入スルモ、被二追ヒ帰サ一了ヌト云々、可シ二弾指ス一々々々。

阿波津野　近江国滋賀郡古市郷粟津（大津市膳所粟津町）にあった松林。平家物語によれば、義仲は今井と打出浜で落ち合い甲斐一条次郎の軍と交戦した後、「只一騎、粟津の松原へ駆け」入ったところ、三浦の石田次郎為久に討ち取られたとある。

加千波羅平三　梶原景時。源頼朝に重用され侍所所司や厩別当の任に当たった。

信頼　藤原信頼。後白河院別当。平治の乱に際して一時朝廷最大の実力者となったが、十八日後には二条天皇の宣旨を得た平清盛との戦いに敗れ六条河原で斬首された。

入道関白　松殿（藤原）基房。治承三年の政変により関白を解任されたが、娘を木曽義仲の正室として差し出し、子息師家を摂政内大臣に補任させるなどして復権していた。

顕家　藤原顕家。平安末期ないし鎌倉初期の公卿。寿永三年当時は右近衛少将。

甘摂政　松殿（藤原）師家。基房の子。

弾指　非難する。良くないとして排斥する。

第12章　往来物

山本真吾

往来物とは　往来とは、書簡の往復一対をさし、この往状・返状の手紙を集めた模範文例集を往来物と呼ぶ。平安時代から近代初頭にかけて盛んに編纂された。

古代の往来物　手紙を書くための手本として、こういった書簡が集められて編纂されるようになったのは平安時代以降のことのようである。明確な成立年代は未詳であるが、その先蹤は『高山寺本古往来』とされる。

　平安時代後期になると、藤原明衡撰と伝えられる『雲州《うんしゅう》往来《おうらい》』といった、中流貴族あるいは僧侶の子弟めあてに社会生活に必要な事柄を集めた手紙文例集が編纂されるようになり、続いて『東山往来』なども現れる。また、一年の十二か月往復書簡都合二十四通を編集した『菅丞相往来』のような往来物も作成され、『和泉《かせん》往来《おうらい》』もこの系譜に位置づけられる。

往来物の文体　往来物の文体は、いわゆる和化漢文で記されており、日本語話者相互の書き言葉の文体で記されている。そこには、日本語的要素が随所に見られる。

　しかし、その一方で、駢儷文の如き美文志向も認められ、公家日記のような古記録とは修辞的側面において少し異なりを見せている。ただ往来物と一口に言っても、文献によってかなり異なっており、『高山寺本古往来』所収

往来物の展開　ここでは往来物を書簡の往復の一対と説明してあるが、一般には少し異なった意味で用いられている。明治時代以降、学校教育が始まり、教科書が作られるようになるが、それ以前に、寺子屋や家庭などで使用された学習書のことを往来物と呼ぶ。起源としては、手紙の文例集から発達したものであるが、江戸時代には、次のような多様な往来物が刊行され、庶民層にも広がった。

①文字・単語を収めたもの　言葉の学習書で、千字文や熟語類がある。

②消息を集めたもの　古代の往来物が継承されたもので、手紙の模範文例集。庭訓往来、消息往来など。

③歴史書の類　歴史的事績、歴史に題材を求めるもの。

④地理・地誌の書　国名や地名の解説、名所旧跡の紹介。特定地域の風土、産業を記述。

⑤教訓書　児童への教訓を旨として編纂されたもの。

⑥実業書　農業、工業、商業の実業に関する知識や心得をまとめたもの。なお、合書はこれら複数の内容を一書にしたもの。

の書状にはさほど対句表現は目立たないが、『雲州往来』や『和泉往来』では対句の使用が相対的に多く、美文的である。特に『和泉往来』は、平安漢詩文集の代表的地位にある『本朝文粋』所収の作品からの影響も指摘されており、用いる漢語も漢籍出自の語彙を交える。

『高山寺本古往来』は、記録体の語法も目立ち、丁寧語「侍」の使用を始め、文頭の逆接を表す接続詞「而」、形式名詞「由」「處」「上」「間」等、枚挙に遑ない。さらにその漢字の用法は、当時の日常常用漢字を基盤としており、この枠組から外れる漢字には、全訓仮名の傍訓が施される傾向がある。しかし、『雲州往来』や『和泉往来』はそのかぎりではない。このような点も、修辞面の異なりと連動しているとみられる。

例文12・1　雉二羽を奉献する状とその返状

（『雲州往来』上五・六）

(1) 往状

奉献　雉二羽

右只今或ル人ノ所㆓持テ来ル㆒也。山梁ノ之味《あぢはひ》、何ヲ以テカ如カン㆑之ニ。

如キノ㆑此ノ之物出来ノ之時、雖モ㆑有リト㆓進覧ノ之志㆒、臂《ひぢ》ニスル㆑鷹ヲ之輩

往来物の資料的価値　往来物の意義は、まず、教育史の資料として重要な位置を占める。特に近世の往来物は明治時代以降の国民教育を目指した教科書に大きな影響を与えた。ついで、往来物は、『源氏物語』『平家物語』『源平盛衰記』といった文学作品の影響を受けており、これらとの関連も問題となる。江戸時代の後期には、山東京伝、式亭三馬、十返舎一九、曲亭馬琴といった著名な作家が往来物を手がけたこともあって、日本文学史の資料としても有益である。加えて、和化漢文で綴られている点に注目し、日本漢文としての特徴を分析する研究や、通俗の国語辞書『下学集』『節用集』といった辞書との関係についての研究など、日本語史学の研究資料としても価値が高い。

主な往来物のテキスト

石川謙・石川松太郎『日本教科書大系・往来編』全十七巻（一九六七～七四年、講談社）

高山寺資料叢書『高山寺本古往来表白集』（一九七二年、東京大学出版会）

例文12・1『雲州往来』

撰者　藤原明衡（九八六～一〇六六）撰。

内容　漢文体書簡集。実用的な文章を多く収める他、時候の挨拶、年中行事、説話、中

多以貢之歟。乏少之物可類遼東之豕。但可随貴命也。　謹言

二月晦日　　丹波守中原

勘解由次官殿

(2) 返状

所給二翼《はね》殊動寸心。書窓雖知聚蛍之業、文薗未遇獲雉之歓、今之嘉貺《きやう》尤可珍重。就中、時属《しょく》艶陽、夜当庚申。両才子会合炉辺、相企閑談。嘉賓之饌《そなへ》以之可羞《すすむ》也。又一枝桜花已感肝葉。是則朽木遇春之秋也。

頓首謹言

即時　　勘解由次官藤原

国古典の故事等の記事も収録されている。

成立　平安時代後期（十一世紀）中頃か。「雲州」の呼称から、明衡出雲守在任中の作か。

諸本　最古の写本は、法隆寺本（平安時代写）で二十七通現存。室町時代の享禄二年加点の尊経閣文庫本は都合二〇三通。他に古写本多数。課題の訓点はこの享禄本に拠っている。

山梁　雉。

出来　手に入ること。

遼東之豕　独りよがり。『後漢書』朱浮伝の故事に基づく。

寸心　自分の心をへりくだっていう。

文薗　学問をするところ。

嘉貺　よいいただきもの。

艶陽　晩春。

庚申　庚申会。庚申の夜は寝ずに過ごす。

才子　才能ある者。学生。

嘉賓　よい客。

羞　食事を勧め備える。

感肝葉　意義未詳。いよいよ咲き誇っている意か。

例文12・2　馬の借用依頼をめぐる往復書状

（『高山寺本古往来』二十七・二十八・二十九状）

(1) 往状

鹿岡《かのをか》謹言　適《たまたま》於シテ鵜渭ノ渡ニ蒙リテ処分ヲ、其ノ後馳参シテ、委《くは》シク開啓シ数年ノ旧懐ヲ、又承ハレリ東州ノ之案内ヲ者也。然而レドモ当国ノ守殿ノ御下向以後、野望不絶エ不ル被免サ身ノ暇之上ニ、預《あらかじ》メ公事等《ごと》ク乱ルルガ頭髪ヲ更ニ无シ為ス術。加之《しかのみならず》、被座《おはせ》ルル旅所ニ之間、不奉ラ菜料之物幷ニ塩梅等ヲ頗ル似タリ无キニ奉仕ノ志。恐恥《きやうち》恐恥、尤モ在リ之ニ。彼ノ藤前司ノ御館ニ、庚申ノ会ノ夜、弊息致《まさ》明《あきら》ニ被《れ》シ語リ示サ御馬以テ来ル十八日ヲ可シ被る借シ給ハ。但シ雖モ未ダずト知見セ才能ヲ如キハ件《くだん》ノ男ノ語リ申スガ柑子《かうじ》色鹿毛《かげ》尾白鶴駮《ふち》是レ无上ノ走リ馬、前後ニ无シト比《ならビ》云《うん》々《ぬん》。以テ僧家ノ御馬ヲ用キルハ狩ノ之事ニ頗ル无キ道心也。然而レドモ始メテ自リ壮男之時得タリ射手ノ之名ヲ。至ルニ于老ノ今ニ代々ノ国宰不免レ其役ヲ、有リ被ル召シ仕ハ之

例文12・2『高山寺本古往来』

撰者　未詳（真言宗の僧侶か）。

内容　漢文書簡集。都合五十六通。前半（三十一編まで）は雑纂ながら、人事・農業・音楽芸能等同類のものをまとめる傾向がある。後半（三十二編以降）は新年から晩冬まで時候によって配している。

成立　平安時代後期、十世紀末～十一世紀初頃か。

諸本　高山寺蔵本が唯一の伝本。巻子本一巻。平安時代末（十二世紀）書写。詳細な訓点が全巻にわたり付せられる。紙背に「表白集」を書写。

於鵜渭渡蒙処分　鵜川に領地を伝領する。

東州　東国。

庚申会　前頁「庚申」を参照。

国宰　国司。

事。就中《なかんづく》、当時殿昼夜朝夕被嘉之事勝《すぐれ》於余人給。而従来十九日至于廿一日三箇日間、挙《こぞり》国内之人可被令為大狩由以昨日被定給。无騎用之馬更思煩侍。仍為施一日之面目不知後生之業所借申也。殊不処悋惜《りんせき》者俯《ふし》以所望也。　恐々謹言

(2)追伸

奥《おく》言《まうす》　御上道之後、御従食幷《ならびに》御馬芻《くさ》如何《いかん》。甚以鬱《いきどほり》申。雖専《せん》輒《てふ》御酒二瓶・生栗四折・櫃《ひつ》米《まい》三石・稲五駄謹以奉上。且為表微志也《なり》。殊賜頷納者、幸也《なり》。　謹言

(3)返状

邦《はう》算《さん》謹言　抛《なげ》忝《かたじけな》手光不敢取悦申无極。鵝望《ばう》之腸《はらわた》已以肥満。須无仰以前進参少僧上啓心事可蒙処分。然数日之間、従遼遠境参来之後

思煩侍　思い煩っておりました。丁寧語「侍（はべり）」の使用から本書が平安時代の成立と知られる。

不処悋惜　物惜しみをしない。

奥言　追伸。

上道　東国より上京すること。

微志　ささやかな私の気持ち。謙辞。

乱風更発起居不宜。仍乍存其志、不能早参。然間、先有恩札。弥倍恐懼。抑被仰給弊馬之事、若被座《おはせ》御暇《いとま》者、白地《あからさま》枉《まゲテ》駕可経御覧也。若以有只今之由、執申定如借申被推量給歟。但以馬実正且令見御使侍自洩啓歟。厳寒之間、従者不合之人、随身、駄雖不幾《あらズト》依為煩途中斃《へん》損《そんシ》又売与要人適《たまたま》持来馬如被仰三疋也。其中尾白云馬肩下押腫上道以後未引出厩戸、是則口付下人不加誡之間、置不合鞍結着雑物、乗中荷参来之所致也。柑子色者《ものハ》弊弟不触申事由於小僧、以去月晦許乗持罷越江州纔昨日亥時許到来。長旅参来、未経幾日不労《いたはり》飼之間、无従者人心不合之者不知事之損益不思自物而任意、恣数日之間、昼夜不論依乗用、自本《もと》疲極之上尻左足内股突損并背如泥甚有若亡《ルコトごとシ》也。適《たまたま》残鶴駮云馬本

口付下人　馬の口の綱を取って引く下僕。口取り。

江州　近江国。

是《レ》上馬《ナリ》也。而《ルニ》年老《イテ》非《ズ》レ可《クニ》レ充《ツ》二野用《ニ》一纔《カニ》自《ラ》用《キル》許《ナリ》也。又従《リ》二彼《ノ》馬一外《ニ》无《ク》二当用《ノ》之乗物一頗《ル》雖《モ》レ似《タリト》二悋惜《スルニ》一、又非《ズ》二匿忍《スル》之事《ニ》一、方《ニ》今以《テ》二道理《ヲ》一執《リ》申《セバ》者、縦《ヒ》云《ヘドモ》レ為《たリト》下可《キ》レ叶《フ》二御用《ニ》一馬上専《ラ》不レ可《カラ》レ奉《ル》レ借《シ》。其《ノ》由如何《いかん》。諸《ノ》罪《ノ》之中《ニ》以《テ》二殺生《ヲ》一為《ス》二第一《ト》一、所謂《いはゆる》五禁《ノ》之中《ニ》最初《ニ》誡《ム》レ之《ヲ》。苟《モ》少僧相《ヒ》三交《ハリ》世路《ニ》一、雖《モ》レ同《ジト》二白衣《ニ》一心未《ダ》レ忘《レ》二仏法《ヲ》一好《ム》レ狩《ヲ》之人、以《テ》レ馬《ヲ》為《す》レ首《はじめト》。若《シ》无《クハ》レ馬者有《ラム》二何《ノ》美操《カ》一者《てへり》、若《シ》奉《ラバ》レ借《シ》者可《シ》レ成《なりヌ》レ催《スニ》二殺生《ヲ》一、僧《ハ》是《レ》外《ニ》招《キ》二万人《ノ》誹謗《ヲ》一、又内《ニ》恐《ル》二諸仏《ノ》之呵責《ヲ》一加之《しかのみならず》、御齢《ハ》与《と》二少僧《ノ》齢一相《ヒ》推《スルニ》同等《ナランか》歟。強《チニ》被《ルハ》レ好《マ》二此《ノ》事《ヲ》一、甚《ダ》以《テ》不便《ナリ》也。縦《ヒ》難《クトモ》レ弃《テ》二人事《ヲ》一、且《ハ》可《キ》レ被《ル》レ企《テ》二懺心《ヲ》一者《ナリ》也。若《シ》无《クハ》二奉仕《ノ》之志《ヲ》一、以《テ》二如《キ》レ此《ノ》之由《ヲ》一、不レ可《カラ》二執《リ》申《ス》一。以《テ》二件《ノ》別《こと》様《やうノ》馬《ヲ》一可《シ》レ奉《ル》レ借《シ》。甚《ダ》其《ノ》馬《ノ》失已《ニ》在《リ》二五《ノ》咎《とが》一。一《ツハ》者一段《ノ》之内百度躓《たふレ》跪《つまづイテ》乗人衆中《ニシテ》而落騒《ガス》。二《ツハ》者雖《モ》レ逢《フト》下可《キ》レ射《ル》宍《ししニ》上不レ可《カラ》二追《ヒ》着《ク》一、縦《ヒ》云《ヘドモ》下以《テ》レ鞭《ヲ》如《クニ》レ帚《クガ》打《ツト》上其《ノ》馬不レ可《カラ》二動《キ》走《ル》一。三《ツハ》者至《リテ》二于生《ヒタル》レ薗《ニ》藤葛《ノ》之地《ニ》一最初《ニ》蹴《くゑ》纏《もとほり》倒《ルルヲ》為《ス》レ宗《ト》、是《レ》則《チ》依《リテ》二年老《イ》

五禁　五戒のこと。仏教で在家の者が守るべき五つの戒め。不殺生・不偸盗・不邪淫・不妄語・不飲酒。

懺心　道心。

五咎　五つの欠陥。

宍　猟の獲物。獣。

无《キニ》レ力也《なり》。四者《ツハ》纔《カニ》打《テバ》動《キテ》雖《モ》二走《リ》着《クト》一宍《しし》許《ノもとニ》弩《ひく》レ弓《ヲ》之間、即《チ》以《テ》留《とまリテ》而不レ寄《ラ》二彼《ノ》宍《ノ》許《ニ》一。五者《ツハ》驚《キテ》下被《ル》レ扇《ガ》レ風《ニ》之草《ニ》上打《チ》返《ル》之際、毎《ニ》レ度落《ス》二乗《ル》人《ヲ》一。至《リテハ》二于奉《ルニ》レ借《シ》反《リテ》以《テ》可《シ》レ无《カル》レ便。非《ズ》二是《レ》相《ヒ》構《フル》之詞《ニ》一、尤《モ》実正《ナリ》也。殊悉《ノ》之由、尤《モ》所望《ス》也。所《ノ》レ被《シ》レ賜《ハ》雑物等《ハ》一々拝領《ス》、此《ノ》悚《おそレ》非《ズハ》レ面《ニ》、難《ク》レ謝《シ》陪《はべリ》。旅《ノ》之間時々有《リ》レ如《ク》レ此《クノ》。恩顧《ハ》者、弥《ヨ》以《テ》所《ナリ》レ仰《グ》也。少僧邦算

恐々《きやうきやう》謹言

例文12・3　維摩会講師推挙の依頼をめぐる往復書状

（『和泉往来』九月状）

（1）往状

九月　無射

菊散《ジテ》二金花《ヲ》一、霧触《ル》二桂枝《ニ》一。累《かさネテ》レ月《ニ》連《ネ》レ日《ヲ》、増《シ》レ憤《ヲ》加《フ》レ恐《ヲ》。抑《モ》少僧可《シ》レ遂《グ》二今年維摩会《ノ》講匠《ヲ》一。住寺年旧《ふりテ》、積《ミ》二数廻《ノ》之夏臈《ろうヲ》一、苦学《ノ》日深《クシテ》、聚《あつム》二多歴《ノ》之秋《ノ》蛍《ヲ》一。欲《ス》三進《ンデハ》而趍《はしラント》二世

弩弓　弓を引くこと。

例文12・3『和泉往来』

撰者　西室（高野山興胤法印説、和泉講師雅真説がある）。

内容　漢文書簡集。勧学、勧業の者の往復書簡を正月から十二月までの一年間、計二十四通を収める。

成立　平安時代後期。撰者を興胤とすれば承保二（一〇七五）年まで、雅真とすれば長保元（九九九）年までの成立か。

諸本　高野山西南院蔵文治二（一一八六）年写本。

無射　ぶえき。陰暦九月の異称。

金花　美しい花。

維摩会　維摩経を講説する法会。南都興福寺で行われる、南京三会の一。

夏臈　出家の後、安居《あんご》を終える回数で数える僧侶の年齢。

路、憚《はばかル》身於在恥辱。欲退而背道業、歎名於無効験。今件《くだんノ》会《ゑ》、仏法脂粉、僧徒舟《しう》楫《いふナリ》。其講匠者須択《えらブ》龍駒。然而量計才学於抜《ばつ》萃《すい》。不認年臈於老若、自《おのづから》以採用、未有空弃。爰復十一月宗祖師慈恩、弘道大師忌辰。中間以降、改庚申竪義、修慈恩会竪義、是亦為《ためナリ》洮《てう》汰《たし》於人、紹隆於法也。入室僧、可出其義。彼此両事少僧大営、恐非蒙賢徒之広恩、何遂愚庸之大業。其時雑事多憑《たのム》衆力。学海底深、如亘千里万里之波濤。昇進階《はし》寥《たかクシテ》、欲遂一身三会之決択。遮莫々々《さもあらばあれ》、任運不運也。

(2) 返状

季秋自《をのづから》至、孟冬将来。抑末僧入学之肇、早慨策駑、欲前《すすマント》之。情催老之、今還懐蟄不成之恥。于斯、納心達道、雖可畏後生、忍困《たしなンデ》向窓、争

脂粉 よそおい。
龍駒 優れた人物。
慈恩 慈恩大師。唐の窺基（六三二～六八二）の諡号。
慈恩会 興福寺で行われる宗祖慈恩大師の御忌会。
竪義 法会に際して学僧に課せられる問答論議の儀式。
洮汰 良いものを選別すること。
三会 維摩会と、宮中御斎会・薬師寺最勝会。
孟冬 陰暦十月の異称。
懐蟄 蟄懐。心中の不満。

期《ス》。遭《ヒテ》二此会《ニ》一、某参三仕《スルコト》　当会《ニ》二数十有年。依《ラバ》二其《ノ》労《ニ》一者、可《シ》レ謂《フ》二最前《ト》一。若《シ》抽《ぬカレバ》二其《ノ》撰《ニ》一者、可《シ》レ謂《フ》二沈滞《ト》一。比《ベテ》レ肩《ヲ》交《フル》レ膝《ヲ》之輩、皆不次《ニ》昇進《シテ》、且《ハ》探《リ》二己《ガ》之曚愚《ヲ》一、且《ハ》謂《いフ》二人《ノ》偏《へん》頗《ばんヲ》一。悚《せう》歎《たんノ》之間、近《こん》曽《そノ》専寺《ノ》別当法印、以《テ》二少僧《ヲ》一言下上《ス》可《キ》レ被《ル》レ任《ゼ》二当職《ニ》一之解状《ヲ》上。事《ノ》外《ニ》不レ度《はかラ》、夢《ノ》中《ニ》不レ懐《おもハ》、尪《わう》弱《じゃくノ》之身、難《シ》レ堪《へ》二政途《ニ》一。唯《シ》歎《クラクハ》　失《ヒテ》二碩学《ノ》之功《ヲ》一、自《ラ》外《ニ》更《ニ》非《ず》二悕《け》望《まうセ》一。是《レ》雖《モ》二嗚呼《ノ》之言《ナリト》一、陳《のぶル》二有身《ノ》之歎《ヲ》一。禅室《ノ》御事、内義先《ニ》了《おはル》。高年白眉《ノ》之輩《ハ》、悉《ク》歎《キ》二室《ノ》裏《ニ》消《エルコトヲ》レ炬《ともしびノ》矣、壮齢黄頭《ノ》之僧《ハ》、皆歓《ブ》二堂上《ニ》開《クヲ》レ花《ノ》焉。競《きほヒテモ》而無《シ》レ益、遁《のがルルモ》而有《リ》レ限《リ》。

偏頗　かたよって不公平なこと。
悚歎　おそれなげく。
尪弱　かよわい。ひ弱。
白眉　最も優れた人物。

第13章　史書・法制書

原　裕

平安時代の史書　我が国の本格的な史書編纂事業は『古事記』『日本書紀』の撰修に始まる。特に後者は、その文体・体裁において中国の正史に範を採ったもので、以下に続く勅撰（官製）史書（六国史《りっこくし》）の嚆矢となった。六国史の編纂は政府主導の国家事業であり、首班には時の有力な皇族や大臣等が任じられ、専門の担当部局（撰日本紀所《せんにほんぎしょ》・撰国史所《せんこくししょ》）が設けられて、実際の編纂作業には当代随一の知識人が動員された。事柄を起こった順に従って叙述していくいわゆる編年体《へんねんたい》を採用し、当時の官用文体である純粋漢文体で作文したもので、その文体・体裁の両面において、中国正史のそれを継承し我が国の正史たるに相応しい史書を撰修することを志向したものであった。

承和七（八四〇）年に完成した『日本後紀《にほんこうき》』には天皇の代替わりの初めに、即位に至る経緯を記した記事（即位前紀《そくいぜんき》）が置かれ、治世の末尾には峻厳で忌憚のない「論《ろん》」（批評）・「賛《さん》」（賛美の言葉）の言辞が載せられて、官人の死亡日の記事末尾には精彩に富んだ人物伝（薨卒伝《こうしゅつでん》）が挿入された。これらは、『続日本紀』で一部採用されていた方針を徹底したもので、即位前記事や「論」「賛」の言辞を添えた天皇ごとの編年記事（「紀《き》」）に臣下の伝記（「列伝《れつでん》」）を併せ持つという意味において、中国正史の依る紀伝体《きでんたい》の史書（「書《しょ》」）を志向して企画・編纂されたことを窺わせる。それに対して、続く

『日本後紀』
弘仁十（八一九）年、嵯峨天皇の勅により、藤原冬嗣、同緒嗣ら四名が編纂を開始したが、緒嗣以外の三人が死去したため、淳和天皇の代に清原夏野以下六名が、更に仁明天皇の代に藤原緒嗣以下七名が事業を継承して承和七（八四〇）年に完成した。全四十巻。諸書に載せる逸文を収集したものに『日本逸史』『日本後紀逸文』がある。

『続日本後紀』
文徳天皇の勅により斉衡二（八五五）年、藤原良房、伴善男、春澄善縄、安野豊道により編纂が開始され、貞観十一（八六九）年に事業を終えた。全二十巻。仁明天皇の治世、天長十（八三三）年から嘉祥三（八五〇）年に至る十八年間を扱う。原則的に一年に一巻を充て、天皇の挙動を重視する実録的性格を強めた。

『日本文徳天皇実録』
貞観十三（八七一）年、清和天皇の勅により藤原基経らが編纂に着手、元慶三（八七九）年、基経、都良香、菅原是善の三名により完成された。文徳天皇の治世、嘉祥三（八五

『続日本後紀《しょくにほんこうき》』の扱う時代は、仁明天皇の一代に限られており、内容的にも中国史書における「実録《じつろく》」に近似したものとなった。中国史書における「実録」は天子の言動を史官が日々記録した「起居注《ききょちゅう》」に基づいて撰修した天子一代の言行録であるが、天子に対する「賛」のみを掲げて治世の得失を論じる「論」を載せない叙述の態度は、歴史書としての厳正さにおいて「書」や「紀」に一歩譲るものであった。本書の序文には「人君の挙動に到りては巨細を論ぜずなほ牢籠して之を載す」とあって、天皇の言行は網羅的に記録されているが、その末尾に仁明治世に対する批正の言辞（論）は一切見えないのである。さらに、『日本文徳天皇実録《にほんもんとくてんのうじつろく》』からは、書名にも「紀」の字に替えて「実録」の名が用いられることとなり、そこに文徳治世に対する「論」が載せられることはなかった。その薨卒伝の多くが故人に共感的なものであるのに対して、当代発給の法令は、現在知られているものの一割強を採録するばかりで、歴史批判の書としての性格は大きく後退した。六国史の掉尾、『日本三代実録《にほんさんだいじつろく》』は、人君の挙動・言辞、国家の儀礼、政治、祥瑞、災異などを悉く載せ、詔勅表奏の文章を可能な限り掲載して、六国史中最も詳細な記載内容を持つものとなったが、各天皇や薨卒伝を載せる人物に対する人物評には、中国における「実録」同様、批正の言辞である「論」を欠いている。

いずれにしても、奈良時代から平安時代前期にかけて六つの史書の編纂が国家による文化的事業として企図され、膨大な時間と労力とを費やして完遂

〇）年から天安二（八五八）年に至る八年間の記事を載せる。全十巻。『菅家文章』によれば、序文は菅原是善の子である道真の執筆になるという。題には、それまでの「紀」ではなく「実録」が採用された。

『日本三代実録』

清和・陽成・光孝の三代である天安二（八五八）年八月から仁和三（八八七）年八月までの三十年間を扱う。宇多天皇の勅により、寛平五（八九三）年頃、源能有、藤原時平、菅原道真らが編纂に着手したが、宇多譲位によって作業は中断、醍醐天皇の命により編纂は再開されたが、菅原道真の失脚等もあり、延喜元（九〇一）年の奏上は藤原時平、大蔵善行の二人によって行われた。記事は六国史中最も詳細で収録された詔勅、表奏も多く、年中行事の執行を漏らさず記す。

『新国史』

『三代実録』の後を受け、宇多・醍醐二代の治世を扱う正史として編纂された。朱雀天皇の承平六（九三六）年には撰国史所が設けられて編纂が開始されており、村上天皇の天暦年間には総裁藤原実頼、別当大江朝綱のもと編纂が進められたが、朝綱の死去等もあって作業は遅延し、未完の草稿として後世に伝わることとなった。藤原通憲の図書目録には四十巻本と五十巻本とが載せられており、『続

されたことは注目に値する。そこには国家によって編纂された正史を「善を顕彰して悪を懲戒し将来万世に亘って依るべき手本」（『日本後紀』序）としようとした律令体制国家の健全な精神を認めることができるのである。その後も、朱雀天皇のもとで第七番目の正史（『新国史《しんこくし》』）の撰修が企画され、また平安末期には藤原通憲《みちのり》（信西《しんぜい》）による『本朝世紀《ほんちょうせいき》』の撰修が開始されたが、いずれも完成することなく未完に終わっている。なお、正史撰修事業が中絶した一方で、個人の記録に留まらない国家の通史を個人の力で編纂しようとする動きも見られた。そうした私撰国史ともいうべきものには編者未詳の『日本紀略《にほんきりゃく》』、また、編年体を採用する六国史の記事を事項の内容によって「神祇」「帝王」以下の部門に分類・配列し直した『類聚国史《るいじゅうこくし》』があり、いずれも現在失われている六国史中の記事を正確に伝えるものとしても、史料的価値の高いものである。

平安時代の法制書　我が国の古代成文法体系は、古代中国律令《りつりょう》法体系に起源をもつものである。奈良時代には、まず現在の行政法と民事法との性格を併せ持つ令《りょう》が編纂され、次いで刑事法たる律《りつ》を完備した『大宝律令《たいほうりつりょう》』（七〇一年）および『養老律令《ようろうりつりょう》』（七五七年）が策定施行された。中国古代法の体系は、これら国家の根幹法たる律・令を、律令の規定を臨時に改廃・修正する「格《きゃく》」、および律令の施行細則を定めた「式《しき》」によって補う所謂律令格式の体系であったが、随時発給施行され各所に蓄積されていた「格」や「式」が、一書の成文法典として整備・撰修されたのは平安時代以降のことである。

三代実録』と呼称される後者には朱雀治世の記事も追加されていたらしい。

『本朝世紀』
鳥羽上皇の命により、宇多天皇の元慶元（八七七）年から近衛天皇の治世までを扱う正史として計画され、藤原通憲が編纂の任に当たったが、通憲死去のため、宇多紀以外の部分は完成せず、未定稿のまま残されその大部分は散逸した。

『日本紀略』
成立年代・編者未詳。光孝治世までは六国史からの抜粋採録であり字句の改編も多く、また神代巻は後世流布本文による挿入であるが、藤原種継暗殺や早良親王排除の項など『続紀』の削除本文を伝える箇所等もあって貴重である。宇多から後一条までの記事は、本書編者が独自に編纂したもので『新国史』等、現在失われた史書や諸所の記録の内容を伝える貴重な資料となる。

『類聚国史』
菅原道真編纂。寛平四（八九二）年成。六国史の記事を中国の類書に倣って分類再編集した書。『三代実録』に相当する部分については、同書の草稿等も利用されているものとも推測されている。本来全二〇五巻（本史二百巻・目録二巻・系図三巻）であったが、後に散逸し現存するのは六十二巻のみである。

早く桓武天皇の延暦年間には法学（明法道《みょうぼうどう》）が隆盛し法典整備の機運が高まって、ついにそれまで未整備であった単行の「格」や各所に分蔵されていた「式」を取捨・整備し一書の法典として編纂しようとする事業が企画されるに至った。桓武の時代には国司交代の手続きを定めた『延暦交替式《えんりゃくこうたいしき》』（八〇三年）が完成したに過ぎなかったが、そうした法典整備の情熱は次代の嵯峨天皇にも受け継がれて、弘仁十一（八二〇）年、ついに我が国最初の格式法典である『弘仁格式《こうにんきゃくしき》』が撰進された。本書の編纂作業においては、弘仁十（八一九）年までに発給・成立した夥しい数の格や式の中から、弘仁当時に有効なものを選び出し調整した上で法令相互の矛盾を解消しなければならず、さらには関係官司別の編成に合わせて、法令同士の合成や単行法令の分割を行う必要もあった。そのため、その改訂作業は撰進後も続けられ、それが施行されたのは天長七（八三〇）年のことである。次いで、清和天皇の貞観年間には、藤原氏宗《むねうじ》等が『貞観格《じょうがんきゃく》』（八六九年）、『貞観式《じょうがんしき》』（八七一年）の二書を完成・奏進した。両書は、『弘仁格式』の後を受けるもので、『格』には弘仁十一（八二〇）年から延喜十（八六八）年までの詔勅・官省符が収められ、『式』には『弘仁式』完成後に作成・蓄積された各所の例や式が収集されている。ただし本書は、貞観当時に有効な格や式であっても、『弘仁格式』に既出のものは採録しない方針を取ったため、実務の現場には、弘仁貞観両格式の参照という煩瑣な作業が強いられることとなったのである。醍醐天皇の延喜年間には、三度格式法典編纂の機運が高まり、延喜七（九〇

存分は「神祇」「帝王」「後宮」「人」「歳時」以下の十八分類で、文章の引用はきわめて原文に忠実である。

『弘仁格』

嵯峨天皇の勅により藤原冬嗣を総裁として編纂が開始され、数度の撰進と修訂を経て、承和七（八四〇）年、『改正遺漏紕繆格式』として頒行された。『類聚三代格』の完成後、その大半が失われたが、『三代格』や『政事要略』等の諸書に逸文が見える他、同書に採録された条文の要旨と発出された年月日を抄出した『弘仁格抄』（書陵部蔵鎌倉後期写本）によって、内容の概要を窺い知ることができる。巻次の構成は、巻一から巻九に神祇官以下、八省諸官司関係の格をまとめ、そのいずれにも分類できない法令を巻十雑格に集める。

『弘仁式』

格と同じく、藤原冬嗣を総裁として編纂が開始され、弘仁十一（八二〇）年に初度撰進、天長七（八三〇）年に再度の撰進を経て同年施行されたが、その後も改訂を重ね承和七（八四〇）年、『改正遺漏紕繆格式』として頒行された。『延喜式』の完成後、その大半は失われ、一部の断簡が伝わるのみである。

『貞観格』

清和天皇の勅を受け藤原良相が編纂を開始し良相の没後は藤原氏宗が中心となって編纂し

七）年には藤原時平《ときひら》により『延喜格《えんぎきゃく》』が選進されたが、これも弘仁・貞観両格との併用を前提としたもので、三代の『格』をすべて参照しなければならず、実務は一段と困難なものとなった。一方、『延喜式《えんぎしき》』は中国の「開元・永徽式の例に準拠し」（『延喜式』・序）、弘仁貞観両式併用の不便を解消するために、弘仁以来の例・式を併せて取捨し単独使用に耐えうる運用細則集として企画された。村上天皇の延長五（九二七）年、藤原忠平《ただひら》によって撰進、その後も部分改訂を重ねて、実際に施行されたのは村上没後の康保四（九六七）年のことであった。本書は全五十巻、法令の運用細則を職員令《しきいんりょう》の官司構成に従って事項ごとに配列したもので、巻一～巻十には神祇官《じんぎかん》関係の式を、巻十一から巻四十九には太政官八省、その他官司に関係する式を類聚し、最後にそのいずれにも収め難い式をまとめた巻五十雑式《ぞうしき》を置く。特に祝詞《のりと》を集めた巻八祝詞や祈年祭で奉幣の対象となる神社が列挙された巻九・十神名《じんみょう》帳《ちょう》は単独で参照されることも多い。なお『延喜式』の施行に伴い弘仁・貞観の両式はその使用を停止されることとなった。

格については、『延喜格』施行後も弘仁・貞観の両格と併用する必要があった。その煩を省くために十一世紀頃作られた『類聚三代格《るいじゅうさんだいきゃく》』は、弘仁・貞観・延喜の『格』に載せる格を、その内容により「神社事」「国分寺事」「庸調事」等の事項別に編纂し直したもので、令の職制が有名無実化していた平安後期の政務官僚からは、三代の『格』以上に尊重されることとなって、それまでの『格』は、その一部を除いてほとんど失われた。

た。貞観十一（八六九）年に奏進、同年施行。全十二巻。体裁は弘仁格とほぼ同じであるが、最後の二巻は臨時の法令類を臨時格として掲げる。その原文は失われているが、『類聚三代格』『政事要略』に多くの逸文が見え、内容の概要を窺い知ることができる。

『貞観式』

清和天皇の貞観年間に藤原氏宗・南淵年名・大江音人らによって編纂が行われ、貞観十三（八七一）年に奏進、同年施行された。その一部は諸書に見える逸文として現在に伝わるが、大部分は散逸した。

『延喜格』

醍醐天皇の勅により編纂された。延喜七（九〇七）年に奏進、翌延喜八（九〇八）年に施行。総裁藤原時平のもと、藤原定国、三善清行等が編纂に当たったと推定されている。当初十巻で編纂されたが後に臨時格二巻が追加された。その大部分は散逸し諸書に見える逸文として現在に伝わるのみである。

『延喜式』

延喜五（九〇五）年、醍醐天皇の勅により藤原時平らが編纂を開始、時平の死後は藤原忠平がその任を引き継いで、延長五（九二七）年に完成したが、その後も改訂作業は続けられ、康保四（九六七）年になって施行された。

なお、『類聚三代格』同様に、宣旨《せんじ》・官省符《かんしょうふ》等を事項別に編集した法令集としては『類聚符宣抄《るいじゅうふせんしょう》（左丞抄《さじょうしょう》）』（一〇九三年以降成）、『別聚符宣抄《べつしゅうふせんしょう》』（九七一年以降成）等があるが、小野宮実資《おののみやさねすけ》の委嘱により明法博士令宗《よしむねの》（惟《これ》宗《むねの》）允亮《まさすけ》が編纂した『政事要略《せじようりやく》』（長保ないし寛弘年間成）は、政務に関するあらゆる事例を掲げ、それについて関係法令の条文や史書・日記、その他の和漢典籍の記事から引証したものとして特に重要である。

平安時代の法制書には、他にも令の注釈書として次の二書が知られている。天長十（八三三）年に淳和天皇の命により清原夏野《きよはらのなつの》、菅原清公《すがわらのきよきみ》等十二人により養老令の勅撰注釈書として策定された『令義解《りょうのぎげ》』は、大字で掲げられた令本文の下に小字割注で「義解」（条文の公定解釈）が挿入されたもので、その内容のほぼすべてが現在に伝わっている（現行の養老令本文は本書によって再現されたものである）。また惟宗直本《これむねのなおもと》により養老令の私撰注釈書として編纂された『令集解《りょうのしゅうげ》』（八六八年頃成）は、大字の令本文の下に小字割注で『令義解』注、さらには当時行われていた令の諸注釈書（『令釈《りょうしゃく》』『跡《あと》記《き》』『穴記《あなき》』『古記《こき》』等）の所説を集成して示したもので、そこには大宝令や日本律、各種中国令や和漢の格式例の他、様々な和漢法制書・史書等の逸文が引用されており非常に貴重である（全五十巻のうち三十五巻が現存する）。なお惟宗直本には『養老律』の注釈書である『律集解《りつのしゅうげ》』（三十巻）もあったことが知られているが、現在はすべて散逸し、各書に残る逸文によってその内容の一部が知られるに過ぎない。

『類聚三代格』
編者成立年未詳。三代格に収録されている格を事項ごとに再分類して配列したもの。現在伝わる写本には十二巻本の系統と二十巻本の系統とがあり、前者が原型であるものと推測されている。

『政事要略』
平安時代の政務運営に関する事例集。小野宮実資に依嘱され令宗（惟宗）允亮が編纂した。長保四（一〇〇二）年には一旦完成したものと見られるが、允亮死没の直前、寛弘五（一〇〇八）年頃まで追記が続けられた。古く小野宮家に相伝され、一条兼良によって彼の研究に活用されたことも確認される。

『法書類林』
藤原通憲編の法令・判例集。古来の法令を事項によって分類し、明法勘文（慣例・判例）なども収集して併せて掲載する。本来全二三〇巻であったが、現存するのは、そのごく一部に過ぎない。

例文13・1　『三代実録』序

臣時平等、窃《ひそかニ》惟ルニ、帝王稽フルニレ古ヲ、咸ク置キ二史官ヲ一、述ベテ二言事ヲ一、而徴《とヒ》二廃興ヲ一、甄《あきらかニシテ》二善悪ヲ一以テ備フ二懲勧ニ一。開闢之辰《ときハ》、旦二暮ニシテ於手披之処ニ一、遂初之迹《あとハ》、俄二頃ナレ於目閲之間ニ一者《ば》也。伏シテ惟ルニ、太上天皇、生知ハ至聖ニシテ、性植ハ純仁ナリ。体シテ二耀魄ヲ一而居リレ宸ニ、平ニシテ二泰階ヲ一而建テレ極ヲ、彝倫攸メテレ序《ついで》ヲ、憲章該《ことごとク》挙ゲタマヒキ。以為《おもへラク》、始メレ自リ二貞観一、爰ニ及ブマデ二仁和ニ一、三代ノ風猷、未ダレ著《あらはサ》二篇牘ニ一。若シ缺文之靡《なクハ》レ補フ、恐ル二盛典之長ク虧《かケタランコトヲ》一。（中略）臣等、強勉専精、経引シテ積ミレ稔《としヲ》、編次究メテレ数ヲ、筆削畢《をフ》レ功ヲ。起リ二於天安二年八月乙卯ニ一、訖ル二于仁和三年八月丁卯ニ一、首尾三十年、都《すべテ》為シ二五十巻ト一、名《なづケテ》曰フ二日本三代実録ト一。今之所レ撰ブ、務メテ帰シ二簡正ニ一、君挙ハ必ズ書《しるシ》、綸言ハ遐《はるかニ》布《しク》。五礼ノ沿革、万機ノ変通、祥瑞ハ天之所レ祚《さいはひスル》二於人主ニ一、災異ハ天之所レ誡ムル二於人主ヲ一、理燭《てらスハ》二方策ヲ一、撮《とリテ》而悉ク戴スレ之ヲ。

例文13・1　『三代実録』序

開闢之辰　歴史の始まり。

手披　身近において閲覧すること。

遂初之迹　過ぎ去った過去の出来事。遂古。

俄頃　またたくさま。瞬時。

目閲　閲覧すること。

耀魄　北辰（北極星）。天帝太一神の居所であると考えられた。後漢時代には耀魄宝とも呼ばれ群霊を統御する最高神と見なされるようになり、星辰信仰の中核をなした。

宸　北辰。天子の住居。

泰階　星の名。上中下の三階、更にそれぞれの階に二星があり、天子から庶民までの六の階級を象徴する。六星に乱れがなく平らかである時には世が太平であると考えられていた。

彝倫　人の常に守るべき道。

三代　清和陽成光孝の三帝。

風猷　政治上の出来事。政治・社会の在り方。

五礼　中国の礼（国家・社会および個人の行為に関する秩序や規範）の総称。周礼における「吉」（祭礼）、「凶」（喪礼や飢饉・災害等に対する対策）、「軍」（軍事）、「賓」（交際や外交）、「嘉」（冠婚葬祭）。ここでは天皇の即位、元服、葬礼などをさす。

儀注　作法（儀）と解説（注）。

烝嘗　祭礼の総称。冬祭（烝）と秋祭（嘗）。

節会《ノ》儀注、烝嘗《ノ》制度、蕃客《ノ》朝聘、自餘《ノ》諸事、永式是《レ》存《スルハ》、粗《ほぼ》挙《ゲ》二大綱《ヲ》一、臨時之事、履行成《スハ》レ常《ヲ》、聊《いささカ》標《しるシテ》二凡例《ヲ》一、以《テ》示《ス》レ有《ルヲ》レ之《これ》矣。関《リテ》二委巷之常《ニ》一、乖《もとル》二教世之要《ニ》一、妄誕之語《ハ》、棄《テテ》而不レ取《ラ》焉。臣等生《シテ》謝《シ》二含章《ヲ》一、辞《ことば》非《ズ》二隠核《ニ》一。腐毫淹《ひさしクシテ》レ祀《としヲ》、靦汗失《フ》レ魂《ヲ》。謹《ミテ》詣《リ》二朝堂《ニ》一、奉《リテ》レ進《メ》以《テ》聞《きこユ》。謹《ミテ》序《ス》。

例文13・2　『三代実録』貞観十一年十月十三日

詔《みことのりシテ》曰《ハク》、羲《ぎ》農異《ことニスレドモ》レ代《ヲ》、未《ダ》レ隔《テ》二於憂労《ヲ》一、尭舜殊《ことニスレドモ》レ時《ヲ》、猶《ホ》均《シクス》二於愛育《ヲ》一。豈《ニ》唯《ダ》地《ハ》震《ハムヤ》二周《ノ》日《ニノミ》一。姫文於《イテ》レ是《ニ》責《ム》レ躬《みヲ》。旱《ひでリハ》流《およブ》二殷《ノ》年《ニモ》一。湯帝以《テ》レ之《ヲ》罪《つみス》レ己《ヲ》。朕以《テ》二寡昧《ヲ》一、欽二若《ス》鴻図《ヲ》一。修《メテ》レ徳《ヲ》以《テ》奉《ジ》二霊心《ヲ》一、莅《のぞミテ》レ政《まつりごとニ》而《テ》従《ヒ》二民《ノ》望《ニ》一、思《フ》レ使《メムト》下率土之内、同《ジク》保《チ》二福《ヲ》於遂生《ニ》一、編戸之間、共《ニ》銷《けサ》中災《ヲ》於非命《ニ》上。而《しかルニ》恵化罔《なク》レ孚《まこと》、至誠不レ感《ゼ》、上玄降《シ》レ譴《せめヲ》、厚載虧《かク》レ方《ヲ》。如聞《きくならク》、陸奥《ノ》国《ノ》境《ニ》、地震尤《モ》甚《ダシク》、或《イハ》海水暴《にはかニ》溢《あふレテ》而為《リ》レ患《わざはひト》、或《イハ》城宇頽《しきりニ》圧《つぶレテ》而致《スト》レ殃《わざはひヲ》。百姓何《ノ》辜《つみアリテカ》。罹《あフ》二斯《ノ》禍

蕃客　外国からの使節。
永式　定まったやり方や作法。
凡例　事のあらましや手順。
委巷之常　「委巷」は道の曲がりくねった街。巷に起こる日常の些事。
教世之要　人心の教化に役立つ事柄。
妄誕之語　取るに足らない噂話。
含章　内面的な徳。
隠核　深遠な真理。
腐毫　朽ちた筆。自作の文章を謙遜していう。
淹祀　永く残す。
靦汗　ひどく恥じて汗をかくこと。
例文13・2　『三代実録』
羲・農　「羲」は伏羲。「農」は炎帝神農。共に中国古代神話の神で三皇の一人。
尭・舜　共に古代中国神話時代の聖君主。
姫文　文王。中国周朝の始祖。武王の父。
湯帝　中国殷朝の始祖。
欽若　「乃命羲和、欽若昊天、暦象日月星辰、敬授人時。」(『尚書』・尭典)
鴻図　大事業。
率土　国土のはて。辺境の地。
遂生　天寿を全うすること。
非命　不慮の死。
上玄……厚載……　天道と地上。
方　正道。

毒《ニ》一。憮然《トシテ》媿《はヂ》懼《おそレ》、責深《ク》在《リ》レ予《ニ》。今遣《ム》三使者《ヲシテ》就《ゆキテ》布《しカ》二恩煦《ヲ》一。使《ト》与《と》二国司一、不レ論《ゼ》二民夷《ヲ》一、勤《メテ》自《ラ》臨撫《シ》、既《ニ》死《スル》者《ハ》尽《ク》加《ヘ》二収殯《ヲ》一。其《ノ》存《いケル》者《ハ》詳《つまびらカニ》崇《かさネヨ》二賑恤《ヲ》一。其《ノ》被害太甚《はなはだシキ》者《ハ》、勿《レ》レ輸《いたサシムル》二租調《ヲ》一。鰥寡孤独《ノ》、窮《シテ》不《ル》レ能《ハ》二自《ラ》立《ツ》一者《ハ》、在所《ニ》斟量《シテ》、厚《ク》宜《シク》《シ》二支済《ささへたすク》一。務《メテ》尽《シ》二矜恤之旨《ヲ》一、俾《しメヨ》レ若《ごとクナラ》二朕親《みづかラ》覿《みルガ》一焉。

例文13・3 『弘仁格』序

蓋《シ》聞《ク》、律《ハ》以《テ》二懲粛《ヲ》一為《シ》レ宗《ト》、令《ハ》以《テ》二勧誡《ヲ》一為《シ》レ本《ト》、格《ハ》則《チ》量《リテ》レ時《ヲ》立《テ》レ制《ヲ》、式《ハ》則《チ》補《ヒテ》レ闕《かケタルヲ》拾《フ》レ遺《シタルヲ》。四者《は》相《ヒ》須《キテ》足《ルコト》二以《テ》垂《ルニ》レ範《ヲ》一、譬《ヘバ》猶《ホ》《シ》二寒暑《ノ》遞《ニシテ》以《テ》成《シ》レ歳《ヲ》、昏旦迭《ニシテ》而《テ》育《はぐくムガ》レ物《ヲ》。有《リ》レ沿有《リ》レ革、或《イハ》軽《ク》或《イハ》重《シ》。寔《ニ》治《ムル》レ国《ヲ》之権衡、信《ニ》馭《スル》レ民《ヲ》之轡策者也。

（中略）以為《おもへラク》律令《ハ》是《レ》為《たリ》二従《フル》レ政《ヲ》之本一、格式《ハ》乃《チ》為《ル》二守《ル》レ職《ヲ》之要一。方《い》今《ま》雖《モ》三律令《ハ》頻《ニ》経《ト》二刊脩《ヲ》一、而《シテ》格式《ハ》未《ダ》レ加《ヘ》二編緝《ヲ》一。爰《ニ》降《シテ》二綸言《ヲ》一、尋《ネテ》令《ム》二修撰《セ》一。（中略）其《ノ》随《ヒ》レ時《ニ》制《シ》レ宜《シキヲ》已《ニ》経《ヘタル》二奉勅《ヲ》一者《ハ》、即《チ》載《セ》二本文《ヲ》一、別《ニ》編《ミテ》為《ス》レ格《ト》。或《イハ》雖《モ》レ非《ト》二奉勅《ニ》一、事《ノ》旨稍《やや》大《ナル》

恩煦 「煦」は「恵」。恩恵。

民夷 王民と夷族。

臨撫 親身になって慰撫する。

収殯 「殯」は遺体を安置し死者を慰める場。「加収殯」で死者を手厚く葬ることをいう。

賑恤 貧者や病者等に金品を与え支援する。

鰥寡孤独 令制において国家による救済対象とみなされた者。「鰥」（六十一歳以上の妻を亡くした夫）、「寡」（五十歳以上の寡婦）、「孤」（十六歳以下の父親のいない子）、「独」（六十一歳以上の子のない者）。

矜恤 憐れみと恵み。

覿 直に対面する。

例文13・3 『弘仁格』

懲粛 悪を懲らしめること。

勧誡 訓戒し奨励して善を行わせること。

制 取り決め。法制。

寒暑 「寒往則暑来、暑往則寒来、寒暑相推而歳成焉。」（『易』・繫辞伝）

遞……迭…… 共に「入れ替わる」こと。

沿 範例・先例や古くからの習わしに従う。

権衡 はかりとおもり。

轡策 たずなとむち。

奉勅 その時々の命令に勅裁をいただくこと。

改張 （琴の音程を整えるため絃を張り直すように）不具合を改めること。

者《ハ》、奏《シテ》加《ヘ》二奉勅《ヲ》一、因《リテ》而取《ル》焉。若《シ》屢《しばしば》有《リテ》二改張一、向背各《ノ》異《ナル》者《ハ》、略《はぶキ》レ前《ヲ》存《のこシテ》レ後《ヲ》、以《テ》省《ク》二重出《ヲ》一。自《より》レ此之外、司存常事、或《イハ》可《ク》レ裨《ス》二法令《ニ》一、或《イハ》堪《たヘタル》レ為《たルニ》二永例一者《ハ》、随《ヒテ》レ状《ニ》増損《シ》、惣《すべテ》入《レタリ》二於式《ニ》一。（後略）

例文13・4　『類聚三代格』巻十九　太政官符

応《ニ》《キ》レ停下止《ス》勅旨開田并《ビニ》諸院諸宮及《ビ》五位以上《ノ》買《ヒ》二取《リ》百姓《ノ》田地舎宅《ヲ》一占《メ》中請《フコトヲ》閑地荒田《ヲ》上事

右検《スルニ》二案内《ヲ》一、頃年勅旨開田遍《ハク》在《リ》二諸国《ニ》一、雖《モ》レ占《ムルト》二空閑荒廃之地《ヲ》一、是《レ》奪《フ》二黎元《ノ》産業之便《ヲ》一也。加之《しかのみならず》新《ニ》立《テ》二庄家《ヲ》一、多《ク》施《ス》二苛法《ヲ》一。課責尤《モ》繁《ク》、威脅難《シ》レ耐《エ》。且《ツ》諸国奸濫《ノ》百姓為《ニ》レ遁《レンガ》二課役《ヲ》一、動《ややもすレバ》赴《キ》二京師《ニ》一、好《ミテ》属《シ》二豪家《ニ》一、或《イハ》以《テ》二田地《ヲ》一詐《リテ》称《シ》二寄進《ト》一、或《イハ》以《テ》二舎宅《ヲ》一巧《ミテ》号《シ》二売与《ト》一、遂《ニ》請《こヒ》レ使《ヲ》取《リ》レ牒《ヲ》加《ヘ》レ封《ヲ》立《ツ》レ牓《ヲ》。国吏雖《モ》レ知《ルト》二矯餝之計《ヲ》一、而憚《リ》二権貴之勢《ニ》一、鉗《ミ》レ口《ヲ》捲《キ》レ舌《ヲ》不《ヘテ》二敢禁制《セ》一。因《リテ》レ茲《ニ》出挙之日託《シテ》二事《ヲ》権門《ニ》一、

向背　物事の動静やあり方。

司存　官吏。担当官庁。

式　同時に編纂された『弘仁式』をさす。

例文13・4　『類聚三代格』

勅旨（開）田　荘園の増大による徴税収入の減少を補うため天皇の勅旨により開発された田地。国衙の正税を開発原資として空閑地・荒田などに設定されたもので、国司が所管し、その収益は皇室経済に充てられた。

諸院諸宮　「院」は太上天皇、「宮」は三后および皇太子。

占請　空閑地・荒田等を独占的に囲い込む。

空閑荒廃之地　開墾・整地されず、利用されないまま放置されている荒れ地。

黎元　一般庶民。

庄家　墾田管理のために設けられた建物。またそれに付属する土地。「新立庄家」で国司らが勅旨に仮託し周辺農民を不法に駆使して勝手な墾田開発を行うことをさす。

奸濫　法理や道理に背くさま。以下に、新興の有力農民が王臣家と結託して、墾田宅地等を寄進売却したものと詐称し課役を逃れようとするさまが記録されている。

課役　「謂課者調及副物、田租之類也、役者庸及雑徭之類。」（『令義解』）

豪家　王臣家などの権門勢家。

不レ請《ケ》二正税《ヲ》一、収納之時蓄《ヘテ》二穀《ヲ》私宅《ニ》一、不レ運《バ》二官倉《ニ》一。賦税難《キ》レ済《なシ》。莫《シ》レ不《ル》レ由《ラ》レ斯。加以《これニしかのみならず》賂遺之所《ス》レ費、田地《ハ》遂《ニ》為《リ》二豪家之庄《ト》一、奸構之所《フ》レ損、民煙《ハ》長《ク》失《ヒテ》二農桑之地《ヲ》一、終《つひニ》無《ク》レ処《ところ》二於容《いルルニ》レ身《ヲ》、還《リテ》流二冗《ス》於他境《ニ》一。／（改行）案《ズルニ》、去《ル》天平神護元年《ノ》格《ニ》云《ハク》、天下諸人、競《ヒテ》為《ス》二墾田《ヲ》一。多勢之家《ハ》、駆二使《シ》百姓《ヲ》一。貧窮之民《ハ》、無《シ》レ暇《いとま》二自存《スルニ》一。自《より》レ今以後、一切《ニ》禁断《セヨト》。宝亀三年《ノ》格称《いハク》、諸人墾田、任《ほしいままニ》令《ム》二開墾《セ》一。但《いたづらニ》仮《かり》レ勢《ヲ》苦《ム》二百姓《ヲ》一者《てへレバ》、宜《シク》二厳《シク》禁制《ス》一。弘仁三年《ノ》格《ニ》云《ハク》、諸国司、不レ率二朝憲《ヲ》一、専《もっぱラ》求《メ》二私利《ヲ》一、百端《ノ》奸欺、一《モ》無《シ》二懲《リ》革《あらたムルコト》一。或《ルイハ》仮《リテ》二他人名《ヲ》一、多《ク》買《ヒ》二墾田《ヲ》一、或《イハ》託《シテ》二言《ヲ》王臣《ニ》一、競《ヒテ》占《ム》二腴地《ヲ》一。民之失《フコトヲ》レ業、莫《シ》レ不《ル》レ由《よラ》レ此《ニ》。宜《シク》三重《ネテ》下知《シ》、厳《シク》加《フ》二禁制《ヲ》一。（中略）案《ズルニ》二件等《ノ》格《ヲ》一、請《ヒテ》二開《キ》閑地《ヲ》一、耕《シテ》食《スルコトハ》二荒田《ヲ》一、只《ダ》為《ニ》二百姓《ノ》一、独《リ》立《ツルノミ》二其文《ヲ》一。至《リテハ》二于高貴《ニ》一、厳《シク》制《スルコト》重畳《タリ》。而《ルニ》諸院諸宮、朱紫之家、不レ憚《ラ》二憲法《ニ》一、競《ヒテ》為《ス》二占請《ヲ》一。国郡官司、判許之日、雖《モ》レ似《タリト》下専《ラ》催《シ》二墾発《ヲ》一、労《スニ》中其《ノ》輸《いたスニ》上租《ヲ》、而《シテ》猶《ホ》下尽《シ》二土民之

使　権門勢家からの使者。

取牒　国司の徴税を逃れる目的で王臣家政所に対して官司に充てた文書（家牒）の発給を要請する。

加封　田宅を封鎖して立ち入りを禁じる。

立牓　土地の境界に標識（牓）を立てる。

矯餝　偽り。偽装。

鉗口捲舌　口をつぐむ。黙認する。

出挙　農作原資（稲粟・財物）の利子付き貸借。国府や郡家などが農作の原資として正税を強制的に貸与し年利三十～七十五％の利息分（利稲）を徴収した。戸籍の作成や班田など煩雑な事務を必要とする正税に対して、土地単位の収入を確保することが可能で、地方行政における主要な財源となった。

正税　出挙の原資としての稲粟。

賂遺　賄賂。

奸構　みだりに荘を設ける。

民煙　民の竈から上る煙。転じて一般庶民。

流冗　流散・逃散する。

懲革　改心し行いを改めること。

常荒田　耕作が放棄され三年以上にわたって荒廃している田地。

請　申請して許可を得ること。

朱紫　古代中国の高級官吏の服の色。高官。

判許　事例を調査し許可する。

力役《ヲ》一、妨《グルガ》中国内之農業《ヲ》上。／(改行)左大臣宣《ス》、奉《ルニ》レ勅《ヲ》、正朔遁変、驪翰推遷、八埏之地《ハ》有《リ》レ限《リ》、百王之運《ハ》無《シ》レ窮《つキルコト》。若《シ》削《リ》二有《ル》レ限《リ》之壌《ヲ》一、常《ニ》奉《ズレバ》二無《キ》レ窮《クルコト》之運《ニ》一、則《チ》後代百姓、可《ケン》レ得二而《シテ》耕《スヲ》一乎。宜《シク》《シ》下当代以後、勅旨開田、皆悉《ク》停止《シテ》、令《メ》二民《ヲシテ》負作《セ》一。其《ノ》寺社百姓《ノ》田地《ハ》、各《おのおノ》任《セテ》二公験《ニ》一、還《ヘ》中与《フ》本主《ニ》上。且《ツ》夫《レ》百姓以《テ》二田地舎宅《ヲ》一、売《リ》三寄《スル》権貴《ニ》一者《ハ》、不レ論《ゼ》二蔭贖《ヲ》一、不レ辨《ゼ》二土浪《ヲ》一、決《セヨ》二杖六十《ニ》一。若《シ》有《ラバ》下乖《シ》三違符《ノ》旨《ニ》一、受《ケ》レ嘱《ムヲ》買《ヒ》取《リ》、並《ビニ》請《ケテ》占《ムレバ》二閑地、荒田《ヲ》一之家《ヲ》上、国須《ク》《シ》下具《つぶさニ》録《シテ》二耕主并《ビニ》署牒之人、使者之名《ヲ》一、早速《すみやかニ》言上《ス》上。論《ズルニ》以《テシ》二違勅《ヲ》一、不二曾《テ》寛宥《セ》一、判許之吏《ハ》、解三却《セヨ》見任《ヲ》一。但《シ》元来相伝《シテ》為《ルコト》二庄家《ヲ》一、券契分明《ニシテ》、無《キハ》レ妨《グル》二国務《ヲ》一、不レ在《ラ》二此《ノ》限《リニ》一。仍《リテ》須《ク》《シ》二官符《ノ》到《ル》後、百日《ノ》内《ニ》辨《ヘ》行《ヒテ》、具《シテ》レ状《ヲ》言上《ス》一。

延喜二年三月十三日

左大臣　藤原時平。
正朔　時の流れ。
驪翰　時代の変遷。夏后氏の世には黒馬（驪）が好まれ殷の世には白馬（翰）が重用されたという故事による。
八埏　国の八方の地。
負作　賃租して耕作を請け負わせる。
百姓　富裕な新興農民をさす。
公験　本来の土地所有者を示す証拠書類。
本主　元の持ち主。
蔭贖　特定の身分にあり勅裁を得て罪の減刑または贖罪を許される者の親族や七位以上の者の親族関係者等が流罪以上の刑に処せられた場合に、相当額の銅を官司へ納入することによって換刑・減刑される制度。
土浪　本貫の地に居住する者（土著）とそこを離れ他所を流浪する者（浮浪人）。
杖　太い棒で臀部を打つ刑罰。
署牒之人　土地売買に関する公的文書（土地売券）に保証人として著名した者。「署」は「暑」字を改める。
見任　現在任ぜられている官。
券契　財産関係の権利の所在を証明する文書。

第14章　文書

原　裕

「(古) 文書」とは　歴史研究における文字史料のうち、特定の差出主体から特定の受取主体に向けて発給されたものを「文書」という。差出人、受取人共に個人とは限らず、その一方、あるいはそのいずれもが官庁・寺社・村落等の集団であることも多く、更には願文《がんもん》・告文《こうぶん》・都状《とじょう》のように受取人が神仏である場合も少なくない。

公式様文書　我が国の文書行政は中国律令制の継受と共に令制のもと整備されたもので、その書式・様式についても養老令の公式令《くしきりょう》に詳しく規定されており、そうした文書を一般に「公式様《くしきよう》文書」と呼ぶ。養老公式令には「詔書」以下、二十一種の「公式様文書」書式が規定されているが、それらの主なものはおよそ、㈠皇族にかかわる「詔書《しょうしょ》」「勅旨《ちょくし》」「皇太子令旨《りょうじ》」(下達)、「論奏《ろんそう》」「奏事《そうじ》」「便奏《びんそう》」「啓《けい》」(上申)、㈡令制官庁にかかわる「符《ふ》」(下達)、「移《い》」(互通)、「解」「辞」(上申)、㈢令外《りょうげ》官司や寺社等の組織や個人とのやり取りに用いられる「牒《ちょう》」、㈣位階授与や文書整理等、特定の用途に用いられる特殊文書、のように分類することができる。公式様文書は令制法定文書形式に則って作成される最も正式な文書として、正格の漢文で作文され、崩しのない楷書体で清書された。その遵行手続(命令下達の方法)には徹底した職権主義が採られており、特に政府機関が差出主体となる下達・互通文書

主な公式様文書

詔書・勅旨　共に天皇の発する文書で、令義解には「臨時の大事を詔となし、尋常の小事を勅となす」とあって、事の大小により区別された。ただしその区別は明瞭でなく、概ね外交上の伝命、改元・改銭・大赦、立皇后・立太子・任大臣などが詔書として発給され、それ以外が勅旨として出されていたようである。その発給手続きは極めて厳格なものであり、大事に関わる「詔書」については、草案起草に関わる中務省が天皇の「御画日」を得、更にその施行を担当する太政官が再び天皇に覆奏して、天皇の御画可を戴いた上で初めて施行されるものであった。

皇太子令旨　皇太子およびそれに準じる三后が臣下に意思表明する際に用いられる書式。平安後期以降に盛行される「令旨」とは別物で、実物は一切伝存しない。

論奏・奏事・便奏　いずれも臣下が天皇に意思を表明する際に用いられる書式で、事の大小によって三種に分けられている。奏式には他に大臣以下の非違弾劾について太政官を経ることなしに奏上するための弾奏式等がある。

について、その受取主体は権利受給の当事者ではなく当該権利を所管する下級ないし同位官司とされ、差出・受取の両主体は、文書の冒頭に「〈差出主体〉符（移／牒）〈受取主体〉」のように明記された。その発給手続も極めて煩瑣なもので、国家の最重要文書である「詔書」の発布・施行には、実際にその文書を調製する中務省の卿・大輔《たいふ》・少輔《しょう》（宣《せん》・奉《ぶ》・行《ぎょう》）および書記官である内記《ないき》、文書の施行主体である太政官の左右大臣等が関与し、官位氏姓名を完備した彼らの署名の他、中務省による文書調製を認可するための「御画《ごかく》日《にち》」（宸筆による日付記入）、太政官によるその施行を認可するための「御画《ごかく》可《か》」（宸筆による「可」字記入）、および御璽《ぎょじ》、官省印等の押印を必要とした。しかし、こうした煩瑣な手続きを必要とする公式様文書が文書行政の主流であったのは平安時代の前半期までであり、その後の律令体制の弛緩・破綻に伴って、文書調製・施行の手続は次第に変容し簡素化していった。

下文様文書・書札様文書　平安時代以降、文書行政の主流となった文書（それらを総称して「公家様《くげよう》文書」ともいう）には、その書式・様式に従って「下文様《くだしぶみよう》文書」「書札様《しょさつよう》文書」の二類が認められる。「下文様文書」は、平安時代以降の蔵人所の発達と中務省の形骸化に伴い、詔勅の調製・施行過程において、その担当者が他の担当者に伝達すべき内容（「宣《せん》」）を控えておいた受命記録が、平安後期以降、法的効力を持つものとして受取主体に発給されることになった「宣旨《せんじ》」に起源をもつもので、内侍、蔵人頭を経由して上《しょう》卿《けい》（太政官における政務担当の公卿）に伝えられた天皇の意思が、外記局《げききょく》や

啓　皇太子・三后に対して上申する際に用いられた書式。公式様文書としての例は乏しいが、後に貴人一般に上申する際の形式として用いられるようになった。

符　太政官以下の官司が下位官司に対して発給する下達文書。太政官符以外にも各省符や各国符等があり、更には公卿の家司も家符と呼ばれる独自の符を発給した。冒頭の「〈差出主体〉符〈受取主体〉」に続けて事書を掲げ（太政官符のみ）、本文（事実書）を「符至らば奉行せよ」等の定型句で締めた後、通常の文書とは異なり、まず当該符の発給担当者の官職位階姓名が記載され、その後に発給の年月日が記された。発給年月日の下にこの符を相手先に送付した使人の位署が加えられ、最後の行に「鈴剋・伝符も亦此れに准ぜよ」と書かれる。平安後期には、符よりも発給手続の簡易な官宣旨や各種の下文、また院政下での院宣の盛行を受けて次第に衰微し、その発給は限定的なものとなった。

移　上下関係にない官司間で取り交わされる文書の書式として用いられた他、他官司との上下関係が明瞭でない役所とのやり取りにも用いられたが、平安時代にはその使用が極めて限定的となり鎌倉時代の初期には廃絶した。

解・辞　いずれも下位者が上位者に対して上申する文書形式であるが、下級官人や一般庶

内記局《ないききょく》の書記官（史《ふひと》）、あるいは弁官《べんかん》自身によって調製され、政務担当の公卿の自署や御璽・官印等の押印を伴わず調製者の自署のみによって発給されるところに特徴がある。「宣旨」の書式は、概ね文書冒頭に「応……事」と命令内容の要約（事書《ことがき》）を載せ、「右、〈弁官の官名・氏姓名〉伝宣、左（右）大臣宣、奉勅、宣……者」という本文を書いて、末尾に発給年月日および実際に文書調製の任に当たった書記官（史）の官名氏姓名（および「奉」字）が記されるというものであった。「宣旨」の変体であり、受命した弁官自身が文書に自署する「官宣旨」においては、文書最末尾に弁官の官名氏姓名が自署される他、冒頭の事書の前に「左（右）弁官下《くだす》〈官司名（寺社名）〉」のように文書の発給主体・受取主体が明記されたが、「下文様文書」という呼称は、その書式に由来するものである。調製・施行の過程で厳格かつ煩瑣な手続を必要としない「（官）宣旨」は、詔勅や官省符に代わる新様式の文書として次第にその使用頻度を高め、また官司の上下関係にかかわらず一律に用いることのできる下達文書として、蔵人所・検非違使庁等の令外官司での使用が一般化し、更には院庁、女院庁、また摂関家政所《まんどころ》等でも用いられるようになって公式様の下達文書を圧倒した。

一方、平安時代に発達した下達文書形式として、私人間に交わされた私信に起源をもつ「書札様文書」がある。私信の書式は公式令に規定されるものではなかったが、平安時代以降には、概ね冒頭から本文を書き、文書末尾に「（年）月日」、その直下に差出人が署名し、行を変えて宛書を記す書式が一

民が諸官司に対して上申する書式であった「辞」は次第に衰微し、本来下級官司が上級官司に上申する際に用いられた解が代用されるようになった。冒頭に「（差出人）解、〈事書〉」と書いて宛所を記さず、また差出人氏名を文書末尾の年月日直下に記すこともあった。解の使用範囲は極めて広く、官人の欠勤届（不参解）や休暇願（請暇解）の他、訴状や土地牛馬の売買証明書、個人間の借銭証文等にも解の書式が用いられた。

牒　公式令では主典以上の官人が官司に上申する際、あるいは僧綱および三綱が諸官司と文書を取り交わす際に用いられる書式と規定されているが、平安時代以降、上申文書の書式としては専ら「解」が用いられるようになり、牒は僧綱および三綱との交信に、更には令外の役所等、他官司との上下関係が明瞭でない役所の文書発給に用いられるようになって、その使用範囲は拡大した。本来「移」を用いるべき文書に「牒」の書式を準用することも多くなり、貴人の家政機関による「家牒」も発給された。

古文書の伝来　文書の作成・発行の諸段階に応じて以下のようなものが伝存している。

草（案）・土代　文書の正文執筆に先立って、その下書き（「草（案）」「土代」）が作成され、

般化した。ただし、天皇、上皇や公卿などの貴人が私信を自書することは稀で、多くの場合、蔵人や院庁《いんのちょう》院司《いんじ》、また家の政所家司《けいし》等による代書が行われた。こうした私信を「奉書《ほうしょ》」（「御教書《みぎょうしょ》」）といい、多くの場合、（年）月日の下の署名は代書を担当した者が書き（署名の下に「奉」字を書く）、本来の発信者は本文中に、「綸旨云」「被……仰云」「依……御気色」等の形で暗示されるに留まった。下達文書としての書札様文書は、こうした貴人の「奉書」が、公的効力を持つ下達文書として発給されるようになったもので、十一世紀には天皇の勅旨を蔵人や弁官が代筆した「綸旨《りんじ》」が出現し、院政期には上皇や法皇の意を受けた「院宣《いんぜん》」や皇太子や三后等の意を伝える「令旨」が多数発給されるようになった。差出人・受取人の両者が共に私人（私的集団）である書札様文書においては、その遵行手続についても、文書の宛所を権利の受給者本人と一致させる当事者主義が採られている。既に下文様文書にも、文書が文書冒頭に記される形式上の宛所ではなく権利受給者本人に発給されたり、宛所が所管官司でなく受給者本人になっていたりする例が見られるが、平安後期・院政期における律令官司の衰退と政治形態の変質が文書形式の上にも反映したものと見られる。なお私信に起源をもつ書札様文書は、和様に変体したいわゆる記録体によって作文されており、書体には楷書体でなく行書体が選ばれた。その書式も比較的自由なものであったが、文末を「依仰執達如件」等の一定の文言で締めるところに特徴があり、後にその式を規定する多くの「書札礼《しょさつらい》」が成立することとなった。

それが何らかの形で現在に伝わる場合がある。その多くは文書作成者の手元に残り、あるいは藤原公任自筆の『北山抄』紙背の「検非違使別当宣」のように現在に伝わったものである。

正文　清書された文書そのものであり、土地や財産上の権利を証明する公験等が、その効力によって、長く宛所に保管された。

案（文）　文書の正文には様々な理由からその控え（写し）が作られた。文書整理や保管のために作成された副本としての案文の他、法令発布に際して作成された案文や、訴訟の提出書類として作られた案文などがあり、また所領の分割移転の際には、本来一通しかない権利関係文書の案文を作成して、その裏面に権利分割の経緯（「ことわり書き」）を記して移転先の一方に渡した（「裏を毀《こぼ》つ」）。

文書集の編纂　法令等の行政文書を、その後の施策、あるいは文書作成の参考とするため、保管・編纂して一書となすことが古くより行われた。平安時代成立のものには、惟宗允亮によって施策の参考書として編まれた『政事要略』や三善為康によって文書作成の参考書として編纂された『朝野群載』（一一一六年成立）等がある。

例文14・1　**僧空海書状**

（東寺所蔵）

風信雲書、自《より》レ天翔臨《スル》。披《ひらキ》レ之《ヲ》閲《けみスルニ》レ之《ヲ》、如《シ》レ掲《グルガ》二雲霧《ヲ》一。兼《テ》恵《めぐマル》二止観《ノ》妙門《ヲ》一。頂戴《シテ》供養《シ》、不レ知《ラ》レ攸《ところヲ》レ厝《おク》。已《ニ》冷《ひややカナリ》。伏《シテ》惟《ルニ》法体何《い》如《かニ》。空海推《うつルニ》常《ナリ》。擬《はかルモ》三随《ヒ》レ命《ニ》躋《はん》二攀《せいセント》彼嶺《ノ》一、限《ルニ》以《テシ》二少願《ヲ》一、不レ能《ハ》二東西《スル》一。今思《フ》下与《と》二我《ガ》金蘭及《ビ》室山一、集二会《シ》一処《ニ》一、商二量《シ》仏法《ノ》大事因縁《ヲ》一、共《ニ》建《テテ》二法幢《ヲ》一、報《イント》中仏《ノ》恩徳《ニ》上。望《ムラクハ》不レ憚《ラ》二煩労《ヲ》一、暫《しばらク》降二赴《センコトヲ》此《ノ》院《ニ》一。此《レ》所々望々。

怱々不具、釈空海状上《しるシたてまつル》

謹空

（弘仁三年）九月十一日

東嶺金蘭法前

例文14・1　僧空海書状

風信雲書　「風信」「雲書」は共に書信の意。
掲雲務　「務」は「霧」。物事が雲や霧を取り去ったように曖昧でなくなること。
止観沙門　摩訶止観等、天台教説関連の書物。
頂戴供養　有難く受け取り仏前に安置する。
冷　冷え込んできた。新暦では十月中旬。
法体　僧侶に対する敬称。最澄をさす。
推常　「推」は事の推移。空海自身の状況に変化がないこと。
躋攀　山に登る。「彼嶺」は比叡山をさす。
少願　ささやかな願い。真言寺院の建立をさす（弘仁七年六月十九日空海上表文）。
東西　他所に赴く。
金蘭　親密な交わり。最澄をさす。
室山　室生寺に入っていた興福寺修円をさす。
商量　討議し検討する。
此院　空海の住持する乙訓寺（または高雄山寺）。
所々望々　「所望所望」。切に望むところです。
怱々不具　「急ぎ走り書いてしまい（怱々）思いを十分に伝えられない（不具）」の意。
東嶺　比叡山。

例文14・2　尾張国郡司百姓等解

（宝生院文書）

尾張国ノ郡司百姓等解ス　申シ請《こ》フ㆓官裁ヲ㆒事

請フ㆑被《からむ》ラント㆓裁断ヲ㆒、当国ノ守藤原ノ朝臣元《もと》命《なが》ノ三箇年ガ内ニ責メ取ル非法ノ官物并《ならび》ニ濫行横法三十一箇条ガ愁状、（中略）

一、請フ㆑被ラント㆓裁断ヲ㆒、官法ノ外ニ任《まま》ニ㆑意《こころ》ノ、加徴セル租穀段別三斗六升ガ事

右、租穀官法ハ有リ㆑限リ。是レ則チ代々之吏《つかさ》ハ、雖モ㆑愁《うつたへ》㆓陳《の》ブルト於例《れい》損《そん》之由ヲ㆒、猶《なほ》シ乍《たちまち》ニ本数ヲ勘納ス。或ル国宰者《は》徴㆓納シ一斗五升ヲ㆒、或ル国吏者《は》徴㆓下ス二斗以下ヲ㆒。而ルニ当任ノ守《かみ》元命朝臣ノ加㆓徴スルハ三斗六升ヲ㆒、更《また》非ズ㆓承前之例ニ㆒。抑《そもそ》モ為ス㆑政ヲ之道ハ、猶《なほ》シ若シ㆑煮ルガ㆑魚ヲ。優スル㆑民ヲ之心、豈ニ盍ゾ馴サザランヤ㆑雉ヲ。而ニ専ラ絶チ㆓東作之業ヲ㆒、更ニ成ス㆓北《そむ》ク㆑民ニ之計《はからひ》ヲ㆒。専城之吏、易《なん》ゾ以テ可カラン㆑然ル哉《や》。就中《なかんづく》ニ州県之牧宰ハ、偏ニ有《たも》チ㆓勤農之励ヲ㆒、若《も》シ勧ムル㆓東沢ヲ㆒之間、催ス㆓南畝ヲ㆒之日、遊バシ㆑手ヲ嬾《ものう》キニハ㆓農業ニ㆒、徴《こら》スニ以テシ㆓劉寛之鞭ヲ㆒、

例文14・2　尾張国郡司百姓等解

官裁　太政官による裁定。なお文書等の事書は、返読を行わず棒読みにする。

藤原元命　生没年未詳。平安時代中期の官人。寛和二年尾張守に任じられたが、当該愁訴状により永延三年解任された。

官物　租穀・庸調物や雑物等、官に納められた物品の総称。

愁状　愁訴状。当時の愁訴は、陽明門下で受理された上で太政官に送られ、弁官での事実審理を経て公卿等の裁定を仰いだ。国司苛政上訴は十〜十一世紀に多く認められ、その多くで国司の解任という裁定が下されている。

官法　田租の法定分。令制の田租は段別一束五把（一斗五升）に定められていた。

租穀　田租として納める籾殻付きの米。穀一斗五升は米七合五升に相当する。

例損　律令財政における損失のうち通常の理由によるもの。特に水田の不作に際して国司が設定する田租の免除をさす。

本数　本来存在する田の総数。当該箇所は難読の部分であるが、ここでは、不正で恣意的な検田（本解十六条等）により損田・不熱田（無収穫田）を認めず、例損を行わなかった結果、段別の田租量が倍増したこと

肆《つく》力誇業、賞以王舟之酒。而毎年至四五両月農時、令入部雑使等、其勘責云、先給例交易雑物直《あたひ》稲穀、早《すみやかに》可春《つき》進《まゐらす》者、郡司百姓忽失為方《かた》、難堪弁済。仍《よりて》春運濡《かし》種《よね》弁済於官庫。其間農夫抛《なげうち》鋤、懶《ものう》耕作之事、蚕婦忘桑、倦《う》繭糸之業。豈非百姓之歎。還《また》闕《かく》貢朝之備《そなへ》。望請官裁、将停止元命朝臣、被拝任良吏矣。（中略）

抑良吏莅《のぞむ》界《さかひ》之日、虎負児以却《さり》、鼇務忘風之時、蝗虫振羽而集。而当任守《かみ》元命朝臣、漁奪在心、不知窮民之菜色、屠膾銘肝、猶失分優之蒲鞭、昔依六王之誅戮熾《さかり》、七国之災《さい》蘖《げつ》、今懸一守之濫糸致八郡之騒動。因之棄国欲避、是如背《そむ》皇命、越境擬退、亦似闕課役。僅《わづか》過三年、不異歩虎首。若遂一任者、盍被害蠹。仍裹《つつみ》愁於腹内、還《また》儲逃亡之粮《かて》、聞責《せめ》於慮外則忙《いそ》離散之餞《はなむけ》。今須

をいったものと見ておく。

煮魚　「烹鮮」。「烹」は「煮」、「鮮」は小魚の意で、小魚は煮すぎると形を崩してしまうことから国政を譬えていう。「凡国司之撰、和漢重之、比云烹鮮之職」（『職原抄』）。

馴雉　後漢の魯恭の仁政徳化が人に懐かない雉のような鳥獣にまで及んだという故事による表現。「魯恭馴雉」（『蒙求』）。

東作　「東」は春の意。春季の耕作。

専城之吏　地方の一城を有する者。国司。

州県之牧宰　「州県」は中国の地方行政区域。国司をさす。

東沢　春季の田作。

南畝　畑作業。

劉寛之鞭　後漢の南陽太守劉寛が過失のあった小吏を罰するのに蒲の鞭を用いたという故事による表現。「劉寛蒲鞭」（『蒙求』）。

王舟之酒　後漢の王丹が酒肴を配って農民の耕作を奨励したという故事による表現（『後漢書』・列伝十七）。

交易雑物　国衙が正税を原資として購入し朝廷へ貢上した種々の物資（土地の産物）。その品目と数量とは『延喜式』に規定されていた。十世紀には庸調の未進も常態化し、それらについても同様の購入が行われていたと考えられている。

濡種　播殖用に水に浸した種籾。

郡司百姓早《すみやかニ》録《シ》二守元命朝臣《ノ》不治之由《ヲ》一、蒙《ル》中官裁《ヲ》上者《てヘル》也。而《ルニ》郡司之職《ハ》不レ遑《いとまあラ》レ事《ニ》、百姓之身《ハ》被レ絆《ほだサ》レ役《ニ》、為《ニ》レ劇《いそガンガ》二外国四度之務《ヲ》一、難《シ》レ侍《リ》二中花万機之底《ニ》一。爰《ニ》纔《わづかニ》離《レテ》二亡国《ヲ》一倍《はベルコト》二官底《ニ》一、猶《シ》若《シ》下組上之魚《ノ》移《リ》二於江海《ニ》一、刀下之鳥《ノ》翻《ルガ》中於林河《ニ》上。望《ミ》請《フラクハ》停二止《シ》件《ノ》元命朝臣《ヲ》一、改二任《セラレ》良吏《ヲ》一、以《テ》将《ニ》《ルコトヲ》レ令《メント》三他国之牧宰《ヲシテ》、知《ラ》二治国優民之褒賞《ヲ》一。方今《いま》不レ勝《たへ》二馬風鳥枝之愁歎《ニ》一、宜《シク》《シ》レ銜《ふくム》二龍門鳳闕之綸旨《ヲ》一。仍具《リテつぶさニ》勒《シ》二三十一箇条《ノ》事《ノ》状《さまヲ》一、謹《ミテ》解《ス》。

永延二年十一年八日　郡司百姓等

例文14・3　和泉国符案

（田中忠三郎所蔵文書）

国符《ス》、諸郡司

可《キ》下普《あまねク》仰《セテ》二大小《ノ》田《た》堵《とニ》一去作《ノ》外令《ム》レ発中作《セ》荒田《ヲ》上事

右、興復之基《もとゐハ》唯《ダ》在《リ》二勤農《ニ》一。公私之利《ハ》又拠《ル》二作田《ニ》一。爰《ニ》此《ノ》国《ノ》所部雖《モ》レ狭《シト》、居民有《リ》レ数。半《なかバハ》宗《むねトシ》二漁釣之事《ヲ》一、無《シ》レ

蚕婦　蚕を飼う女性。

虎　後漢の弘農太守劉昆の仁政により虎が他郡に移り住んだという故事による表現（『後漢書』・列伝六十九上）。

菜色　飢えて青くなった顔色。

屠膾　農民を責め苛む。

分優　国司。

六王　中国戦国時代の楚・斉・燕・趙・魏・韓の王（秦始皇本紀）。

七国　前項六国に秦を加えた七国。戦国七雄。

八郡　尾張国内の中島・海部・葉栗・丹羽・春部・山田・愛智・知多の各郡。

歩虎首　危険であることの譬え。

害蠹　「蠹」は害虫。悪政の被害をさす。

馬風鳥枝之愁歎　『文選』の「胡馬依北風、越鳥巣南枝」（古詩十九首・其一）による表現。故郷を恋しく思うさまをいう。愁訴のための上京に伴う苦悩をいったものか。

龍門・鳳闕　共に宮城にある門。天皇をさす。

例文14・3　和泉国符案

国符　国衙が郡司に対して発給する命令文書。

大小田堵　荘園や国衙領の田地経営を業とする在地の有力農民（田堵）。経営の規模により大小に階層分化していた。

去作・古作　以前より耕作権を認められ現在まで収穫の認められる田地。見作田。

好《ムコト》㆓耕《こう》耘《うん》之業《なりはひヲ》㆒。浮浪之者適《たまたま》有《ルモ》㆓其《ノ》心㆒、則《チ》依《リテ》㆑無《キニ》㆓作手㆒不㆑便《ナラ》㆓寄作《ニ》㆒。富豪之輩《ともがら》素《もとヨリ》有《ルモ》㆓領田㆒、亦偏《ひとへニ》称《シテ》㆓境埆《ト》㆒歴年《ニ》荒《レ》棄《テラル》。国之難憂民之少利、多《ク》莫《シ》㆑不《ル》㆑拠《ラ》㆑斯《ニ》焉。今案《ズルニ》㆓事情《ヲ》㆒、政《ニ》有《リ》㆓沿革㆒、随《ヒテ》㆑時《ニ》弛張《ス》。既《ニ》謂《フニ》㆓公田《ト》㆒、何《ゾ》有《ランヤ》㆓私領㆒。然《レバ》則《チ》寛弘五年以往《ノ》荒廃《ノ》公田者《は》、縦《たとヒ》是《レ》雖《モ》㆑称《スト》㆓大名之古作《ト》㆒、可《シ》㆑令《ム》㆑許《シ》㆔作《ラ》小人之申請《ヲ》㆒。但《シ》有《リテ》㆓本名㆒不㆑荒《サ》㆓古作《ヲ》㆒、猶共《ニ》欲《スレ》㆓加作《セントば》㆒者、郡司慥《たしかニ》検《ジ》㆓其《ノ》新古之坪《ヲ》㆒、可《キ》㆑停《やム》㆓他名之申請《ヲ》㆒也。偏《ひとへニ》開《キ》㆓荒田《ヲ》㆒、有《ラ》㆑捨《ツルコト》㆓去作《ヲ》㆒者《ば》、事違《フ》㆓所㆑仰《スル》之旨《ニ》㆒。更《ニ》欲《ス》㆑尋《ネ》㆔徴《めサント》其《ノ》官物《ヲ》㆒。仍《リテ》須《ラク》去作之外加㆔作《セントスレ》彼《ノ》以往之荒田《ヲ》㆓者、先《ヅ》除《キ》㆓田率之雑事《ヲ》㆒、重《ネテ》可《キ》㆑免《ズ》㆓官米《ガ》内五升《ヲ》㆒也。是《レ》則《チ》欲《スル》㆘反《シ》㆓国《ヲ》於淳素之俗《ニ》㆒、同《ジクセント》㆗民《ヲ》於陶朱之輩《ニ》㆖而已。仍《リテ》所㆑仰《スル》如《シ》㆑件《くだんノ》。郡宜《シク》㆔承知《シ》、依《リテ》㆑件《ニ》令《ム》㆓励作《セ》㆒。若《もシ》有《ラ》㆘称《シ》㆓己《ノ》去作《ト》㆒、猶《ホ》又妨《ゲ》荒《ラス》之輩㆖者《ば》、注《シテ》㆑名《ヲ》言上《シ》、随《まにまニ》将《ニ》㆓勘決《セント》㆒。事《ハ》在《リ》㆑優《スルニ》㆑復《ヲ》。莫《レ》㆓敢《ヘテ》忽諸《スルコト》㆒。符到《ラバ》奉行《セヨ》。

浮浪　令制において戸籍・計帳に登録されている本貫地から離脱し有力者や寺社の荘園に寄住するなどした庶民。

作手　耕作するための田畠。転じて、土地の耕作権やそれを相伝譲渡貸与するための下級所有権をいう。

寄作　田畠の耕作を請け負うこと。

境埆　石を多く含み痩せた土地。

難優　「優」は「憂」。

沿革　範例・先例等に従うこと（沿）と制度・法規を改めること（革）。

公田　国有田から班田・位田・職田等の有主田を除いた国家直属の乗田。

寛弘五年以往　寛弘九年の四年前に当たり、養老田令や墾田永年私財法にいう「三年不耕の原則」の適用が認められる（田令・荒廃条）。

大名　大規模経営を行っている田堵。

本名　ここでの「名」は公地に対する請作権（耕作権）をいう。既に認められた耕作権。

新古　新たに開発しようとしている荒廃公田（加作地）と本名である古作の見作田。

他名　他の耕作申請者。

田率之雑事　田の面積に応じて賦課された雑賦課税。本来人別に賦課されていた諸税目が変質したもの。

官米　令制の庸調・出挙等に由来する諸物品。

守源朝臣（経頼）　寛弘九年正月廿二日

例文14・4　僧覚賢畠買券　（百巻本東大寺文書）

謹《ミテ》解《シ》　申《ス》売買《スル》畠《ノ》立券文《ガ》事

合《セテ》参段者

在《ル》左京八条四坊七坪《ノ》辰巳《ノ》角《ニ》字嶋垣内、

四至　限《ル》東《ハ》小路《ニ》在《ル》中垣《ニ》、限《ル》南《ハ》小路《ニ》、限《ル》西《ハ》中垣《ニ》、限《ル》北《ハ》中垣《ニ》

右件《ノ》地者《は》、僧覚賢并《ビニ》一男吉江太郎丸等《ノ》買《ヒ》伝《ヘ》所《ノ》領掌《スル》地也。而《ルニ》依《リテ》有《ルニ》要用、限《リ》直米本斗拾染（十七）石伍（五）斗《ニ》、於佐伯四郎丸《ニ》、相《ヒ》具《シテ》本公験等《ヲ》、永《ク》所沽与《スル》也。仍《リテ》為《ニ》後日《ノ》沙汰《ノ》、勒《シ》売買両人《ノ》署名《ヲ》、放《ツコト》券文《ヲ》、如《シ》件《ノ》。

大治伍年十二月廿二日　買人僧（花押）（略）

買人佐伯

（別筆）「件《ノ》地《ノ》売買《ノ》事明白也。依《リテ》在地《ノ》刀禰等加《フ》署名《ヲ》。／（改行）三蔵／佐伯（花押）／僧（花押）／僧（花押）」

当時それらの賦課額は米に換算されており、その納入も主に米（准米）で行われていた。

陶朱　范蠡。春秋時代、越の政治家・軍人。魯の猗頓と共に富裕であったことで知られる。

例文14・4　僧覚賢畠買券

解　当時土地の売買は郡や京職等、所管官司の許可（与判）のもとに行われていたため、その売買券は売買当事者から売買の事実を申告された下級の官司が当該売買の許可を上位所管官司に申請するための解状の形をとった。

立券文　郷長等が当該土地売買の認可を受けるため所管官司に対して行う手続き。

四至　当該地の東西南北四方の境界。四至については慣習的に返読せず棒読みにする。

要用　急な必要。

限　対価とする。

本公験　「公験」は土地所有権の証拠となる文書。ここでは売手が以前その土地を正当に入手したこと（「本」）を証明する文書をいう。

沽与　売却すること。「沽却」とも。

「件地売買事……」　僧覚賢と佐伯四郎丸との土地売買の正当性を土地の有力者（「在地刀禰」）が公証し署名したもの。

編著者略歴

沖《おき》森《もり》卓《たく》也《や》

1952年　三重県に生まれる
1977年　東京大学大学院人文科学研究科
　　　　国語国文学専門課程修士課程修了
現　在　立教大学名誉教授
　　　　博士（文学）

山《やま》本《もと》真《しん》吾《ご》

1961年　大阪府に生まれる
1988年　広島大学大学院文学研究科
　　　　博士後期課程退学
現　在　東京女子大学現代教養学部教授
　　　　博士（文学）

日本語ライブラリー
日本漢文を読む［古代編］　　定価はカバーに表示

2023年10月1日　初版第1刷

編著者　沖　森　卓　也
　　　　山　本　真　吾
発行者　朝　倉　誠　造
発行所　株式会社　朝　倉　書　店
東京都新宿区新小川町6-29
郵便番号　162-8707
電　話　03(3260)0141
ＦＡＸ　03(3260)0180
https://www.asakura.co.jp

〈検印省略〉

©2023〈無断複写・転載を禁ず〉

印刷・製本　大日本法令印刷

ISBN 978-4-254-51610-4 C 3381　　Printed in Japan

JCOPY ＜出版者著作権管理機構 委託出版物＞

本書の無断複写は著作権法上での例外を除き禁じられています．複写される場合は，そのつど事前に，出版者著作権管理機構（電話 03-5244-5088，FAX 03-5244-5089，e-mail: info@jcopy.or.jp）の許諾を得てください．

漢文ライブラリー　時代を超えて楽しむ『論語』

謡口 明 (著)

A5 判／168 頁　978-4-254-51537-4 C3381　定価 2,860 円（本体 2,600 円＋税）

とくに日本人に馴染みの深い文章を『論語』の各篇より精選。各篇の構成と特徴，孔子と弟子たちの生きた春秋時代の世界，さまざまな学説などをわかりやすく解説。日本人の教養の根底に立ち返る，あたらしい中国古典文学テキスト。

漢文ライブラリー　十八史略で読む『三国志』

渡邉 義浩 (著)

A5 判／152 頁　978-4-254-51538-1 C3381　定価 2,860 円（本体 2,600 円＋税）

日本人に馴染みの深い『三国志』を漢文で読む入門編のテキスト。中国で歴史を学ぶ初学者のための教科書として編まれた「十八史略」のなかから，故事や有名な挿話を中心に，黄巾の乱から晋の成立に至るまでの 30 編を精選し収録した。

漢文ライブラリー　唐詩の抒情 ―絶句と律詩―

大上 正美 (著)

A5 判／196 頁　978-4-254-51539-8 C3381　定価 3,080 円（本体 2,800 円＋税）

唐代の古典詩（漢詩）を漢文で味わう入門編のテキスト。声に出して読める訓読により，教養としてだけでなく，現代の詩歌を楽しむように鑑賞することができる。李白・杜甫をはじめ，初唐から晩唐までの名詩 75 首を厳選して収録した。

漢文ライブラリー　十八史略で読む『史記』 ―始皇帝・項羽と劉邦―

渡邉 義浩 (著)

A5 判／164 頁　978-4-254-51587-9 C3381　定価 2,860 円（本体 2,600 円＋税）

歴史初学者のために中国で編まれた教科書，「十八史略」をテキストとして学ぶ，漢文入門。秦の建国から滅亡，項羽と劉邦の戦い，前漢の成立まで，有名なエピソードを中心に 30 編を精選し，書き下し・現代語訳・鑑賞と解説を収録した。

漢文ライブラリー　弟子の視点から読み解く『論語』

謡口 明 (著)

A5 判／192 頁　978-4-254-51588-6 C3381　定価 3,300 円（本体 3,000 円＋税）

日本人になじみ深い『論語』を，孔子の弟子という新しい視点から漢文で読む入門書。孔門の十哲および子張・曾子・有子の 13 人を取り上げ，そのひととなりが鮮やかに描かれるエピソードを精選，書き下し・現代語訳・語釈・解説を収録した。

漢文ライブラリー 『世説新語』で読む竹林の七賢

大上 正美 (著)

A5 判／224 頁　978-4-254-51589-3 C3381　定価 3,520 円（本体 3,200 円＋税）

五世紀中国の小説集『世説新語』で描かれた魏・晋朝の個性豊かな知識人「竹林の七賢」たちの人生と思想を，正確な現代語訳と豊富な語釈とともに丁寧に解説する。〔内容〕阮籍／嵆康／山濤／劉伶／阮咸／向秀／王戎／七賢の諸子たち

コーパスで学ぶ日本語学 日本語の歴史

田中 牧郎 (編)

A5 判／192 頁　978-4-254-51654-8 C3381　定価 2,970 円（本体 2,700 円＋税）

日本語の歴史をコーパスで調査・研究する手法を学ぶ入門書。豊富な例題と演習で，実際にコーパスに触りながら理解を深める。〔内容〕コーパスでとらえる日本語の歴史／奈良時代／平安時代／鎌倉時代／室町時代／江戸時代／明治・大正時代。

国語教育総合事典 （新装版）

日本国語教育学会 (編)

B5 判／884 頁　978-4-254-51071-3 C3581　定価 26,400 円（本体 24,000 円＋税）

日本国語教育学会の全面協力のもと, 激変する学校教育の現況を踏まえ, これまでの国語教育で積み重ねてきた様々な実践と理論を整理し, 言葉の教育の道筋を提起する総合事典。国語教育に関わる22のテーマを詳説した第1部〈理論編〉, 70項目に及ぶ個別の教育内容について, 実際に教育の現場で使われた例を挙げて解説する第2部〈実践編〉, 国語教育に関する文献資料を収載した第3部〈資料編〉から成る。国語教育に関わるすべての人々にとり, 様々な問題解決に役立つ必携の事典。

日本語ライブラリー 日本語史概説

沖森 卓也 (編著) ／陳 力衛・肥爪 周二・山本 真吾 (著)

A5 判／208 頁　978-4-254-51522-0 C3381　定価 2,860 円（本体 2,600 円＋税）

日本語の歴史をテーマごとに上代から現代まで概説。わかりやすい大型図表，年表，資料写真を豊富に収録し，これ 1 冊で十分に学べる読み応えあるテキスト。〔内容〕総説／音韻史／文字史／語彙史／文法史／文体史／待遇表現史／位相史／他

日本語ライブラリー 日本語概説

沖森 卓也 (編著) ／阿久津 智・井島 正博・木村 一・木村 義之・笹原 宏之 (著)

A5 判／176 頁　978-4-254-51523-7 C3381　定価 2,530 円（本体 2,300 円＋税）

日本語学のさまざまな基礎的テーマを，見開き単位で豊富な図表を交え，やさしく簡潔に解説し，体系的にまとめたテキスト。〔内容〕言語とその働き／日本語の歴史／音韻・音声／文字・表記／語彙／文法／待遇表現・位相／文章・文体／研究

日本語ライブラリー　漢文資料を読む

沖森 卓也 (編著) ／齋藤 文俊・山本 真吾 (著)

A5 判／160 頁　978-4-254-51529-9 C3381　定価 2,970 円（本体 2,700 円＋税）

日本語・日本文学・日本史学に必須の，漢籍・日本の漢文資料の読み方を初歩から解説する。〔内容〕訓読方／修辞／漢字音／漢籍を読む／日本の漢詩文／史書／説話／日記・書簡／古記録／近世漢文／近代漢文／和刻本／ヲコト点／助字／他

日本語ライブラリー　漢語

沖森 卓也・肥爪 周二 (編著) ／石山 裕慈・須永 哲矢・櫻井 豪人・ソン ユンア・孫 建軍 (著)

A5 判／168 頁　978-4-254-51616-6 C3381　定価 2,970 円（本体 2,700 円＋税）

現代日本語で大きな役割を果たす「漢語』」とは何か，その本質を学ぶことで，より良い日本語の理解と運用を目指す。〔内容〕出自からみた漢語／語形からみた漢語／語構成からみた漢語／文法からみた漢語／意味からみた漢語

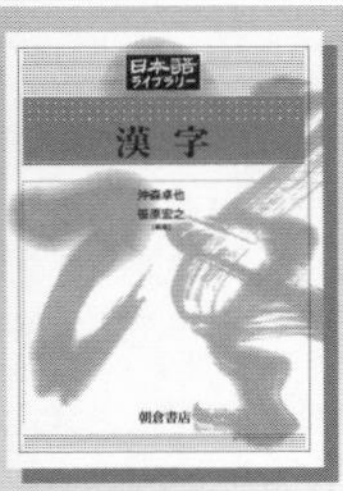

日本語ライブラリー　漢字

沖森 卓也・笹原 宏之 (編著) ／尾山 慎・鳩野 恵介・吉川 雅之・ジスク マシュー・吉本 一・清水 政明 (著)

A5 判／192 頁　978-4-254-51617-3 C3381　定価 3,190 円（本体 2,900 円＋税）

漢字の歴史，文字としての特徴，アジアの各地域で遂げた発展を概観。〔内容〕成り立ちからみた漢字／形からみた漢字／音からみた漢字／義からみた漢字／表記からみた漢字／社会からみた漢字（日本，中国・香港・台湾，韓国，ベトナム）

日本語ライブラリー　古典文法の基礎

沖森 卓也 (編著) ／山本 真吾・永井 悦子 (著)

A5 判／160 頁　978-4-254-51526-8 C3381　定価 2,530 円（本体 2,300 円＋税）

古典文法を初歩から学ぶためのテキスト。解説にはわかりやすい用例を示し，練習問題を設けた。より深く学ぶため，文法の時代的変遷や特殊な用例の解説も収録。〔内容〕総説／用言／体言／副用言／助動詞／助詞／敬語／特殊な構造の文

日本語文法百科

沖森 卓也 (編)

A5 判／560 頁　978-4-254-51066-9 C3581　定価 13,200 円（本体 12,000 円＋税）

日本語文法を, 学校文法を入口にして初歩から専門事項に至るまで用例を豊富に盛り込みつつ体系的に解説。〔内容〕総説（文法と文法理論, 文法的単位）, 語と品詞（品詞, 体言, 名詞, 代名詞, 用言, 動詞, 形容詞, 形容動詞, 副詞, 助動詞, 助詞, 等）, 文のしくみ（文のなりたち, 態とその周辺, アスペクトとテンス, モダリティ, 表現と助詞, 従属節, 複合辞）, 文法のひろがり（待遇表現, 談話と文法, 文法の視点, 文法研究史, 文法の変遷, 日本語教育と日本語文法）

上記価格は 2023 年 9 月現在